ab sol vi dos

MARIO VITOR RODRIGUES

ab
sol

MARIO VITOR RODRIGUES

vi
dos

Editora Nova Fronteira S.A.
Rua Nova Jerusalém, 345 – Bonsucesso – 21042-235
Rio de Janeiro – RJ – Brasil
Tel.: (21) 3882-8200 – Fax: (21) 3882-8212/8313
www.novafronteira.com.br
sac@novafronteira.com.br

Texto revisto pelo novo Acordo Ortográfico

CIP-Brasil. Catalogação na fonte
Sindicato Nacional dos Editores de Livros, RJ

R614a Rodrigues, Mario Vitor Odenbreit
Absolvidos / [Mario Vitor Rodrigues] / Rio de Janeiro. - Nova Fronteira : 2011.

ISBN 978-85-209-2607-9

1. Ficção brasileira. I. Título.

11-2899. CDD: 869.93
CDU: 821.134.3(81)-3

Saudades e amor. Eternos.

Um enorme beijo e sinceros agradecimentos a todos que colaboraram com este trabalho. Em especial aos amigos Adriane, Sissi e Henry, sem os quais nada teria acontecido.

1

A PROPOSTA

Nova York — 25.02.08
19h15

Pessoal,

Pensei muito antes de escrever este e-mail. Desde o dia em que nos conhecemos a coisa toda foi tomando corpo na minha cabeça. É uma curiosidade, um desejo antigo que eu sempre tive, mas que, por ser muito difícil de pôr em prática, nunca passou disso. Indo direto ao ponto: Alguém aqui já ouviu falar nos pecados que São Tomás de Aquino listou? Aposto que sim.

Talvez muitos de vocês nem tenham conhecimento, mas partiu de São Tomás de Aquino o estabelecimento de Ira, Inveja, Soberba, Gula, Luxúria, Preguiça e Avareza como aqueles que são conhecidos como pecados capitais.

Pois bem, a questão é que eu considero um erro chamá-los de "pecados" (quanto mais "capitais"!). Na verdade são apenas instintos, os mais humanos possíveis, tanto que são praticados diariamente por todos nós, às vezes mais de um deles por dia. Não posso concordar com uma carga psicológica me massacrando por algo sobre o qual raramente tenho controle e, mesmo quando tenho, é mais por convenções sociais do que propriamente pela minha consciência.

Por isso, acreditando mesmo que não devemos hesitar quando uma das opções for viver intensamente, ainda que isto signifique algum sacrifício, proponho que a gente exercite ao máximo cada um desses instintos.

Reparem que não estou falando apenas de praticá-los, mas de vivê-los, de atingir o limite que o ser humano é capaz em cada um daqueles que, repito, não são pecados, mas a mais pura tradução da nossa essência. Porém, que fique claro: para dar certo, cada um teria que ser extremamente sincero na hora da escolha. (Precisa ter a ver com a sua personalidade.)

É esta a proposta.

Tomei coragem para fazê-la não só pelo desafio que esta experiência pode provocar em nossas vidas, mas também porque acredito que sejamos perfeitos para esta tarefa, já que temos personalidades claramente diferentes e ainda por cima vivemos quase todos em cidades distintas. (Seria importante que durante o período não tivéssemos muito contato, talvez nenhum, para que não houvesse influência de uns sobre outros.)

É uma tarefa que só pode ser executada por sete pessoas, por motivos óbvios. Nem mais, nem menos.

Só pude pensar em vocês, além de mim.

Então, o que acham?

Abraços,
Carlos

Uma folga logo no começo da semana certamente merecia ser comemorada, mas Carlos também estava de bom humor por outros motivos.

Mais cedo tinha batido um longo e divertido papo com Gaia, Pablo e Ciça no Skype. Bernardo, Diego e Nanda não participaram daquela vez. Desde o primeiro momento, há quatro meses, quando teve a sorte de conhecer aquelas pessoas ótimas, que o tinham recebido como se fosse um deles, não deixou de manter contato regularmente com eles. Depois, como se tudo estivesse conspirando a seu favor, Ana ficou on-line no comunicador instantâneo.

Infelizmente teve que fazer uma pausa logo no início, já que coube a ele, após conturbado sorteio, sair naquele frio desesperador e providenciar o jantar que deveria servir não apenas para ele mesmo mas também para Karina e Hugo. Como o chinês ficava quase na esquina, a não mais de duzentos metros de casa, nem se preocupou em explicar esses detalhes para a irmã, apenas dizendo que rapidamente estaria de volta e que ela o esperasse.

Procuravam conversar bastante, mas, devido à improvável combinação de um final de semana prolongado em Búzios, problemas com a internet em grande parte do Queens, além, claro, das inúmeras vezes em que os horários não coincidiram, ficaram quase o último mês inteiro sem se falar. No último papo que tiveram sentiu sua voz bastante caída, e aquilo o deixara preocupado.

Gostaria muito que a irmã estivesse ali com ele, conhecendo novas pessoas, vivendo situações diferentes, visitando novos lugares. Olhando para trás não questionava um instante sequer a escolha que havia feito. Sua vida mudara radicalmente, era capaz de admitir-se mais maduro, menos preocupado com questões menores, faminto por conhecer e permitir-se ainda mais surpresas. Infelizmente Ana não tinha o mesmo espírito aventureiro. Enxergava como quase desrespeitosa uma insatisfação vinda de pessoas como eles, que, em sua opinião, sempre tiveram de tudo.*"É quase um sacrilégio!"*, repetia a irmã nas tantas conversas que tiveram antes que ele embarcasse.

Mesmo assim, tinha uma necessidade enorme de contar à irmã a última novidade.

Não precisava de aprovação, mas era como se fosse assim.

Chegara a contar que tinha feito amigos para a vida toda, mas não que havia decidido confidenciar seus desejos mais profundos, tampouco que convidara-os para se juntarem a ele em uma aventura com a qual sonhara inúmeras vezes, mas que sempre julgara impossível de pôr em prática.

Antes de ser intimado por Hugo a comprar a janta — "Você ainda não foi?" —, já havia encaminhado para ela o e-mail que enviara a todos, detalhando sua ideia. A vantagem de encontrá-la on-line era justamente a de poder explicar o que tinha em mente tão logo ela lesse o texto. Tinha certeza de que o embate seria polêmico, mas nutria alguma esperança de que a irmã achasse a ideia no mínimo curiosa. Reconhecia se tratar de uma esperança vã, mas a vontade de mostrar a ela outra perspectiva da vida, somada à excitação pelo desafio, falava mais alto.

Mergulhado em tantas elucubrações, pelo clima rígido o ter deixado relativamente mais lento, com os reflexos em baixa guarda, ou ainda pelo asfalto molhado ter mascarado um pouco o som, de uma forma ou de outra, por este ou aquele motivo, Carlos não percebeu o que estava acontecendo. A princípio o ruído pareceu engraçado, a ponto de criar em sua mente a imagem de uma bexiga de festa de aniversário se esvaziando. Depois, uma fração de segundos depois, algo mais dramático, uma ave sendo esganada.

Só então se deu conta e virou a cabeça para a trágica constatação.

Pneus inutilmente friccionavam o asfalto escorregadio.

Olhou com terror.

As lembranças vieram óbvias e involuntárias.

2

ELA (DELÍRIOS)

Nova York — 16.10.07

18h11

Por ter sido obrigado a dar um pique, sob pena de ser guilhotinado pela porta do metrô R, estava com a camisa branca irremediavelmente amassada, os cabelos desgrenhados e suava muito. Ainda assim Carlos Varizo sabia que não poderia se queixar. Aquela era uma situação em que praticamente havia escolhido estar. A questão que não parava de perturbar sua mente era outra.

Como estaria sua irmã? Bem? Com saudades? *Que besteira, claro que sim!*

Os dois trocavam e-mails com frequência, mas definitivamente não era a mesma coisa, levando-se em conta o convívio que sempre tiveram. Para pessoas que cresceram juntas, uma sendo referência de tudo para a outra, jamais seria a mesma coisa.

O momento que antecedeu a separação, em que comunicara suas intenções, sete meses atrás, ainda estava mais fresco do que nunca. Lembrava-se de cada palavra.

— Você tem certeza disso que está fazendo? — perguntou ela, não em tom incriminatório, mas preocupado, carinhoso. Haviam conversado longamente sobre o assunto e, não obstante a excitação e firmeza com que o irmão defendia seu ponto de vista, continuava preocupada. Talvez fosse justamente aquela feroz argumentação sobre mudança que a deixasse assim.

— Absoluta, maninha... Ah não... não me olha assim, vai, te imploro! Faz tempo que conversamos sobre isso, poxa. Não pertenço mais a este tipo de vida, se é que algum dia pertenci.

Falava com sinceridade e sabia que no fundo a irmã até poderia concordar naquele ponto, mas precisava ter muito cuidado na escolha das palavras. Afinal, estava caminhando no sentido diametralmente oposto ao de uma educação, de um estilo de vida, de crenças que durante muito tempo não serviram de norte somente para ele, mas para ela também. E apesar de toda aquela consciência, claramente errara na medida.

— Tudo bem, entendi. Só acho um pouco de exagero você falar assim, com essa revolta toda. Temos que dar graças a Deus por todas as oportunidades que a gente teve, pela nossa criação, pela nossa evolução como seres humanos...

Ana falava com a voz embargada. Gostava do irmão como de nenhuma outra pessoa. Desde pequenos um zelou pelo outro e, portanto, não saberia ficar indiferente àquela partida. Por mais que tivesse noção da pressão que estava fazendo, era impossível ficar calada. Queria pelo menos ter a certeza de que havia ponderado o máximo possível, mas sua perseverança foi diminuindo aos poucos, à medida que cada tentativa provocava uma reação ainda mais forte da parte dele.

— Minha linda, de que evolução você está falando? Só se for a espiritual mesmo, né? Porque evoluir dentro do mesmo país, aliás, desculpa, dentro da mesma cidade, sem conhecer nada de novo, sem se abrir para as pessoas, sem despertar para a vida de uma maneira geral, acho bastante difícil. Por falar nisso, o que exatamente sabemos, mana? Quero fazer amizades com gente diferente! Quero ficar duro, sem grana alguma, tendo que me virar! Olha, não acho que tivemos uma educação ruim, não é isso, mas...

— Mas é o que parece. Você fala como se estivesse com... raiva... — cortou ela, quase sussurrando.

O ar que entrava pela janela estava mais frio do que de costume, e o silêncio entre os dois só aumentou aquela sensação. Sentada no sofá, cabeça baixa, Ana passava uma imagem frágil que absolutamente não condizia com a personalidade firme de quem estava sempre pronta a dar suas opiniões quando achava necessário. Carlos percebeu. Fosse aquela pessoa que conhecia tão bem, fosse a linda mulher que intimidava seus amigos com cachos dourados escorrendo pelos ombros e olhos de um azul perturbador, estava irreconhecível. Ele também era loiro, mas de olhos verdes. Ambos bem brancos, com sardas no rosto e uma leve penugem dourada cobrindo braços e pernas. Desde pequenos que todos se derretiam em elogios quando os viam juntos. Uma época em que eram muito unidos, até que, já na adolescência, as diferenças, principalmente no que dizia respeito a conceitos e vontades, foram ficando evidentes.

Pensou e repensou antes de voltar a falar. Aquela conversa se encaminhava para uma discussão sem fim. Era normal que ela estivesse apreensiva. Cabia a ele compreender, por mais certeza que tivesse daquilo que desejava fazer. Então decidiu não dizer mais nada. Apenas sentou-se a seu lado e abraçou-a. Ao fazê-lo percebeu o imediato desencadear de um choro baixinho que por pouco não fez com que ele também se emocionasse mais do que deveria. Não era machista, nem tinha vergonha de chorar, mas sabia que naquele momento precisava aguentar firme, sob pena de deixá-la ainda mais insegura. Entendia que aquele choramingar, lento, profundo, a cada segundo mais incontido, era sua maneira de se mostrar resignada. De dizer que, mesmo discordando, estaria sempre torcendo por ele.

Não eram ricos, mas também não passavam aperto. Moravam em Laranjeiras, na rua General Glicério, em um apartamento cedido pelos avós maternos, desde que passaram no vestibular. Também deviam a eles uma ótima e sólida criação, muito calcada em conceitos religiosos, desde o acidente de carro fatal que os deixou órfãos, quando ainda eram bebês. Sempre que possível, às vezes revezando, mas de preferência juntos, tratavam de visitá-los na Urca, de onde nunca saíram.

Carlos havia se formado em relações internacionais por pura falta de opção e, como Ana Luiza, que terminara o curso de literatura com alguma facilidade, trabalhava no comércio: enquanto ela passava o dia em uma loja de presentes finos no Leblon, ele era atendente em uma livraria de Ipanema. Aquele esquema fora criado sem nenhuma má intenção, ele tinha certeza, mas havia colaborado muito para desencorajar qualquer mudança mais importante em suas vidas.

Uma desculpa real, mas ainda assim uma desculpa.

Tanto que estava onde estava.

Já fazia quatro meses desde sua partida e a lembrança daquela conversa com a irmã remoía um sentimento doloroso e estimulante. Olhou para o relógio. Deveria estar impecavelmente uniformizado às dezoito horas em ponto para atender os clientes da melhor forma possível, com polidez, sem ser demasiadamente simpático.

Em resumo, estava atrasado.

Era seu segundo emprego em três meses. O segundo restaurante em que trabalhava como ajudante de garçom, desempenhando trivialidades, participando de quase tudo, exceto das gorjetas mais gordas obviamente. Ajudante de garçom ralava muito e ganhava pouco, mas ainda era melhor aquilo do que seu emprego anterior, em uma churrascaria, onde das dez às onze da manhã ficava dobrando duzentos e cinquenta guardanapos brancos de maneira que ficassem em forma de mitra papal para depois repetir tudo com outros duzentos e cinquenta de cor lilás. Quando começava o movimento propriamente dito, sua incumbência consistia basicamente em fatiar pães, servir água, preparar café e auxiliar na reposição das mesas. O trabalho, mais do que cansativo, era entediante, e foi justamente no afã de deixar seu dia menos moroso que passou a caprichar, por mais prosaica que fosse a tarefa, como se buscasse um lado terapêutico em cada ação. Uma estratégia que acabou transformando-o em uma ameaça para todos os seus colegas de trabalho, inclusive seus chefes imediatos.

Era um dos poucos empregados em todo o restaurante que falava inglês corretamente e, em rápida comparação com os outros garçons e passadores de carne, em grande parte vindos de países da América Central e do leste europeu, a diferença ficava evidente. Além do inglês também falava um italiano razoável, por influência do já falecido avô paterno, e arranhava um pouco de francês, adquirido num cursinho que acabou abandonado após dois anos de estudos, o mesmo em que Ana acabou se formando. Em pouco tempo passou a ser o funcionário mais solicitado por todas as mesas. Frequentemente para executar funções que não lhe cabiam. Não podia mesmo dar certo.

Certa vez, almoçando com cozinheiros, garçons e faxineiros, em uma longa mesa improvisada com cavaletes e tábuas no subsolo da churrascaria, percebeu ser *persona non grata*. Se as pequenas cotoveladas poderiam ser tomadas como involuntárias, os guturais "*Ops! Sorry, whitey...*" não deixavam margem a dúvidas.

"Branquelo." Nunca antes havia sido tachado daquela forma e na verdade achava a provocação em si uma besteira, mas o que o fizera ficar alarmado fora a conotação de você-não-faz-parte-deste-grupo embutida no comentário.

O que havia feito de errado, afinal? Não era de forma alguma um cara antipático, tinha certeza. Seria por não saber se expressar minimamente em espanhol ou justamente por se dar bem em outras línguas? Não saberia dizer, e apenas lamentou. Considerava que em um ambiente como aquele todo mundo estaria mais concentrado em trabalhar duro, fazer dinheiro e ir para casa descansar, sem qualquer outro tipo de preocupação, tampouco a de criar conspirações contra um colega de trabalho.

Considerou errado.

O momento derradeiro aconteceu já no meio da tarde de uma quarta-feira, quando estava agachado atrás de uma parede, no exato ponto cego entre o salão e a cozinha, beliscando uma banana à milanesa ainda pelando de quente. Hector, um dos poucos com os quais trocava palavras, se aproximou por trás sem fazer nenhum ruído.

— *Blanquito, hay que tener cuidado...* — disse ele, levantando as sobrancelhas para a cena que se desenrolava no canto do salão.

O susto fora tão grande que num ato reflexo acabou engolindo o pedaço de banana que desceu queimando a garganta. Em um primeiro momento o espanto se dera pela inadvertida chegada de Hector, mas seu tom de voz também o deixara preocupado. Olhou discretamente na direção indicada e logo contou mais de dez pessoas, entre garçons e ajudantes, reunidos em acalorado debate. Se tivesse que apostar no tema principal daquele inusitado encontro, não pensaria duas vezes. *Eu!* E se arriscar uma segunda vez lhe fosse permitido, diria que a tal reunião não visava qualquer tipo de homenagem. Considerava-se uma pessoa curiosa, mas não teve vontade alguma de aguardar até o final do expediente para ter uma conversa mais franca com todas aquelas pessoas. Até porque o provável local desse bate-papo seria a "sala de jantar", no subsolo.

Em um único e rápido movimento deu um sorriso de agradecimento a Hector, desceu as escadas, trocou de roupa, pegou a mochila e saiu pelos fundos. Já na rua refez seus últimos passos para tentar entender o que poderia ter provocado aquelas reações até certo ponto assustadoras. Não foi difícil matar a charada. *Só pode ser!*

Um grupo de italianos havia formado uma enorme mesa naquela tarde e ele tinha sido um sucesso total, tratando a todos com desenvoltura, de forma simpática e ainda por cima em italiano. De quebra ficara sabendo pela mulher do próprio anfitrião, através de um bilhete que esta discretamente lhe passara enquanto servia água, que o motivo da confraternização era simplesmente o aniversário do *capo della famiglia*. Recado dado, logo tratou de providenciar um modesto pedaço de pavê com uma vela acesa para que cantassem os parabéns. Um mimo que lhe rendeu incomuns setenta dólares de gorjeta.

As regras da casa o obrigavam a dividir as gratificações com o restante dos funcionários, mas isto normalmente só acontecia no final do dia, quando a casa já estava fechada. Não daquela vez. No dia seguinte, bem cedo, passara no restaurante e acertara suas contas, incluindo a divisão dos setenta dólares.

Ter deixado a Greenfield Steakhouse não fora o maior dos problemas. Complicada mesmo havia sido a pressão de Hugo e Karina. Ele, um americano descendente de japoneses, monossilábico, viciado em videogame, que fazia trabalhos freelancer para empresas de computação. Ela, uma espetacular eslovena de vinte e um anos, que buscava absolutamente qualquer emprego que pintasse, passando por babá, atriz, modelo e que tais. Dividia com eles um pequeno apartamento no Queens e, portanto, assim que os dois souberam do ocorrido, foram bastante enfáticos nos pedidos para que conseguisse logo outra colocação e assim não atrasasse sua parte no aluguel.

Conseguira o novo emprego por intermédio da própria Karina, que parecia ter bastante amizade com o dono do estabelecimento. Carlos desconfiava que fosse uma amizade baseada em outro tipo de interesse, mas aquela era uma questão que não lhe dizia respeito.

A pressão então mudou para que pelo menos daquela vez não estragasse tudo, após ter conseguido trabalho numa casa onde as gorjetas seriam bem mais frequentes. O falatório dos dois era chato, mas admitia que naquele ponto tinham razão. O Dock's era mesmo um lugar completamente diferente dos restaurantes de Flushing. Não por coincidência ficava em Manhattan, o que via de regra fazia com que os clientes fossem mais educados e generosos com quem lhes servia.

"Próxima parada, Times Square, rua Quarenta e dois." Divagou tanto que quase perdeu seu momento de saltar do vagão. O aviso sonoro foi a senha para sair em disparada.

Cortava Manhattan pela metade em direção à esquina da Terceira Avenida com a rua Quarenta. Passava atabalhoadamente pelas pessoas, às vezes conseguindo desviar, outras esbarrando, nas duas situações ouvindo resmungos e impropérios. Não queria ser visto como mal-educado, mas naquele momento sua cabeça estava ocupada com duas questões prioritárias que bloqueavam quaisquer outras. Uma delas, a óbvia necessidade de preferivelmente teletransportar-se para o interior do restaurante. A outra não era propriamente urgente, mas em compensação bem mais profunda e especial: mandar um e-mail para a irmã. Quem sabe telefonaria para dar um beijo? Ela iria adorar. Ele também.

Ao avistar o restaurante tratou de diminuir a corrida. Olhou para o relógio, xingou, respirou fundo e entrou pela porta da frente, de maneira ainda mais ab-rupta do que desejava. Tudo bem, àquela altura não fazia mesmo diferença alguma demonstrar calma. O relógio na parede da cozinha marcava seis e vinte e três da tarde, e ele certamente seria escalpelado pelo gerente. Aceitaria a bronca numa boa, só não podia ser demitido. *Ainda não.*

Enquanto voava para a sala onde os funcionários trocavam de roupa, conseguiu rapidamente esquadrinhar o ambiente e um ótimo sinal seguiu-se de outro não tão bom. O chefe não estava à vista, era verdade, mas Samantha, uma garçonete que já tinha anos de casa e era tida como uma extensão da gerência, estava perto do caixa e o encarava diretamente, percebendo seu desespero. Duvidava que fosse delatá-lo por aquele motivo. O mais provável era que guardasse aquela carta na manga como poder de barganha no futuro, para pedir que ficasse depois da hora em algum dia que a casa estivesse mais cheia ou algo parecido.

Ao voltar para o salão, já devidamente uniformizado, suspirou de alívio ao constatar que sua seção estava relativamente tranquila. Das seis mesas que lhe cabiam apenas duas estavam ocupadas, sendo que uma delas com um sujeito debruçado em cima de um laptop, daqueles que provavelmente só iriam pedir uma cerveja qualquer para justificar a utilização da internet sem fio. Na outra, mais afastada, um cliente sozinho. Sozinho e tenso, pelo ritmo frenético com que olhava da porta para o relógio de pulso e para o celular, ao mesmo tempo que passava a mão no cabelo.

— Que sorte a sua, os dois acabaram de chegar! — saudou Stanley, o barman, adivinhando o que se passava pela cabeça de Carlos.

Ele acenou com a cabeça como quem agradecia a observação e dirigiu-se ao cliente que pelo gestual mais lhe chamou a atenção. *Esse está precisando molhar a garganta com urgência.*

Antes, porém, Samantha se aproximou e deu-lhe a boa-nova:

— Oi, Carlos! Escuta, desculpa eu te avisar disso assim, em cima da hora, mas parece que hoje vai ser um pouco mais pesado o movimento para você. É que o Jim pegou uma gripe daquelas e ligou avisando que não poderá vir... Bem, por outro lado, você finalmente vai ter uma oportunidade de mostrar o que pode fazer como garçom, não é?

E a vaca ainda sorria. O que poderia dizer num momento como este? Tinha chegado praticamente meia hora atrasado em sua segunda semana no novo emprego. *Desgraçada, não esperou um minuto para se aproveitar, né?*

— Carlos?

— Hã? Claro! Sem problemas, Sam — respondeu, como se tivesse acabado de ser promovido.

3

QUERIDOS

Nova York — 09.10.07

17h48

De sobretudo escuro, Bernardo não sabia mesmo em que prestar mais atenção.

Na mão esquerda carregava sua pasta de couro italiano legítimo, que certamente não havia sido idealizada para suportar aquele volume de papéis, ao mesmo tempo que o polegar equilibrava o melhor cheesesteak de Manhattan, comprado na barraca da rua Quarenta e seis, sua preferida, a poucas quadras dali. Já a direita esgrimava o vento forte com um eficiente guarda-chuva para os dias de garoa, mas inútil naquele momento, quando a cada minuto os pingos d'água mais pareciam pedras de granizo. Precisava desesperadamente de um táxi, mas, claro, não estava sozinho. Todos, inclusive os turistas, demonstravam o mesmo e enorme interesse em chegar secos nos seus destinos. Ainda assim, vinte minutos após ter decidido encarar a luta pela atenção de um motorista daqueles famosos carros amarelos, já adentrava a portaria do seu prédio.

Tinha a perfeita noção do quanto fora sortudo. Por pouco não sentira pena de um casal de asiáticos tão ensopados quanto ele, agitando os braços no mesmo ritmo frenético, mas realmente não havia nada que pudesse fazer. Aqueles ali tinham toda pinta de mal arranharem o inglês e ele não conhecia uma vírgula em qualquer idioma oriental.

A Big Apple tinha mesmo daquelas coisas. De tão generosa não obrigava ninguém a falar um inglês perfeito. Sequer médio. Justiça seja feita, milhares chegavam, se instalavam e envelheciam na cidade eternizada por Frank Sinatra sem a menor preocupação em absorver os costumes locais. Chineses, italianos, brasileiros, mexicanos, sérvios ou vietnamitas, gente do mundo todo se sentia um pouco em casa na autêntica babel em que Nova York se transformara.

Nada daquilo interessava mais naquele momento do que os grossos pingos d'água provenientes do encharcado sobretudo e o desagradável composto esponjoso formado por suas meias e sapatos. Como o prédio tinha dois apartamentos por andar e desde o recente falecimento da senhora Gurvich não tinha vizinhos, decidiu começar ali mesmo, no hall, a se livrar das roupas molhadas. Sentia saudades da boa velhinha judia que lhe oferecia sopa de beterraba na época do Shabat e jamais reclamava quando Melvin Taylor fazia par com uma considerável dose de puro-malte nas noites de quinta-feira, para relaxar um pouco do estresse que o trabalho lhe causava. Ainda assim admitia que a impossibilidade de alguém abrir a porta às suas costas naquele exato momento e flagrá-lo entrando em casa apenas de cueca azul-clara era uma bênção.

Embora já estivesse ali há seis meses, ainda não havia se acostumado com o apartamento, um para lá de amplo loft de 280 metros quadrados entre a rua Cento e sete e a Quinta Avenida, onde anteriormente funcionara um hospital judaico que as imobiliárias da região logo trataram de transformar em oportunidade de bons negócios. Um objetivo que, em se tratando de um dos metros quadrados mais valorizados do país, não fora difícil de atingir. O chão, a arquitetura, todos os detalhes o encantaram desde o primeiro dia, e a vista que cada uma das imensas seis janelas apresentavam era estupenda, com destaque para o plácido Harlem Meer e o French Garden.

Fizera três viagens da entrada do apartamento até a área, onde deixara todas as suas roupas, quando finalmente pôde fechar a porta e seguir para o merecido banho. Pouco tempo depois já estava sentado na frente do computador, lendo com atenção o e-mail mais inesperado e agradável dos últimos dias.

O outrora forte companheirismo entre a maioria dos ex-alunos que haviam se formado em Comunicação Social pela PUC do Rio de Janeiro, no ano de 1997, já não era o mesmo fazia quase uma década, mas em compensação ele próprio, Cecília, Diego e Fernanda, acabaram por estabelecer uma sólida amizade. A tal ponto que um grupo de e-mail fora criado a fim de que mantivessem contato, já que os tempos em que era simples marcar um chope há muito haviam passado. Por contingências da vida, estradas, fusos horários e até oceanos os separavam. Alguns já haviam tido a oportunidade de se encontrar, mas apenas em ocasiões esporádicas e nunca os quatro ao mesmo tempo; por todos esses motivos o final da mensagem tornara-se o tempero exato para o delicioso sanduíche que já estava sendo devorado: depois de tanto tempo estariam todos novamente juntos, em Nova York, no exato espaço de uma semana.

Quem confirmava era Cecília, de Milão, dizendo que estaria na cidade durante aquele período para cobrir as coleções de outono-inverno. Contava que estava trabalhando cada vez mais na prestigiosa revista de moda *Bella*, e que aquela oportunidade a havia deixado ainda mais confiante sobre seu futuro no trabalho. Tudo só não estava perfeito porque, de última hora, outra pessoa, que ela suspeitava fortemente tratar-se de alguém escolhido a dedo por sua chefe a fim de acompanhar de perto seus passos, também havia sido encaixada na viagem. Poderia ser uma última espécie de teste? Uma avaliação? Sem dúvida aquela companhia não estava nos seus planos, mas não teria problemas em cumprir sua agenda e depois se juntar aos amigos no tão esperado reencontro. Nenhuma Gaia Rossi, a quem, aliás, ainda nem tinha sido apresentada, iria conseguir estragar seus planos. *Nem se preocupem com isso!*, garantia ao final da mensagem.

Há mais de três semanas Fernanda e Diego já haviam se manifestado sobre suas presenças quando decidiram tirar férias no mesmo período.

Sem dúvida era a melhor notícia em meses. Tinha outras companhias, obviamente, mas o carinho e a cumplicidade daquelas pessoas eram inestimáveis, um importantíssimo apoio. A vida não era fácil para quem trabalhava no disputado mercado fonográfico norte-americano. Longe disso. As pessoas apenas tinham conhecimento dos contratos milionários assinados entre as gravadoras e meteóricas estrelas fabricadas por seus agentes ou pela própria indústria, mas por trás daquela cortina o dia a dia era altamente estressante. De tempos em tempos era preciso ir para Los Angeles a fim de bajular alguns executivos, acertar contratos ou apenas a título de se fazer presente em alguma entrega de prêmio. Uma rotina necessária, bem sabia. Era graças a ela que o dinheiro entrava, e assim ele podia manter um estilo de vida para poucos, com seu apartamento no Upper East Side, as viagens anuais para algum lugar exótico, os uísques caros e as roupas de grife.

Fechou o notebook. O dia seguinte estava cheio, com uma reunião bem cedo, que tranquilamente poderia se estender pelo resto da semana, mas era reconfortante a perspectiva de rever os amigos, Diegão, Nanda e Ciça.

São Paulo — 10.10.07

17h22

Diego era um carioca diferente da maioria. Adorava São Paulo. Gostava do caos que a cidade impunha a quem se aventurava por ali, gostava da mistura de sotaques, da variedade de restaurantes e, para espanto de alguns amigos obtusos do Leblon, gostava muito dos paulistas em geral. Defendia a tese de que eram apenas pessoas sem sorte, que não tinham sido brindadas com a espontaneidade que a praia provocava.

— Ser simpático numa cidade esplendorosa, com florestas, lagoas e praias, tudo dentro do perímetro urbano, é mole! — dizia ele, quando resolvia irritar o pessoal do Bracarense, nas vezes em que ia ao Rio visitar os pais ou assistir ao seu Fluminense jogar. — Quero ver é ser gente boa com quilométricos congestionamentos! — arrematava.

Brincadeiras à parte, a cidade paulista o havia recebido muito bem, obrigado. Trabalhava feito louco, era verdade, mas em compensação não podia reclamar do contracheque. Ganhava o suficiente para pagar as contas com tranquilidade e pelo menos uma vez por mês visitar algum restaurante de primeiro nível. Sempre deu muita importância ao prazer que uma boa comida podia lhe proporcionar, e fazia alguns anos começara a se aventurar pelo mundo dos chefs mais badalados. O que a princípio era uma experiência acabara por se tornar quase um fetiche do qual não abria mão. Era capaz de passar o mês todo comendo lasanha de micro-ondas, mas em algum momento precisaria se permitir conhecer novas receitas e pratos elaborados com cuidado por gente especializada.

Era final de tarde e acabara de dar uma série de telefonemas visando antecipar as entrevistas da semana que seria cansativa, estressante, mas nada se comparada com a excitação de poder revisitar a fervilhante Nova York e de quebra rever

Bernardo e Nanda ao mesmo tempo. Entre os amigos da faculdade, Fernanda era a mais próxima, por motivos óbvios. Além da proximidade geográfica, já que morava no Rio, a moça também trabalhava em redação de jornal, no Segundo Caderno de *O Globo*, enquanto ele era redator da seção política na *Folha*. Sempre que possível, quando um dos dois fazia ponte aérea, saíam para tomar umas e botar o papo em dia.

Acabara de deixar a redação e dirigia-se ao mercado para comprar pesto e o ravióli que prepararia logo mais, quando seu celular tocou. Olhou pelo visor e quase não acreditou.

— Não morre mais, hein, minha filha?

— Ah é? Posso saber no que estava pensando? — respondeu Nanda, já divertida pela recepção, mas principalmente pela notícia que estava para contar, a qual, tinha certeza, causaria um frio na barriga do amigo.

— No chope que você me deve, ora bolas! Ou esqueceu o resultado do último Fla-Flu?

— Não esqueci não, meu querido. Sei que o meu Mengo deu uma colher de chá para vocês e terei o maior prazer em pagar seu chope! Assim que você der a honra da sua visita à Cidade Maravilhosa vamos ao Jobi, tá? Agora me escute com atenção, porque tenho uma ótima notícia para te dar...

— Tudo bem, mas antes deixa eu te informar que já fiz as nossas reservas em um hotel tranquilo de tarifa, além de muito bem localizado, viu? — cortou ele.

— Xiii... Tranquilo de tarifa e muito bem localizado são expressões que não combinam quando estamos falando de Manhattan, mas vá lá, eu confio em você! Agora deixa eu...

Nanda tentava, mas simplesmente não conseguia interromper a empolgação de Diego com os arranjos para a viagem.

— Pode confiar! Tenho bom gosto e além do mais não acho que seja o momento de economizar miséria, concorda? Temos que aproveitar esta viagem em grande estilo, já que trabalhamos feito camelos e além do mais...

— Diego...

— ... Eu adoro aquela cidade! Conheço bem! Você lembra que quase morei lá, né? Eu sempre... — ele cuspia as palavras de forma frenética, até que se deu conta do silêncio do outro lado da linha.

— Fê?... Que foi? Alô?

— Nada, estou apenas reparando como você é hábil em conversar sozinho... — arrematou, caprichando no tom irônico.

— Hã? Foi mal... Quer me dizer algo, né?

— Queria, mas desse jeito... Não sei se você merece não, viu?

— Merecer? É coisa boa?

— Se é boa? Eu tenho quase certeza de que você vai adorar... — fez um pequeno suspense e finalmente lançou a bomba, antes que fosse cortada novamente. — Adivinha quem vai se juntar a nós em Nova York?

— Ahh... Não faz suspense não, poxa, você sabe que não gosto... Hã? Como assim? — retrucou Diego, para depois emudecer.

Fernanda quase riu. Diego era um grande amigo, mas, precisava admitir, era também uma pessoa de difícil trato. Embora fosse ótimo companheiro, carismático e divertido na maioria das vezes, também sabia ser chato. Argumentava como ninguém, não só por uma questão de capacidade, mas por gostar de fazê-lo. Era exagerado, às vezes tenso, perfeccionista demais, e mesmo assim toda aquela personalidade desmoronava quando Cecília estava por perto.

Verdade que achava engraçado presenciar aquele fenômeno, mas jamais deixou de aconselhá-lo a maneirar nas reações, até porque também conversava com Ciça e sentia que a amiga tinha um pé atrás, que criara uma defesa, de tão óbvias que sempre foram as reações do amigo. Talvez por isso mesmo um relacionamento entre os dois nunca tivesse dado certo. Com o tempo e a mudança da amiga para Milão as coisas foram se acalmando, mas sabia que todo aquele clima, pelo menos por parte dele, não tinha desaparecido por completo. Aquele telefonema apenas confirmava suas suspeitas.

Um instante se passou até que Diego percebesse. Nanda só poderia estar falando de uma pessoa. Procurou não citar Cecília nominalmente para tentar soar o mais natural possível.

— Tá falando sério? Como é que eu não fiquei sabendo de nada? Ela te ligou? Já comprou passagem?

— E eu lá ia brincar com uma coisa dessas? Quando foi a última vez que você conferiu os e-mails do grupo?

Ele logo entendeu. Realmente andava um pouco desleixado com sua caixa postal particular. Já lia tantos e-mails por obrigação que sempre que podia fugia do computador. Além do mais preferia telefonar a ficar escrevendo. Era mais prático e menos frio.

Perdera apenas alguns segundos maldizendo aquele hábito, porque a alegria era muito maior. Maior e irracional. Ciça era como uma ferida de difícil cicatrização, a qual acostumara-se a lamber nos últimos anos. Pensar nela era bom, na maioria das vezes ótimo, mas certamente dolorido.

— Algo me dizia que isso iria te alegrar — zombava a amiga, agora também preocupada em aliviar o impacto da notícia. — Estou liberada de pagar o chope?

— Depois de um 4 a 1 daqueles? De forma alguma!

— Não custava tentar! — ponderou ela, ainda entre risos. — Bem, liguei para isso. Nos falamos nos próximos dias, ok?

— Combinado, querida, beijos!

— Beijocas!

Já em seu apartamento de quarto e sala na Teodoro Sampaio, deitado no sofá de couro preto, olhar fixo no teto, sua cabeça estava um turbilhão.

Se a possibilidade de rever Fernanda e Bernardo juntos o deixava animado, a notícia de que Ciça também estaria presente o deixara tão radiante quanto nervoso, inseguro.

Como seria o primeiro encontro depois de tanto tempo?

O pesto acabou ficando no ponto. Não que tivesse sido notado.

Rio de Janeiro — 10.10.07

17h43

Esta é a grande vantagem de morar no Rio, pensava Fernanda. Acabara de desligar o celular e se via ali, sentada nas areias da praia de Ipanema, testemunhando aquele que em pouco tempo seria mais um esplêndido pôr do sol, com o próprio se escondendo atrás do morro Dois Irmãos, no final do Leblon. Curtia aquele momento tomando água de coco, a não mais de quinze minutos de seu pequeno apartamento alugado, um quarto e sala na Joana Angélica, distante duas quadras da rua Visconde de Pirajá. Era por motivos como aquele que nutria um carinho especial pelo bairro, lotado de casas de sucos, bons restaurantes, comércio de todo tipo, e, ainda assim, capaz de manter uma atmosfera residencial, possibilitando às pessoas se esbarrarem pelas calçadas. Como se não bastasse, todo aquele universo era estrangulado pela praia de um lado e a lagoa do outro. Diego sempre dizia, e estava coberto de razão, que era impossível não se apaixonar por aquele lugar, em que tanto alto-astral e belezas naturais eram oferecidos em abundância. Compreendidos os cariocas, adicionaria ela.

Não se considerava uma entendedora de música, mas adorava a letra que falava em "corpos malhados, sorrisos talhados". Tanto uns quanto outros sobravam pela cidade, o que para alguém como ela, que adorava o clima de paquera, fosse na praia ou nos bares da Lapa, era perfeito. Sabia, porém, que, já passando dos trinta, precisava fazer de tudo para estar pronta para os fins de semana, à altura de suas concorrentes mais jovens.

De segunda a sexta mantinha a alimentação mais regrada possível, com muitas saladas, carnes brancas, frutas e shakes cuidadosamente preparados. Sempre que possível ia até a academia ou dava uma simples caminhada que fosse. Chope só aos fins de semana. Reconhecia que a "ditadura da praia" acabava por negligenciar aqueles que não eram adeptos da malhação, na maioria das vezes pessoas mais interessantes do que os donos dos corpos esculpidos que não se cansava de contemplar, mas, ora bolas, o que se podia fazer? Tinha a resposta na ponta da língua. *Aproveitar!*

De estatura baixa, loira, com olhos vivos castanho-esverdeados e um corpo bem-desenhado, embora não exuberante, Nanda se viu sozinha com o pai, militar, logo aos cinco anos de idade, graças a uma turbulenta separação da qual nunca soube muitos detalhes, mas que terminou com a mãe indo para a Europa morar com um alemão rico. Pouco soube dela desde então. Sua infância e adolescência foram condicionadas a conceitos que na época não compreendia.

Crescera ao lado de um homem que certamente a amara, mas que fizera questão de demarcar uma distância difícil de ser transposta por qualquer um, principalmente por uma adolescente cheia de perguntas para fazer e ninguém a quem perguntar. Inevitavelmente, na escola, quando as amigas fofocavam sobre os meninos mais interessantes, fazia-se de recatada. Melhor aquilo do que a vergonha de se mostrar não apenas inexperiente perante as colegas, mas a própria marciana no quesito sexo. Aos olhos de seu pai, até inocentes cinemas com primas mais distantes, que aliás raramente a convidavam, justamente por saberem que nunca poderia ir, eram malvistos.

Porém o tempo passara e já não guardava mágoa. Compreendia perfeitamente aqueles pontos de vista, além de apostar que a ideia de educar uma filha, sozinho, jamais havia passado pela cabeça dele. Ironicamente o maior reflexo daquele período de castração recaíra justamente na sua libido. Os anos passaram e acabara se transformando em uma mulher improvável, tendo como ponto de partida a garota tímida e ao mesmo tempo curiosa de outrora. Ainda assim, mesmo sendo bem-resolvida, continuava sofrendo com uma sensação de asfixia parecida com aquela da adolescência. Gostaria muito de poder conversar abertamente sobre suas experiências, para não falar nas curiosidades que algum dia esperava poder saciar, sem ser julgada. Talvez Ciça fosse a melhor opção, mas Milão não ficava propriamente na esquina de casa e mandar e-mails ou telefonar não era o mesmo que bater papo sentada em cima de uma canga, ou tomando cerveja em algum boteco.

Aquela quase cármica falta de interlocutores no âmbito pessoal também se estendia no trabalho. Se em ambientes profissionais as pessoas normalmente tendiam a ser mais discretas, em sua área o cenário só se agravava. As empresas de mídia cortavam cada vez mais suas folhas de pagamento, optando por estagiários inexperientes e baratos, enquanto profissionais realmente bons, com currículo reconhecido, estavam fadados a buscar trabalhos temporários. Nanda suspeitava que o mercado não seria piedoso com quem cometesse a gafe de se expor e assim zelava por suas aventuras e fantasias o máximo possível. Às vezes até reprimia este ou aquele desejo secreto por alguém que simplesmente trabalhasse no prédio. Na redação, nem pensar.

Ser uma mulher mais liberal no Rio de Janeiro era complicado. No quesito sexo os cariocas eram muito menos modernos do que as pessoas podiam supor. O trinômio carnaval, praia e sensualidade até poderia funcionar muito bem como produto de exportação, mas na prática todo mundo trazia um exagerado provincianismo dentro de si. Algo que não se via em cidades mais cosmopolitas como Londres, Nova York ou mesmo São Paulo.

Rever os amigos, portanto, viria bem a calhar. Além de Ciça ser uma excelente amiga, Bernardo era divertido, com seus vinhos e charutos, e Diego, um zombador incorrigível, quem sabe não se divertiria também com algumas das tantas opções que a noite nova-iorquina oferecia?

Milão — 11.10.07
8h12

Acordar cedo nunca fora um grande prazer, até conhecer Milão. A capital da Lombardia era linda mesmo em dias nublados e frios como aquele. Talvez ainda mais, com o inverno determinando um padrão nas cores dos prédios, das árvores nuas, dos casacos nas ruas, das igrejas e galerias, tudo formando um par perfeito com o céu cinzento, numa espécie de tom sobre tom que enchia a vista de Ciça, mesmo estando tão saudosa do Rio de Janeiro e da lagoa Rodrigo de Freitas.

Como de costume seu despertador, uma caixinha de música que se abria no horário marcado, apresentando uma bailarina rodopiando ao som de *O quebra-nozes*, não precisou cumprir seu papel. A zeladora, uma velhinha de origem asiática não muito comunicativa e que tinha o hábito de organizar a área comum do edifício quando a alvorada ainda nem tinha dado o ar da graça, encarregara-se de acordá-la antes. Óbvio. Era um tal de varrer, usar mangueira, bater portas e, principalmente, não ter nenhum cuidado no momento de depositar garrafas de vidro no contêiner específico para aquele fim, que nem o sono mais pesado resistiria. E o seu, especificamente naquela noite, havia sido leve.

Banho tomado, meia-calça, meias de lã, *"dolce vita"* — uma blusa mais fina, normalmente usada como segunda pele, de gola bem alta —, agasalho, sobretudo, gorro e, às oito em ponto, já estava saindo de casa. Ia direto para o café da esquina conhecer uma pessoa que, embora não fizesse a menor ideia de quem pudesse ser, já a incomodava. Do encontro, aliás, sabia muito pouco. Apenas que fora marcado por Costanza Cazzaniga, sua chefe, mais precisamente editora-chefe da *Bella*.

De resto, apenas suspeitas.

Muitas.

Suspeitava, por exemplo, que Costanza mandara alguém procurá-la no dia anterior, provavelmente Valentina, a secretária, para dar mais informações, só que justamente no momento em que havia descido para tomar um café. Como já era final do expediente, e sua bolsa em cima da mesa, além do computador ligado, denunciavam que ainda voltaria, tomara a liberdade de deixar um bilhete grudado em sua tela dizendo basicamente hora, lugar e nome de quem iria encontrá-la. Já de volta, lera e relera algumas vezes o recado antes de se render ao suspense.

Preferia ter sido avisada de outra forma. Não só por uma questão de consideração, mas principalmente porque detestava ficar curiosa, como de fato estava naquele momento, a instantes de encontrar sabe-se lá com quem.

Carente de mais informações começou a conjecturar. Inicialmente tomou como certa uma desconfiança por parte de sua chefe. Estava arrependida de tê-la escolhido e, sem coragem de tirá-la da matéria, Costanza tratara de encaixar outra pessoa para ir junto. Alguém que a qualquer momento se sentaria à sua frente e trataria logo de vir com uma ideia qualquer, como contatar um estilista para comentar os desfiles com exclusividade. Apenas uma cortina de fumaça para despistar o real motivo daquela mudança de última hora.

A teoria até se encaixava, não fossem alguns detalhes inquietantes.

Em primeiro lugar, se naquele meio existia alguma pessoa reconhecida por raramente cometer erros de avaliação, esta se chamava Costanza Cazzaniga. Sua fama, na verdade, era justamente oposta àquela de ser uma mulher dura, determinada e, acima de tudo, perfeccionista. Sendo assim, falta de coragem para rapidamente voltar atrás em uma decisão mal tomada, considerando que tivesse sido aquele o caso, era uma opção descartável. Fosse realmente necessário, não hesitaria um segundo sequer em sacá-la da pauta. Mas o principal motivo para sua dúvida, não bastassem aqueles dois argumentos que praticamente anulavam a tese da falta de confiança, era ainda mais palpável: estava mesmo prestes a conhecer alguém que a mando da chefe a paternalizaria durante toda a viagem, não deixando dúvidas de que sua presença era tão somente um golpe de sorte, colocando-a em seu devido lugar? Se isso fosse verdade, por que marcariam aquele malfadado encontro justamente ao lado de sua casa, dando-lhe todo o conforto do mundo, como se na verdade a pessoa que estivesse por cima da situação fosse ela mesma?

Embora um tanto ou quanto chateada e, reconhecia, paranoica, decidiu que encararia com frieza a situação. Não tinha certeza do que a esperava, mas não se deixaria intimidar. Fora daquele jeito que conseguira se destacar na faculdade e ser aceita em uma das revistas de maior prestígio no mundo, em uma das cidades mais importantes para a moda internacional. *Pode vir, Gaia Rossi!*

Dava a primeira garfada em sua *piadina* — duas fatias de pão ciabatta recheadas com parma, mozarela de búfala e alface na chapa — quando uma garota bem mais baixa que ela se materializou na porta, olhando para dentro do café como se estivesse procurando alguém. Antes mesmo que seus olhares se cruzassem, Ciça logo soube.

Não foi muito difícil.

Além dela própria, no pequeno salão com mesas cobertas por toalhas vermelhas e paredes emadeiradas, só havia mais uma cliente. O que por si só já lhe garantiria cinquenta por cento de probabilidade, naquele caso era um fator ainda mais decisivo, uma vez que a cliente em questão era uma senhora encolhida, tomando um cappuccino na maior calma do mundo. Parou de fazer cálculos quando a dita-cuja, ainda parada na entrada, arqueou as sobrancelhas, como que dizendo um "Olá!", e logo em seguida pôs-se a percorrer os poucos metros que as separavam.

Que idade deveria ter aquela fedelha? Talvez vinte. Vinte e um, se muito. E ainda assim apenas por se tratar de uma pessoa designada a viajar para o exterior, com as despesas pagas por uma mídia de respeito. Porque se dependesse daqueles grandes olhos castanhos, boca grossa e cabelo amarelo escorrido, tranquilamente passaria por uma adolescente. No máximo. Sim, estava de mau humor. *É melhor eu me controlar.*

— Bom dia! Sou Gaia Rossi! — disse com desenvoltura, estendendo a mão sem nenhum constrangimento aparente, ao mesmo tempo em que Alessandro, o interista fanático dono do Gran Café Vecchia Sciesa, trazia um suco de laranja. Ale gostava de imprimir um pique frenético já cedo para não sentir a mudança depois, quando o ambiente fervilhava de clientes, por isso tratou logo de atender a recém-chegada.

— Bom dia! Posso ajudar?

— Sim, um café, por favor! — virou-se para responder e, depois, grudou os olhos em Ciça, como se finalmente tivesse encontrado um tesouro.

— Muito prazer, me chamo Cecília Andrade...

A bela morena tentou forçar alguma simpatia na voz, mas tinha a impressão de não ter sido bem-sucedida.

— Sim, sim, ouvi muitas coisas boas a seu respeito. Para mim será um prazer fazer esta viagem, espero aprender o máximo possível! — a italianinha disparou, tão rápido que Ciça não conseguiu disfarçar a surpresa. Como assim tinha escutado um monte de coisas a seu respeito? E o que exatamente aquela menina queria dizer com "aprender o máximo possível"?

Pensou, mas não deu tempo de dizer nada, porque Gaia continuou:

— Gostaria de te dizer que para mim foi uma surpresa enorme, mas que, mesmo sendo inesperada, sonhava com ela há muito tempo. Sempre acompanho seu trabalho, seus artigos... Nossa, estou adorando tudo isso!

Até que ponto estava sendo enrolada, Cecília não tinha certeza. Bonitinha, bajuladora, dizendo que gostava de ler seus artigos, aquela italianinha realmente sepultava a teoria de que tinham escalado alguém para observá-la de perto durante a viagem. Mas então qual seria o mistério? E, principalmente, o que estava por trás de toda aquela animação? Ciça tentou se agarrar a algum fato mais concreto, algo do cotidiano, qualquer coisa que pudesse servir como parâmetro. Aquela história não podia ter surgido do nada. Decidiu começar pelo começo.

— Ah é? Bem... não sei o que dizer... obrigada. Me desculpe, mas... Não me lembro muito de você lá na redação. Sabe como é, muitas mesas e naquele entra e sai...

— Mas é claro que você não se lembra de mim! Nem poderia, né? Sou de Roma e acabei de chegar à cidade! Sou uma apaixonada pelo mundo da moda e mesmo ainda não tendo terminado meus estudos, há tempos que imploro à minha tia uma oportunidade na revista — concluiu Gaia, finalizando com uma palavra-chave que, se instantaneamente tirou um peso enorme dos ombros de Cecília, por outro lado a deixou boquiaberta.

— Tia?! — Não deu para disfarçar o susto. Quase engasgou com o suco de laranja.

— Sim, ora! Costanza!

E você me diz isso com essa naturalidade? Ei... essa é a minha piadinha!

Ficaram mais uns quinze minutos conversando. Gaia não era uma pessoa tão desagradável assim, muito pelo contrário. Era bem desenvolta e desde o primeiro momento fizera todos os esforços para criar um clima confortável. Havia acabado de completar vinte e dois anos e, pelo menos naquele primeiro momento, parecia ser bastante simpática, além de muito sagaz. Costanza era sua tia, irmã de sua mãe, e tinha aproveitado a matéria em Nova York para encaixar a sobrinha a fim de que esta começasse a ganhar experiência no mundo da moda. Uma situação compreensível e para a qual Ciça não tinha contra-argumentos.

Acertaram que se falariam quando chegasse mais perto da data do embarque, no próximo dia quinze, para combinarem de ir juntas.

A bela morena ficou muito mais calma. O cenário não era tão ruim quanto imaginara.

Los Angeles — 12.10.07

10h33

— Por que diabos fui atender esse telefonema?

Pablo Mirante não parava de se lamentar, mesmo sabendo que não tinha nenhuma culpa. Quer dizer que agora teria que ir a Nova York? Para quê? Para fechar algum acordo? Para assinar um contrato milionário? Para conhecer alguém influente, que realmente pudesse fazer a diferença? Nada disso. A missão que o levaria àquela cidade caótica era somente a de "estreitar relacionamentos" com um brasileiro representante de uma gravadora média da qual ele jamais ouvira falar, mas que tinha muita entrada no mercado jovem. Imediatamente tratou de abrir o bloco que estava à sua frente na mesa de centro. Quando ficava nervoso tinha mania de rabiscar, desenhar qualquer coisa no primeiro pedaço de papel que aparecesse na sua frente, para relaxar. Funcionava. Frequentemente saía daquele estado catatônico com as pupilas dilatadas, meio que exorcizado de seus demônios, e deparava-se com uma bela casa, um móvel qualquer, ou ainda uma forma abstrata.

Bernardo Albuquerque era o nome do sujeito. Um brasileiro. Não que tivesse algo contra imigrantes, mas às vezes se perguntava de onde saíam tantos. O país estava apinhado deles. Gente que em sua maioria não chegava com espírito empreendedor, querendo montar um negócio, oferecer empregos e adaptar-se aos valores locais. Não. A maneira de pensar e agir daquelas pessoas era quase sempre interesseira, egoísta, predadora. Compreendia que, embora os tempos fossem outros, o país ainda era visto como o destino ideal daqueles que queriam almejar mais do que tinham em seus países de origem. Ainda assim, que diabos, também não poderia haver espaço para os próprios americanos? Pensar naquelas questões sempre o conduzia para um inevitável beco sem saída: sua própria origem.

Descendente de avós que chegaram a Sacramento no começo do século passado, tão mexicanos quanto fosse possível, como poderia justo ele formular opiniões duras com relação àqueles que vinham de fora? Afinal, por mais bem-sucedido que fosse, "Mirante" continuava não sendo propriamente um sobrenome como "Smith" ou "Spencer". Isso sem falar na origem do próprio país, fundamentalmente baseada em fluxos imigratórios. O beco era sem saída, mas ele sempre encontrava uma maneira de se autoabsolver, argumentando para si que a presença hispânica era antiga e histórica o suficiente para não ser considerada um movimento "totalmente" de imigrantes. *Óbvio que são questões diferentes!*

Deu um risinho pelo mau-caratismo com o qual mais uma vez fechava aquele feroz embate interno e, então, de fato mais relaxado, encarou o pequeno moinho de vento que desenhou no bloco amarelo à sua frente. A tinta preta da caneta sobressaía nas hélices, apenas cortada pelas linhas horizontais azul-claras que pautavam aquela e todas as outras folhas do caderno.

Cruzar o país para encarar Nova York sempre lhe provocava sensações confusas, que poderiam ir do deslumbramento à depressão. Questionava-se sobre como pensaria se morasse em Manhattan, mas sabia que uma mudança física não seria suficiente para alterar sua natureza. Precisaria voltar no tempo, nascer de novo, ser uma pessoa que definitivamente não era. Tinha vergonha de assumir, mas o fato é que se sentia mais confortável em um lugar estéril como Los Angeles, onde todos estavam bem afastados uns dos outros, onde o confronto não era tão intenso, e a mistura de que tanto reclamava não podia ser comparada àquela que obrigatoriamente presenciaria em algumas horas, nas ruas, no metrô, nos motoristas de táxi.

Refestelado em sua poltrona, tratou de relaxar. Há um ano, junto com outros agentes, abrira uma empresa, a Best Agents, que visava prospectar profissionais de ponta no mercado para reunir uma maior cartela de clientes. Além dele, outros viajariam naquela semana para conversar e avaliar se valeria mesmo a pena fazer novas propostas de associação. Pablo sabia que um contato mais pessoal era importante.

Assim, com estas ou aquelas queixas, gostasse ou não, fora designado para uma tarefa e não poderia se opor a ela. Pegaria um voo rumo ao La Guardia na terça-feira, iria para o malfadado encontro, cumpriria todas as formalidades necessárias e também desnecessárias. O único lado positivo seria hospedar-se no charmoso Elysée, localizado na rua Cinquenta e quatro, entre a Madison e a Park. Badalado desde a década de 1930, quando hospedava importantes personalidades, o hotel ainda era considerado um clássico na cidade e mesmo assim era capaz de manter uma atmosfera de privacidade para seus hóspedes. Tentaria um apartamento com terraço e, quem sabe, com sorte ainda daria tempo de relaxar tranquilamente no Monkey Bar, em entrada anexa ao próprio hotel. No dia seguinte estaria de volta. Decidiu que só ligaria para o tal Bernardo quando chegasse na cidade.

São Paulo — **14.10.07**

14h17

Diego olhou para o celular e riu. Aquela deveria ser a décima vez que falava com Fernanda ao telefone. Não se incomodava, precisavam mesmo acertar alguns detalhes da viagem. Estava animado quando recebeu a ligação em seu celular.

— Oi, querida, tudo bem?

— Tudo joia! Ocupado?

— Não, nada de mais, terminando de arrumar as malas e me preparando para ver um filme... Olha, sei que na hora não teria nenhum problema, porque devemos chegar ao mesmo tempo, mas é que esses dias foram tão corridos e, bem, pode me dizer o número do seu voo? Quando nos falamos anteontem eu acabei não perguntando...

— Claro, sem problemas! Mas olha, acho que tenho uma ideia melhor: e se em vez de te dizer o número do meu voo você viesse aqui no Filial me encontrar? — disse Nanda, não se contendo mais em guardar segredo. Havia chegado naquela tarde a São Paulo, mas preferiu fazer uma surpresa ainda mais impactante e ligar direto de um bar, em plena Vila Madalena.

— Você está em São Paulo?!

— Sim, senhor!

— Sua louca, nem me avisou que vinha! Quer dizer que você... Poxa, eu estava me perguntando mesmo por que a gente não viajava junto! Cheguei a pensar na possibilidade de dar um jeito, mas achei que seria confuso, que você já tinha um esquema definido...

— Pois é, pensei o mesmo, e aí me lembrei que acumulamos as mesmas milhas... Amanhã, 1496, TAM, certo?

— Exato! Nossa, que legal! Olha, fica aqui em casa, tem espaço suficiente e eu...

— Não, não, já estou hospedada naquele hotel de sempre. Te liguei mesmo para saber se vai querer que eu pague logo esse chope!

— Sim, sim, chego aí em, deixe-me ver, quarenta e cinco minutos, belê?

— Está bem, estarei aqui te esperando... vem logo!

Que tristeza devia ser viver em uma cidade em que as pessoas falam coisas como "belê", pensou Fernanda. Isto sem mencionar os quarenta e cinco minutos necessários para se deslocar até um chope de qualidade como aquele ali, que, ela precisava admitir, estava uma delícia. Talvez tão prazeroso quanto os olhares que já despertava no recinto.

Até que não vai ser um sofrimento ficar algum tempo sozinha.

Milão — 15.10.07

7h38

Com a mala fechada a seus pés, Ciça já estava pronta, na esquina onde ficava o McDonald's e a estação do metrô Porta Romana. A distância entre sua casa, que ficava exatamente no meio do viale Montenero, e o ponto de encontro não era grande. O que a havia deixado com os batimentos cardíacos um pouco acima do normal fora ter que puxar a bagagem pela calçada malconservada, procurando fazer com que as rodinhas driblassem as rachaduras, as folhas e os gravetos que o vento havia derrubado durante a madrugada. O estresse que sempre tomava conta dela naqueles momentos que antecediam a ida ao aeroporto também tinha sua parcela de culpa. Não que desgostasse de viajar, adorava, mas já havia se tornado algo patológico acalmar-se depois de passada meia hora de voo. Como no caso o destino era uma cidade americana, em sua cabeça já antecipava complicações no check-in, devido a precauções quanto às normas de segurança. Estava preparada para tudo aquilo, menos para ficar esperando tanto tempo por Gaia.

Haviam conversado bem uns trinta minutos ao telefone, na véspera, e decidido que seria melhor se encontrarem ali para evitar uma volta enorme que o motorista teria que dar se tivesse que buscá-la na porta de casa. Marcaram às sete e meia para conseguirem chegar com três horas de antecedência ao Malpensa. Assim todo o procedimento seria realizado sem pressa e sobraria tempo para comprar revistas, jornais e todas aquelas coisas desnecessárias que se tornavam fundamentais em voos diurnos. Preferia viajar de noite, mas admitia que aquela história de sair às onze e quinze de Milão e chegar às duas da tarde do mesmo dia em Nova York não era de todo ruim. Ruim mesmo, péssimo, completamente fora de propósito, era estar ali, plantada, esperando uma menina que tinha acabado de conhecer e que...

— Oi, Cecília! Cheguei!

Um táxi daqueles que em Milão se pedem por telefone, no caso um BMW cor prata, ainda subia o viale Bligny e encostava exatamente na frente da lanchonete. Gaia já abaixava o vidro da porta traseira e gritava seu nome enquanto acenava efusivamente.

— Desculpa, mas fiz de tudo para chegar a tempo, não foi culpa minha... — dizia, claramente preocupada com o semblante que Cecília transparecia instantes antes de avistar o carro sc aproximando.

— Deixa pra lá, vai! Até porque não estamos assim tão atrasadas...

A bela morena foi sincera e também tratou de amenizar o clima, ao mesmo tempo olhando com simpatia para o rosto ainda tenso daquela italianinha. Afinal de contas, parecia ser mesmo simpática a sobrinha de sua chefe. Estava começando a adquirir um certo carinho pela parceira de viagem. *Melhor assim.*

— Está certo! — respondeu Gaia, estampando um sorriso de alívio, como quem acabou de receber uma espécie de aprovação.

Não houve nenhum contratempo desde então. Malas despachadas, revistas compradas e, alguns cappuccinos depois, o voo 7602 da Alitalia rumava para Nova York, onde duas de suas passageiras iriam dar início à maior experiência de suas vidas.

São Paulo — 15.10.07

18h37

— Nessas horas te dou razão, viu? É inadmissível uma cidade inteira ficar assim, engessada todo santo dia por quilômetros e quilômetros! De enlouquecer qualquer um! — vociferava Diego dentro do táxi, nem dez minutos depois de ter passado no Hotel Íbis da avenida Paulista para buscar Fernanda, acomodada no banco de trás.

— Meu querido, calma, né? Estamos direitinho no horário, chegaremos com uma antecedência absurda...

— Nanda, acredite, em São Paulo você nunca, mas nunca mesmo chega com "antecedência absurda" em lugar algum!

— Está bem...

Admitindo que conhecia muito pouco a cidade para dar algum palpite mais sério, Nanda decidiu relevar a exasperação do amigo, mas não deixou de sentir um frio na barriga quando percebeu o risinho cúmplice do motorista ao resmungo de Diego. Constrangida, cerca de uma hora e meia depois teve que dar a mão à palmatória.

Embora a aeronave estivesse marcada para decolar somente às dez e meia da noite, o check-in iniciava com três horas de antecedência, portanto onze minutos atrás, enquanto os acessos à famosa Marginal Tietê, que os levariam até Guarulhos, estavam congestionados. A cidade estava andando em compasso de cágado e até que o motorista tivesse conseguido decidir-se pela melhor pista, a temperatura dentro do carro subira consideravelmente. Chegaram esbaforidos ao balcão da TAM.

Já dentro do avião, sentados lado a lado, os dois amigos apenas tiveram tempo de tomar uma cerveja cada, antes de adormecer.

Nova York — 16.10.07

7h16

Pela janela do avião podia-se ver o pálido brilho da manhã refletido nas janelas espelhadas dos arranha-céus, formando uma espécie de caleidoscópio gigante, ressaltando ainda mais a silhueta de Manhattan. Fernanda, porém, estava virada para o outro lado. Conseguira dormir a viagem toda graças a dois comprimidos de Dramin, que para ela funcionaram perfeitamente. Já Diego nem se preocupara em tentar tomar algo que ajudasse a induzir o sono. Seu organismo não era sensível a qualquer tipo de chá ou remédio minimamente aceitável do ponto de vista médico. Sempre passava uma noite péssima quando fazia alguma viagem internacional. Lia livros, via filmes, fazia palavras cruzadas, qualquer coisa que pudesse ajudar a cansar a vista, mas não pegava no sono de jeito algum. Por isso mesmo que estar espremido entre sua amiga e a janela não era de todo um mau negócio. Ao menos tinha a vista como passatempo. Ver aquele tapete de prédios fez sua expectativa crescer e percebeu que havia muito não se animava tanto com um programa.

Pegaram um táxi, foram direto para o Hotel Stanford, na rua Trinta e dois, entre a Quinta Avenida e a Broadway, e assim que chegaram tiveram que ficar um bom tempo na recepção, apelando para poderem fazer o check-in tão cedo. Conseguiram, tomaram banho e descobriram que estavam morrendo de fome. Decidiram que dariam uma volta pela cidade e ligariam para Bernardo na hora do almoço para saber dos preparativos que certamente já teria arranjado.

E o dia não começava muito bem para o anfitrião do grande reencontro.

— Pablo? Mas que Pablo, dona Valéria, o Escobar?

— Mirante, sr. Bernardo. Pablo Mirante. Veio de Los Angeles, é daquela grande empresa de agentes da qual o senhor falava no outro dia.

Dona Valéria já conhecia seu patrão o suficiente para saber que estava nervoso. Não só pelo tom áspero, mas pela piada sem graça que tinha feito. Sempre que ele se irritava tentava fazer alguma brincadeira, numa tentativa inútil de se mostrar menos contrariado com uma determinada situação. Raramente a piada era boa.

— Veio? E por que cargas-d'água este sujeito não me telefonou antes? Por que não avisou? O que ele quer?

— Hã...

— Foi retórica, dona Valéria, não espero que saiba me responder... Bem, que remédio, me passe a ligação, por favor... Alô?... Pronto?

Por um instante deu a impressão de que a linha havia caído, mas logo uma voz rouca e forte do outro lado se fez presente.

— Olá, sr. Albuquerque, bom dia, tudo bem?

— Bom dia, sr. Mirante, tentando sobreviver, como pode imaginar. Em nosso negócio nunca é fácil.

— Ah, não me diga isso! Em Los Angeles nós só temos boas notícias sobre o progresso de vocês.

Será que existia algo mais detestável do que forçar uma simpatia absolutamente inexistente?

— Tudo bem, devo admitir que estou feliz, mas ainda precisamos trabalhar muito para acompanhar o ritmo de vocês na Califórnia. Parece que estão querendo dominar o mundo, se expandindo ainda mais, só craque...

Sim, existia. Era a hipocrisia à qual tinha que se submeter. Não achava de forma alguma que ainda deveria trabalhar muito se quisesse alcançar qualquer patamar, por um simples motivo: ele já tinha ultrapassado o patamar da maioria do pessoal da costa oeste, ainda que não dispusesse de toda a logística e facilidades que um ambiente amplamente voltado para esta indústria oferecia, como Los Angeles por exemplo.

Por outro lado, admitia que se aproximar da Best Agents era uma ideia atraente.

— Tudo bem, mas estamos muito impressionados com seus últimos números e gostaria de poder bater um papo com você. Que tal hoje à noite? Um happy hour, talvez?

Segundos, minutos, horas se passaram — pelo menos assim lhe pareceu — até que se desse conta. Não apenas seu interlocutor, um homem poderoso no meio profissional em que trabalhava, havia surgido sem aviso prévio, como estava impondo um encontro de negócios para o fim daquela tarde. Sim, porque aquelas sugestões, de sugestões não tinham nada. Ele não poderia, por exemplo, responder "Não, hoje não posso porque vou me encontrar com os amigos da faculdade, vamos tomar todas e colocar o papo em dia, fica para uma próxima, está bem?". Ficou meio zonzo com todas aquelas informações, mas sabia que do outro lado da linha esperavam uma resposta.

— Bem, na verdade... — ouviu-se dizer, ainda que involuntariamente e em um tom quase inaudível, para depois emendar um conformado — Claro, acho uma ótima ideia.

— Maravilha! Que tal lá pelas quinze para as seis da tarde, no Docks? Sabe onde fica?

— Na Terceira com a rua Quarenta. Conheço sim, é um dos meus preferidos na cidade.

— Ótimo, nos vemos mais tarde, então! Até!

— Combinado.

Bernardo mal podia acreditar como seus planos, de um momento para outro, tinham se desmanchado. Seus amigos deveriam ligar a qualquer momento querendo saber o que ele havia programado para logo mais e agora ele se via naquela situação. *O que faço, cacete?*

Optou por tomar um drinque. Serviu-se de uma dose sem gelo e deixou-se escorregar pela confortável poltrona que ficava no canto do escritório. Olhando pela janela virada para o Bryant Park, colado aos fundos da Biblioteca Pública, ficou matutando. Precisaria arrumar uma solução. Sequer podia cogitar a hipótese de não encontrar com os amigos, já que todos estavam tão animados pela oportunidade de se reunirem depois de tanto tempo. Mas também nem lhe passava pela cabeça a ideia de desmarcar o happy hour com o tal Pablo Mirante. Atrapalhava todos os planos, mas não podia abrir mão de um contato como aquele.

Aos poucos a única solução prática foi se desenhando em sua mente. E se marcasse com os amigos às dez horas no próprio Dock's? Daria tempo de sobra para tratar de todos os assuntos possíveis e imagináveis a respeito dos mais recentes contratados, distribuições, possíveis parcerias e tudo mais? Parecia ser um bom plano e era melhor que fosse mesmo, porque não existia outro. Pensando friamente, sabia que aquele encontro inesperado poderia ser importantíssimo, quem sabe até decisivo para seu futuro profissional. Realmente estava progredindo a passos largos em Nova York, mas era fundamental construir uma boa relação com a costa oeste se realmente quisesse continuar naquela esteira de prosperidade profissional. Principalmente com os números liberados pela Federação Internacional da Indústria Fonográfica, ratificando um movimento que já vinha sendo acompanhado nos últimos anos, mas que agora dava um salto considerável, sobre a queda das vendas físicas em detrimento da comercialização de downloads. Fazer parceria era fundamental.

Sentiu um enorme alívio quando percebeu que havia conseguido resolver tudo.

Bastava avisar o pessoal sobre o lugar, horário e tomar cuidado para não exagerar no uísque durante o encontro com o tal executivo da Califórnia. *Ufa!*

Fernanda e Diego estavam mortos de cansaço, mas sabiam que precisavam brigar com a vontade de dormir. Por isso, mesmo sob os protestos de Nanda, preocupada com sua silhueta, comeram um autêntico café da manhã americano, com ovos, bacon, linguiça, suco de laranja e tudo mais a que tinham direito, para logo depois baterem perna pela cidade. Para quem precisava se distrair, caminhar por aquelas ruas e avenidas apinhadas de pessoas com faces diversas, sotaques diferentes, com tanto comércio e prédios grandiosos era um prato cheio. Haviam acabado de virar uma esquina na Quinta Avenida em direção ao Central Park. Diego estava impossível, empenhado em passar para a amiga todo tipo de informação sobre o lugar. Era um apaixonado pela cidade desde adolescente, quando passara férias no Queens, em casa de amigos de seus pais. A partir de então visitara a cidade outras cinco vezes, devorara tudo sobre sua história, bem como tratara de conhecer tantos museus, bares, galerias de arte e restaurantes quanto possível.

— Você sabia que Nova York já se chamou Nova Amsterdã?

— Hummm... Não...

— Sim, lá por volta de 1600 era terra de holandeses, até que foi conquistada pelos ingleses e teve seu nome mudado, graças ao seu novo protetor.

— Hã?

— O duque de York, querida...

— Ahhhhh... Sério!? Que divertido! Conta mais!

Nanda adorava a companhia de Diego, mas, não sabia ao certo explicar o motivo, o relacionamento entre eles se encerrava em uma genuína e assexuada amizade. Não que fugir fosse uma alternativa, se algum dia viesse a sentir atração por um amigo.

Naquele caso específico, então, admitia só ter motivos para investir. Certa vez conversara com uma conhecida que saíra com Diego e a empolgação nos elogios quanto ao seu desempenho na cama ficara evidente. Ainda assim, mesmo com todo aquele cenário montado, podia garantir que um dos pilares mais importantes para os dois era justamente a falta de química.

Estavam na esquina da rua Cinquenta e sete, de onde já podiam avistar o Central Park. Diego ainda pincelava alguma informação sobre a origem de determinados termos quando de repente uma visão fez com que tudo mais parecesse desinteressante. Uma carrocinha de cachorro-quente parada bem adiante, tão convidativa quanto um oásis para um nômade do deserto, ainda que nenhum dos dois fosse nômade, tampouco estivesse cercado por dunas de areia. Fernanda salivou. *Como é que, com tantas carrocinhas de cachorro-quente espalhadas por aí, justamente essa foi nos chamar atenção?*

Ambos olharam para o relógio quase no mesmo instante, entreolharam-se e riram pela cumplicidade no raciocínio. Tinham tomado o café muito cedo, já andavam há um bom tempo e era quase uma da tarde. A fome apertava. Saborear um cachorro-quente com bastante chucrute era um desejo mútuo, que até havia sido tema de conversas quando ainda planejavam a viagem, mas outra vontade falou mais alto.

— E o Jackson Hole? Não vamos almoçar lá?

— Putz, é verdade... E lá é tudo tamanho gigante, né?... Ok, vai, deixamos o cachorro-quente para amanhã!

— Boa! Pegamos um táxi? — perguntou Nanda, já esticando o dedo e quase provocando uma forte batida entre o táxi que freou bruscamente e uma limusine que vinha atrás.

— Sim, sim, e ligamos para o Bernardo de lá.

Uma vez dentro do carro, os dois no banco traseiro, Diego decidiu testar os conhecimentos da amiga.

— Pelo visto já está acordada, né? Sabe o endereço?

— Sem problemas, querido... Número 232 Leste com rua Sessenta e quatro, por favor!

O trajeto durou pouco mais de dez minutos. Nanda contava algo sobre seu trabalho e a dificuldade que as pessoas da área estavam encontrando para conseguir uma boa colocação, e Diego até conseguiu decifrar o tema, mas não prestava muita atenção nas palavras da amiga. Estava imerso em outros pensamentos, literalmente viajando, enquanto pela janela via as pessoas apressadas e o corredor de prédios à frente.

Não era rico, mas tinha alguma estabilidade financeira, fruto de sua competência no jornal, bem como do bom trato com as pessoas. Raramente se indispunha com alguém, sem ser exageradamente vaselina. Era simpático sem ser pegajoso, e também arguto, atento a tudo e a todos, uma senhora qualidade para um jornalista que trabalhava na cidade mais competitiva do país. Afetivamente estava tranquilo. Tinha lá suas pendengas com uma ou outra mulher, mas nada sério. Naquele campo Cecília ainda era a que mais se destacava. Nem ele entendia bem como, mas desde que se conheceram vira nela algo especial, diferente. A seu lado ficava desconcertado, vulnerável, sem saber onde meter as mãos. E que olhar ela tinha... Quando ainda se frequentavam gostava de encará-la nos olhos, que eram de uma profundidade assustadora e ao mesmo tempo instigante. Certa vez lhe disse que naquele momento sentia como se estivessem conversando. Já haviam se passado alguns anos, mas aquela sensação era mais recente do que qualquer outra. Constatar aquela estabilidade profissional e até a já costumeira instabilidade emocional o deixava tranquilo. Sentia-se feliz.

— Psiu!... Acorda, menino, chegamos!

De banho tomado, tênis, jeans, blusa e um simples moletom por cima, Ciça estava sentada em um dos sofás do vasto lobby do Grand Hyatt, estudando folhetos sobre shows na Broadway e outros eventos interessantes em cartaz, enquanto esperava por Gaia, que havia entrado no banho logo depois dela. Assim que a italianinha descesse pensava em aproveitar o fato de o hotel se localizar na rua Quarenta e dois, praticamente em cima da Grand Central Station, pegar o metrô da linha 4 até a Union Square e levá-la para almoçar no Steak and Frites, um restaurante com motivos franceses cujo carro-chefe era, como não poderia deixar de ser, um bife com fritas excepcional.

Já tinha relaxado totalmente quanto à sobrinha de sua chefe. Na verdade havia sido conquistada quase que instantaneamente pela postura "desarmada" de Gaia, carinhosa e rápida no raciocínio. Uma companhia agradabilíssima, tanto que cogitava seriamente a ideia de levá-la ao encontro com seus amigos de faculdade. Será que eles se incomodariam? *Duvido!*

— *Hello*? — no visor do celular de Bernardo o número que apareceu era confidencial.

— Fala, rapaz! — exultou Diego.

— E aí, cara! Beleza? Chegaram bem?

— Sim, sim, tudo ótimo, estamos pagando agorinha a conta aqui no... adivinha só onde a gente almoçou?

— Pô... Não sei... Dá uma dica...

— Jackson Hole!

— Eu falei uma dica!... Caramba, muito bom, né? Pediram o quê?

— Cara, fui de Mushroom Burger e a Nanda tá aqui na minha frente com uma cara azul, depois de ter traçado um Mexican Burger além de uma porção extra de Jalapeño!

— Também pudera, né? E a tortinha com sorvete?

— Claro! Acabamos de dividir uma!

— Muito bom! Descansem bastante durante o dia, porque de noite a gente vai se encontrar lá no Dock's! Sabe onde fica?

— Não... Espera aí... Nanda, dá uma caneta... Diga!

— Fica no número 633 da Terceira Avenida com a Quarenta. É grande, bonitão e tem uns toldos... Todo mundo conhece, não tem como errar.

— Tô ligado, tô ligado... Já anotei! Que horas?

— Dez em ponto!

— Fechado!

— Até mais e manda um beijo pra Nanda, que estou aqui na correria!

— Deixa comigo, té mais!

Que bom, que bom! Tudo já marcado, agora é só voltar para o hotel e dar um tempinho, quem sabe ver uma TV, tirar uma soneca e...

— Que foi? Tá passando mal?

— Poxa, passando mal é exagero, mas realmente este monstro que pedi não poderia ser tão gostoso assim... Fazia tempo que eu não comia tanto!

— Verdade, eu também estou cheio, mas vamos ver se a gente volta andando para o hotel, quem sabe ajuda nossa digestão, né?

Fernanda estava realmente empanzinada, mas não poderia perder a chance de pegar no pé do amigo, com suas gírias paulistas.

— Sim, claro... Tô ligada...

— Mas que mala que você é, garota! Vai, levanta dessa cadeira, vamos andando senão a gente não vai descansar nada!

Mal haviam subido as escadas que davam acesso à rua ele chegou a relutar, porque embora fossem muito amigos não queria dar o braço a torcer, mas não resistiu.

— Me toquei de uma coisa... E a Ciça? Quem vai falar com ela?

— O anfitrião, ora bolas! Ainda em Sampa eu cheguei a entrar no e-group e vi que ela deixou o número de celular que vai usar aqui. Pode relaxar que o Bê jamais iria dar esse furo, meu caro.

— Relaxar? Quem disse que estou nervoso?

— Ninguém, ninguém... — respondeu Fernanda entre risinhos.

* * *

— Oi, menina! Tudo bem?

Assim que acabou de falar com Diego, Bernardo tratou de ligar para Cecília a fim de deixar tudo acertado para o encontro dessa noite. Ciça havia colocado o telefone em cima da mesa para ter certeza que não perderia qualquer chamada, fosse de seus amigos, fosse de Costanza. Sentiu alívio quando finalmente Bernardo entrou em contato.

— Oi, tudo ótimo! Pensei que ninguém ia me ligar!

— Poxa, te peço desculpas! Eu estou todo enrolado com o trabalho, acabei de pegar seu número!

— Ok, ok, desculpado! Mas e aí, o que vamos fazer?

— Vamos nos encontrar no Dock's, conhece?

— Aquele Oysterbar de ladrilhos escuros?

— Esse mesmo!

— Melhor pedida, Bê, adorei!

— Show de bola, né?! Tá marcado para as dez, ok?

— Ok, estarei lá! Ah, olha só, posso levar uma amiga?

— Hã? Amiga?

— É! Veio comigo me ajudar a colher alguns pontos para as matérias que vou ter que fazer. Tem problema?

— Não, não, de forma alguma! Só fiquei curioso porque por um momento pensei que você tivesse alguma amiga aqui em Nova York...

— Não, se chama Gaia! Italianíssima, direto de Roma!

— Hummm... Aprovada! Pode levar sim, claro!

Cecília riu.

— Sabia que não iria achar a ideia ruim! Falou com o resto do pessoal?

— Acabei de falar com o Diego e a Nanda. Também já estão a par de tudo e pareciam bem animados!

— Ai, que bom! Vai ser legal! Nos vemos de noite, então?

— Dez em ponto estarei lá!

— Eu também!

— Ok! Até lá, querida! Beijão!

— Outro!

— Ah... E manda um *bacio* pra tua amiguinha...

— Seu cara de pau! Pode deixar, mando sim!

— Até mais!

— Até!

Apenas naquele momento, percebendo que dali a algumas horas encontraria os queridos amigos, Ciça se deu conta de Diego. Era uma lembrança agradável. Na faculdade ele era uma pessoa muito comunicativa, de personalidade forte, que gostava de falar e argumentar sobre tudo. Tinha se encantado por ele justamente devido a sua maneira expansiva e porque quando se dirigia a ela era sempre galanteador. Mas as coisas não andaram como deveriam e acabou se assustando com os sinais que ele emitia. Não tinha certeza se queria algum compromisso sério, pelo menos naquele momento. Depois a faculdade acabou, pintaram os estágios, as viagens, e tudo esfriou. Qual seria sua reação hoje? Qual seria a reação dele?

Gaia tinha ido ao banheiro pouco antes de Bernardo ligar e voltava a se sentar de frente para uma Ciça com os pensamentos distantes.

— Tudo bem?

Dando-se conta de que provavelmente apresentava um olhar abobalhado, Ciça emendou no convite que já havia antecipado a Bernardo. Esperava uma resposta afirmativa.

— Tudo ótimo! Olha, acabei de marcar um jantar com amigos meus do Brasil que conheço há muito tempo e...

A italianinha interrompeu, já se antecipando à má notícia que, tinha certeza, iria receber. Pegar um cinema sozinha não parecia mesmo ser uma opção ruim, ainda que tivesse nutrido a esperança, pelo dia que haviam passado, de ter conquistado o carinho de Cecília.

— Tudo bem, eu entendo. Não tem problema, vou dar uma olhada no jornal e quem sabe encontro um bom filme...

Parou de divagar quando percebeu que algo estranho acontecia do outro lado da mesa.

— Que foi?

— É que... Eu pensava em te convidar, mas se você prefere sair sozinha por aí...

Convite feito, Ciça surpreendeu-se com a sincera reação de alegria. Gaia arregalara os olhos e escancarara a boca em um lindo sorriso. Ela também ria, mas ao mesmo tempo se penitenciava. Claramente havia sido fria como um gelo no primeiro momento. *Por isso ela está assim tão feliz... estava insegura.*

— Sério!?

— Mas é claro! Acabei de falar com eles e, como havia imaginado, adoraram a ideia de eu levar uma amiga! Me mandaram dizer que você é mais do que bem-vinda! O que me diz?

— Como assim? Você está louca? Mas é claro que aceito! Gostaria muito!

Gaia exultava e sentia um misto de alegria e alívio pelo óbvio fim de qualquer dúvida que pudesse existir sobre a amizade que surgia.

— É assim que se fala!

E os cálices de vinho tilintaram para o último gole daquele tardio almoço.

4
IMPOSSÍVEL

Nova York — 25.02.08

19h16

Aparentemente o Honda Civic vinha da rua Trinta e dois, perpendicular à avenida Trinta, e virou a esquina, quando de repente teve que fazer um movimento brusco à esquerda, de modo a desviar de uma senhora cheia de sacolas que atravessava a rua devagar, provavelmente saindo do supermercado em frente ao chinês. Não deu para ter certeza. Tudo aconteceu muito rápido. Entre a expectativa e a torcida, logo seus olhos se fixaram no motorista, que lutava bravamente com o volante.

Com horror não demorou a perceber que observar aquele esforço, além de inútil, apenas tomava-lhe tempo, enquanto o deslizar dos pneus se acentuava, imprimindo ainda mais velocidade ao carro.

5

PRAZER EM CONHECER (DELÍRIOS)

NOVA YORK — 16.10.07

18h24

— Posso ajudar?

— Como você se chama?

— Carlos, senhor.

— Um uísque, Carlos... Buchanan's, por favor. Sem gelo.

— Claro... Algo mais?

— Não... não, só isso.

— Já volto com o seu drinque, senhor.

Mais um estressado!, pensou enquanto dirigia-se ao bar para fazer o pedido. Ele também tinha lá seus momentos, claro, como todo mundo, mas em Manhattan a impressão era de que todos acordavam com alguma coisa urgentíssima para fazer. Aquele sujeito, por exemplo, se comportava como se estivesse esperando o Donald Trump em pessoa, tal era seu estado de nervos. Não gostava de atender gente assim. Preferia até as mesas com clientes pedantes, que faziam questão de manter distância. Se pudesse escolher, entretanto, optaria por aquelas com grandes grupos de mulheres. Era divertido ouvi-las destilando seus venenos, confidenciando as mais obscuras peculiaridades do universo feminino. Adorava situações daquele tipo, já que, por mais que estivesse ali, ao lado, tão real e presente quanto qualquer outro ser vivo ou objeto, era solenemente ignorado. Para alguém que tinha saído de casa com o único intuito de expandir sua mente, sedento por aprender, conhecer e, claro, ouvir, estava mais do que bom. O Buchanan's sem gelo ficava pronto para ser servido. Suspeitava que seria apenas o primeiro de muitos. *Esse aí não para no primeiro, de forma alguma!*

— Dona Valéria, dê um jeito! Estou aqui faz mais de meia hora e nada desse tal Pablo aparecer!... Sim, eu sei que a senhora já deu mais de dez telefonemas para o celular dele, mas poderia tentar mais uma vez?... Obrigado, dona Valéria, sabia que podia contar com sua ajuda... Sim, eu aguardo seu retorno... Obrigado, viu?

Bernardo desligou o celular, exultou ao perceber Carlos chegando com o drinque.

— Oh, graças a Deus! Muito obrigado!

— Não há de quê, senhor.

Respondeu em português, com um sorriso sincero estampado no rosto. Era até certo ponto incomum encontrar alguém com um inglês tão fluente que escondesse qualquer traço da língua portuguesa. Não tinha preconceito, mas no exato momento em que percebeu se tratar de um brasileiro o inicial sentimento de antipatia foi dando lugar a uma espécie de identificação. Um brasileiro que falava tão bem a língua local provavelmente devia morar ali há um bom tempo e também devia sentir saudades dos amigos e familiares.

— Opa, brasileiro? Não tinha notado... Desculpe, estou aqui com a cabeça a mil por hora, esperando uma pessoa que parece não chegar nunca... — explicou o empresário, experimentando pela milésima vez aquela sensação de encontrar um conterrâneo e, por mais que fosse estranho, logo de cara estabelecer alguma intimidade.

— Que isso, eu entendo...

— Pois é! Imagina você que eu tinha, digo, tenho um jantar hoje à noite, aqui mesmo, com amigos meus da época da faculdade! Estamos combinando este encontro faz séculos e calhou de todos conseguirem estar aqui em Nova York!

— Que ótimo! O senhor fez uma ótima escolha, mas... me desculpe a indiscrição, qual é o problema, então?

Ainda que a resposta fosse óbvia, o ajudante de garçom sempre cedia ao hábito de deixar o cliente desabafar, quando sentia que era o caso.

— Justamente, ainda não conheço o problema! Me ligou um sujeito que trabalha no mesmo negócio que eu, pedindo um encontro para hoje. Por questões estratégicas, de trabalho, não tive como negar e então pensei em marcar tudo para um só lugar, entende?

— E quanto mais ele demorar, mais aumentam as chances dos horários dos dois encontros embolarem...

— Exato!

— Bem, acho que o senhor...

Parou no meio da frase porque, ansioso, Bernardo começou a gesticular de maneira espalhafatosa, após um senhor gole. *O que esse cara está querendo me dizer?*

— Me chame de Bernardo, por favor! — pediu.

— Hã... Claro... Sr. Bernardo... Ok, Bernardo... O que não tem remédio, remediado está. É o melhor ditado que conheço. A solução é mesmo esperar pelo sujeito e torcer para que tudo corra da melhor maneira possível. Tente relaxar um pouco.

— Eu sei, eu sei...

— Carlos, por favor...

— Sei de tudo isso, Carlos, mas não suporto esperar pelas pessoas. Sou um cara que acredita na palavra dos outros, sabe? Não suporto atrasos. Para mim, o combinado não é caro nem barato... Este é o meu ditado preferido.

— Bem, não estou querendo me precipitar, mas acho que sua aflição acabou...

Mal Carlos terminou a frase Bernardo girou a cadeira ficando de pé. Na porta do restaurante, um sujeito de óculos, cabelo castanho bem curto, usando uma jaqueta marrom, camisa de botão azul e jeans, olhava diretamente para onde estavam. Como acontecia naqueles casos, os dois acabaram se identificando.

— Boa sorte, vou buscar o cardápio e já volto.

— Valeu, valeu, obrigado pela força!

Carlos apenas respondeu com um aceno de cabeça. No final das contas, tinha tido uma boa impressão do cliente.

Tanto Nanda quanto Diego estavam esparramados, exaustos, cada um em seu quarto. A combinação do embarque atribulado, passando pela noite dentro do avião, o passeio durante toda a manhã e os gigantescos hambúrgueres do Jackson Hole teve um efeito devastador. Só após umas quatro horas de sono é que aos poucos foram acordando, naquele esquema de relógio biológico, quando a pessoa já vai dormir ciente de um compromisso importante no dia seguinte e acaba pulando da cama antes mesmo que o despertador toque.

— Tá aí? — balbuciou Nanda, ainda brigando com o sono, ligando do seu quarto que ficava um andar abaixo. Ouviu um "tô".

— Escuta... Era uma boa a gente começar a se arrumar, né?

— Concordo... Se bem que, não leva a mal, mas estou morto de sono, querida. Será que eles vão achar ruim se a gente não aparecer? Ou quem sabe a gente pode combinar um sorvete amanhã.

Fernanda não tinha como saber, claro, mas do outro lado da linha Diego fazia um esforço enorme para não rir.

— Como é que é???

— Tá vendo só como sou amigo? Me sacrifico para te fazer acordar de vez, mesmo sabendo que vou ter que ouvir esse gritinho seu...

— Nossa, levei um susto mesmo! O restaurante nem é muito longe, né? Pode ser daqui a trinta minutos lá no lobby?

— Combinado, querida, mas vê se...

— Que foi?

— Nada de mais, é que, bem, você podia ir mais arrumadinha hoje, né? Sabe como é, aqui não é o Rio. Não é esquema canga, chinelo...

— Diego...

— Que foi?

— Já estou acordada!

Após o tardio almoço Cecília e Gaia decidiram andar um pouco. Ciça quis ver sapatos, enquanto a italianinha preferia ir a uma daquelas imensas lojas de áudio espalhadas pela cidade, mas, de tão entusiasmada após ter sido formalmente convidada para o jantar, nem se incomodou em deixar aquele programa para depois. Era uma menina esperta, que queria crescer na vida profissional, mas que tinha perfeita noção de ser ainda muito nova. Não aceitava ser subestimada, mas entendia o preconceito. Ter conseguido a oportunidade de ir a Nova York já havia sido algo fantástico, e a amizade que surgia entre ela e Ciça era um inesperado bônus.

Passaram o resto da tarde no *Meatpacking*, depois fizeram uma óbvia caminhada pela Quinta Avenida, até que finalmente foram descansar um pouco no hotel. Já era noite quando as duas, que dividiam um quarto espaçoso, letargicamente foram se preparando para o compromisso. Enquanto uma tomava banho, outra abria a mala e escolhia que roupa iria desamassar, até que aos poucos foram entrando no clima. Não demoraram muito. Vinte minutos antes do horário marcado já desciam a rua Quarenta e dois rumo ao Dock's.

— Nossa, estou bem animada! Mesmo sendo a única que não conhece ninguém, estou com o pressentimento de que esse jantar vai ser muito divertido!

— Claro que vai! E pode ir parando com essa preocupação boba de não conhecer ninguém! Você vai ver como todos são muito simpáticos e vão te receber de braços abertos!

— Está bem, está bem! Tomara que não sejamos as primeiras a chegar... Seus amigos costumam ser pontuais?

— Pelo que me lembro, sim... Pelo menos na hora de tomar cerveja, na época da faculdade, eram! Mas qualquer coisa a gente toma um drinque no bar.

— É verdade!

Viraram a esquina na Terceira Avenida bem no momento em que Nanda e Diego passavam pela porta do restaurante, duas quadras à frente.

O ambiente era realmente agradável. A decoração remontava à América dos anos 1950, com sofás em couro preto, cadeiras com encostos que mais pareciam poltronas e ladrilhos negros e brancos intercalados, na metade de baixo das colunas espalhadas pelo salão. As imensas janelas ampliavam ainda mais o espaço do restaurante, e as mesas eram separadas por divisórias de vidro canelado, arredondadas nas extremidades, com moldura de madeira escura. Entre elas o espaço era generoso, e o chão, de tábua corrida até o bar, dali em diante era composto por pequenas pastilhas brancas. Um bar que, aliás, já estava apinhado de pessoas que optaram por tomar alguma coisa enquanto esperavam, fosse por mesas vagas, fosse por alguém. O teto era um capítulo à parte, com claraboias iluminando o salão em vez de modernos spots de luz.

— Nossa, nem sentamos e já estou gostando de tudo! — exclamou Nanda, visivelmente impactada pelo que via, enquanto ambos, ainda na entrada do restaurante, um pavimento mais alto que o resto do salão, livravam-se dos casacos.

— É, concordo. O primeiro brinde da noite eu vou dedicar ao Bernardo! Mandou muito bem!

O lugar era conhecido de quem queria tomar alguma coisa depois do expediente tanto pela ampla variedade de bebidas quanto pelos bons frutos do mar e o clima de paquera. Justamente por aqueles motivos estava lotado, dificultando o trabalho de quem, como eles, procurava alguém.

— Já viu?

— Não, e você?

— Já, mas estou preferindo ficar aqui em pé só olhando para as pessoas se divertindo... — cutucou Diego.

— Grosso! — replicou Fernanda, rindo.

— Você faz uma pergunta dessas e queria o quê?

Naquele exato momento duas pessoas entravam no restaurante a tempo de ouvir perfeitamente estas falas. Uma delas não se furtou a fazer o comentário:

— Mas já de implicância, vocês dois?

Fernanda voltou-se imediatamente, sorrindo, ao reconhecer aquela voz. Era tão gostoso poder reencontrar a querida amiga que não via há tempos que seus olhos se encheram de lágrimas antes mesmo de abraçar Ciça, também visivelmente emocionada.

— Não acredito que estou te vendo, garota!

— Ai, amiga...

Assistindo a tudo de perto, Gaia e Diego estavam surpresos e constrangidos um com o outro por ainda não terem sido apresentados. Para ela estava claro que ele acompanhava a linda mulher prestes a se debulhar em lágrimas de tanta felicidade. Para ele era óbvia a identidade daquela loirinha parada ao lado deles: tratava-se da tal italiana mencionada por Ciça no e-mail enviado ao grupo, designada para acompanhá-la na viagem. Lembrava de ter percebido um tom de insatisfação em seu texto, quando se referiu à companheira de viagem, mas, se estavam juntas, provavelmente é porque haviam se entendido. Perceber Gaia e fazer todas aquelas elucubrações durou quase nada. Experimentava uma sensação esquisitíssima de inquietude, excitação e até medo, tudo ao mesmo tempo. "Mas já de implicância, vocês dois?" havia sido apenas uma pergunta e ainda assim pareceu o estrondo de um trovão. Desde que lera o e-mail de Cecília avisando que estaria em Nova York não conseguia pensar em outra coisa. Buscara de todas as formas se preparar psicologicamente para aquele momento, mas nunca imaginou que fosse acontecer daquela maneira, de costas para ela, tão vulnerável. Sua cabeça estava um turbilhão. A qualquer instante o lindo cumprimento de suas duas amigas iria terminar e então não teria escapatória...

— Oi, abestado...

O sorriso, as covinhas, o olhar, tudo era bom. Tudo como antes. Como nas suas lembranças.

— Oi, querida! — E deu-lhe um abraço forte.

— Você e esse "querida"... Saudades, viu?

— Eu também... Muitas.

Um beijo em cada bochecha e então se separaram com uma rápida troca de olhares.

— Gente, esta aqui é a Gaia Rossi! Veio comigo lá de Milão e é um doce! Resolvi trazê-la para o encontro! Tenho certeza que vocês vão gostar muito dela!

— Que legal... *Hi!*... Ela fala inglês?

Fernanda foi tão receptiva quanto titubeante na hora de optar pelo idioma, mas Gaia não se fez de rogada.

— Claro! Quer dizer... um pouco... Muito prazer... Fernanda! Mas pode me chamar de Nanda!

— Ai, gente, me desculpem, eu confesso que nem parei para pensar nisso...Você está entendendo alguma coisa quando eles falam português?

Por um momento Cecília ficou preocupada, mas logo a italianinha tratou de acalmar sua anfitriã e a todos.

— Ah, mas claro que compreendo um pouco. Afinal, não se fala russo no Brasil, não é? São duas línguas latinas... Eu falo um pouco de inglês, mas tenho certeza que vou compreender vocês perfeitamente e, quem sabe, até ensinar um pouco de italiano!

— *Ne sono sicuro!* — arriscou Diego, para espanto de todos e entusiasmo de Gaia.

— Você também fala italiano?

— Na verdade, não... — divertia-se o único homem do grupo, um tanto ou quanto constrangido pela falsa expectativa que tinha criado. — Mas é que eu tinha uma avó italiana, de Nápoles, e aí...

— Ahã, avó italiana, né? Sei bem! Ele fala de tanto que fica vasculhando páginas de futebol como a *Gazzetta dello Sport* na internet, isto sim! — apressou-se em explicar Nanda, para risos de todos.

— Ainda doente pelo Fluzão? — Ciça, também tricolor apaixonada, puxava assunto com Diego, aproveitando que todos prestavam atenção em Gaia.

— Ora, mas que pergunta! Um grande amor é sempre um grande amor, não é? — disse ele na maior inocência, só depois dando-se conta de que a frase poderia passar um duplo sentido quase explícito. Ela também entendeu, ambos coraram e voltaram-se para a roda praticamente no mesmo instante.

— Entendi... Bem, eu gosto de futebol, mas não sou fanática...

A italianinha estava adorando receber toda aquela atenção de gente que acabara de conhecer. Diego ficou satisfeito com a oportunidade de fugir pela tangente.

— Sério? Qual time você prefere? Roma? Lazio?

— Não! Sou juventina!

— Gente, por favor, vamos deixar o futebol para depois? — suplicava Nanda com ironia. — Quem vai ligar para o Bernardo?

A mais carioca do grupo tinha razão. Já estavam parados na porta do restaurante havia uns dez minutos e, ainda que não estivessem impedindo as pessoas de entrar ou sair, dificultavam a vida da recepcionista, uma ruiva de rosto sério, que já demonstrava impaciência com a indefinição do grupo.

Como esperado, não tinham sacramentado nenhum acordo fundamental, mas ainda assim o bate-papo havia valido a pena. Enquanto Pablo apresentara uma estrutura organizacional e um leque de contatos diversificado e importante, Bernardo demonstrara-se inserido em um mercado adolescente que movimentava bilhões anualmente e que ainda não era seguido de perto pelo executivo californiano. A partir de um determinado momento, porém, o tom do encontro deu uma afrouxada e Pablo se mostrou uma boa conversa. Os dois beberam em um ritmo confortável, mas que só poderia ser mantido por quem realmente gostava de scotch. O fato de ambos serem da mesma faixa etária, perto dos quarenta, também favorecia o entrosamento.

— Me diga, Pablo, como é possível não amar Nova York? Mais louco ainda, como é possível preferir Los Angeles?

— Não é bem assim, meu amigo... eu até gosto daqui, é mais uma questão de qualidade de vida...

— Qualidade de vida? Los Angeles tem um trânsito calamitoso, além de ser uma cidade abarrotada de concreto e sem calçadas!

— Opa! Eu moro em Santa Monica e lá o trânsito é razoável, sem falar na praia, no mar, nas garotas...

Bernardo estava prestando atenção e gostando do papo, mas aos poucos começava a se impacientar com o horário. Ainda que seus amigos tivessem a opção de ligar para o celular, começou a olhar para o relógio e a esticar o pescoço em direção à porta do restaurante. Desde quinze para as dez tentava certificar-se de que nem Diego, Nanda ou Ciça estavam procurando por ele, mas seu campo de visão — àquela altura vários clientes estavam de pé, e garçons transitavam entre as mesas — não estava suficientemente limpo.

Até que avistou Carlos passando relativamente perto, carregando uma bandeja repleta de copos. Pensar em como o jovem ajudante de garçom o havia atendido esplendidamente bem durante toda a tarde o encorajou.

— Carlos! Oi, rapaz, me dá uma ajudinha aqui? Lembra daqueles amigos que eu te falei? Que estou esperando para o jantar? Pois é, será que você poderia olhar por aí e ver se tem um pessoal meio perdido, com cara de quem está procurando alguém?

Por um breve instante Carlos pensou em fingir que não havia escutado o chamado, tamanha era a correria. Porém, tanto pelos vários drinques servidos que lhe garantiriam uma polpuda gorjeta quanto pela empatia que tinha se estabelecido entre ele e Bernardo, decidiu ajudar.

Grupo de amigos... cara de quem está procurando..., Carlos murmurava consigo mesmo enquanto retornava da cozinha para o salão. Andou até o final do bar a passos largos. Precisava resolver logo aquele assunto e voltar para sua bandeja.

— Algo me diz que o Bernardo já está por aqui, galera... — alertou Diego, avistando um garçom empertigado no balcão do bar olhando diretamente para eles. Nanda acompanhou o olhar do amigo e logo desceu os dois degraus que os separavam do piso predominante do salão para ir falar com Carlos, sendo seguida pelos demais.

— Desculpem, posso estar muito enganado, mas acho que tem uma pessoa ansiosa para encontrar vocês, poderiam vir comigo?

— Nossa, brasileiro? Bem, se a pessoa que te pediu também é, então deve ser a mesma que estamos procurando, sim! — sentenciou Cecília.

Acenando com a cabeça, Carlos pediu que o acompanhassem, contornou duas colunas e seguiu pelo corredor principal, que os levaria até a mesa de Bernardo e Pablo.

* * *

— O que foi aquilo? — indagou Pablo, quando Carlos se afastou.

— É que hoje eu tenho um jantar com alguns amigos da época da faculdade e pedi para o garçom ver se por acaso eles já chegaram.

— Ah, sim, entendido... Calma aí! O jantar será aqui? Quero dizer, está marcado para daqui a pouco?

— Isso mesmo! Eu imaginei que seria a melhor maneira de conciliar os dois compromissos, o encontro contigo e o jantar com eles. A gente não se encontra faz um bom tempo e esta será uma oportunidade única, já que todos conseguiram organizar suas agendas e estarão aqui na mesma época.

— Ótimo mesmo! Bem, então deixe-me arrumar minhas coisas antes que...

Pablo Mirante entendeu tudo e decidiu tirar seu time de campo. Não tinha sentido permanecer ali, em um ambiente que logo não teria absolutamente nada a ver com ele. Estava inclinado, abrindo sua pasta para guardar algumas planilhas que tinha posto em cima da mesa durante o encontro, e portanto não percebeu quando Bernardo levantou-se de supetão.

O movimento foi de tal forma ab-rupto que o resto da garrafa d'água foi derramado pela mesa, assim como algumas pedras de gelo que permaneciam em seu copo, felizmente já vazio. Com reflexos rápidos, Pablo protegeu a pasta, os documentos e levantou a cabeça para tentar entender o que estava acontecendo.

— Mas o que...??!

Decidiu naquele instante que permaneceria mais um pouco no Dock's.

6

RASGO

NOVA YORK — 25.02.08

19h16

As primeiras a irem ao chão foram as quatro garrafas de Budweiser e a lata de Coca, porque, sendo destro, o cômico gesto de se defender do carro, como se fosse o próprio Super-Homem parando um trem descarrilhado, o fez largar a sacola que estava na mão direita.

Daquele momento em diante, pânico.

E dor.

Uma dor que jamais imaginou fosse possível sentir.

7

VIDAS QUE SE CRUZAM

Nova York — 16.10.07

22h11

Bastou avistarem Bernardo para que todo o nervosismo e a excitação que Carlos havia percebido, desde o início da tarde, se justificassem.

Praticamente o atropelaram, rindo, Cecília e Fernanda soltando gritinhos de comemoração, enquanto seu cliente por pouco não protagonizara um desastre, derrubando mesa, copos e tudo mais que pudesse retardar aquele abraço.

A princípio não se dera conta de que aquelas pessoas pudessem de fato ter algo tão especial, e a expectativa de Bernardo lhe parecera até exagerada, mas ao perceber aquela reação tão forte, chegou a sentir uma ponta de inveja.

Imaginava como seria bom também fazer parte daquele momento. *Esses aí são especiais.*

Quatro pessoas abraçavam-se, todas com os olhos marejados. Fernanda, Diego, Cecília e Bernardo olhavam uns para os outros como se nunca tivessem estado juntos antes. Reconheciam-se.

Bernardo de cara ficou impressionado com a beleza de Ciça e Nanda, ao mesmo tempo que deu um forte abraço em Diego, companheiro de incontáveis bebedeiras em um passado que não parecia tão distante. Formal na maior parte do tempo, às vezes naturalmente, e outras por contingências impostas pelo trabalho, era refrescante poder relaxar daquela forma com pessoas queridas, que nutriam por ele um carinho sincero. Os drinques que bebera até ali só potencializaram sua excitação, deixando-o mais sensível que de costume.

Fernanda enxergava Bernardo de maneira diferente, se comparado com Diego. Talvez o colega de profissão fosse até mais bonito, entretanto sempre tivera a impressão de que o anfitrião da noite era mais galante. Gostava de seu porte, de seu jeito de falar, e inevitavelmente imaginava como seria seu desempenho na cama, ainda que nunca tivesse dado brecha para uma investida. Também naquele campo Cecília era um capítulo à parte. Já dissera para a melhor amiga que a achava lindíssima e algumas vezes brincara que seria ela a mulher perfeita, se um dia quisesse ter uma experiência homossexual. Em todas as ocasiões obtivera uma gargalhada como resposta. Ambas descobriram cedo que poderiam confiar uma na outra, tanto que com mais ninguém Nanda se sentia à vontade para confidenciar determinadas facetas de sua personalidade. Quando se deu conta de onde estava, ficou envergonhada de pensar todas aquelas coisas, justo naquele momento. *Só eu mesma...*

Ciça tinha plena consciência de ser uma mulher que chamava atenção e isto apenas se confirmou logo que sentiu os olhares de Bernardo, antes mesmo de abraçá-lo. Não se incomodou. Acima de tudo eram grandes amigos e tinham intimidade para lidar com aquele tipo de coisa da forma que achassem mais conveniente. Bê era atraente, mas se alguém ali a faria balançar seria Diego. Friamente admitia para si que ainda o achava cativante, com seus papos variados e tiradas inteligentes. Mas sabia que com ele, mais do que com qualquer outro homem que conhecera, precisava ir devagar. Muito passional, Diego era ao mesmo tempo capaz de ser carinhoso, inventando surpresas mirabolantes, como também sufocante, impulsivo, justamente nos momentos em que deveria ser mais seguro. Seria bom um dia voltar a poder sentir confiança ao estar com ele, mas não saberia dizer se aconteceria algo entre eles novamente. Apostava que não.

Diego sorria, demonstrava toda a felicidade que o momento impunha, mas por dentro sentia-se como um maratonista que chega ao final da prova se arrastando. Seu coração batia acelerado, suas mãos estavam suadas e a todo instante se perguntava se deveria fazer algo, se Cecília esperava alguma coisa, além, claro, eterna dúvida, o que ela tinha achado dele. Precisava relaxar e sabia disso. *Relaxe! O que tiver que acontecer, vai acontecer! Relaxe!*

No calor da confraternização tanto Gaia quanto Pablo tinham ficado um pouco de lado. A italianinha estava posicionada atrás de Cecília, afastada, assistindo a toda aquela cena com a merecida reverência. Aproveitava para examinar mais atentamente pessoas sobre as quais tanto tinha ouvido falar nas últimas horas e também para confirmar por que todos na Europa sempre falavam bem das mulheres brasileiras. Nanda, embora estivesse fazendo frio na rua, usava um vestido preto curto o suficiente para que exibisse suas lindas pernas bem-torneadas. Além disso, seu bronzeado destoava do restante do grupo. Diego lhe parecia interessante, alto, porte atlético, jovial, enquanto aquele outro, ao qual ainda não tinha sido apresentada e que tinha pinta de ser o organizador do encontro, não fazia muito seu tipo, embora reconhecesse a maneira extremamente afetuosa com que recebera os amigos.

Pablo até que percebia o clima de comoção à sua volta, mas não tinha olhos para ninguém além da baixinha de cabelos louros, em pé, também como ele sem saber o que fazer, exatamente do outro lado dos abraços, beijos e tapas nas costas que efusivamente se repetiam. Ela não fazia parte do grupo, então? Ainda assim permanecia ali, como que aguardando ser apresentada por alguém, uma expectativa completamente estapafúrdia sob seu ponto de vista, por se tratar de uma confraternização exclusiva àquelas pessoas, que, para completar, nunca tinha visto antes. Pensando bem, o melhor a fazer seria pedir licença a Bernardo e ir embora.

— Oi... Acho melhor eu ir... — tentou dizer, mas não conseguiu, porque no mesmo instante Ciça resolveu apresentar Gaia, chamando a atenção de Bernardo, que se virou de costas. Um motivo que ele considerou mais do que justo.

— Bê, deixa eu te apresentar a minha amiga italiana. — A italianinha ficou um pouco envergonhada até para dar um pequeno passo à frente, porque um semicírculo abriu-se, como se ela fosse uma aberração da natureza.

— Inglês, certo? Porque eu não... *parlo* italiano... — Bernardo gracejou. Gaia retrucou como antes, quando lhe haviam feito a mesma pergunta, e todos riram.

O clima era mesmo de dar risada, de achar tudo bom. A italianinha sentiu-se aliviada e passou a ver o anfitrião do encontro como um autêntico cavalheiro, já que sua brincadeira minimizou o tom solene com que Cecília a tinha apresentado.

Enquanto isto Pablo sentia-se cada vez mais tentado. Adoraria se enturmar naquele grupo e quem sabe poder conhecer um pouco mais aquela lindinha de nome diferente, mas por outro não via brecha alguma para que seus desejos pudessem se realizar.

Pela segunda vez naquela noite, Carlos entraria em ação.

Não seria a última.

Tampouco a mais decisiva.

8

TÍTERE

Nova York — 25.02.08

19h17

Primeiro o carro encontrou suas pernas. Ambas partiram-se como se fossem gravetos, dando início a um movimento de alavanca que levou seu rosto a afundar no capô. A violência do impacto fez com que desse uma cambalhota no ar em sentido anti-horário, projetando-o para trás, tal qual um boneco de pano, em direção ao jardim da casa mais próxima. A maior parte do corpo, mais precisamente as costas, chocou-se contra a parede de tijolos, ainda que o braço esquerdo tenha girado para trás e estilhaçado a janela de uma cozinha, trazendo na volta os pequenos vasos de planta que estavam no parapeito. Quando finalmente ganhava um direcionamento vertical, sua testa encontrou o corrimão da escadaria que levava ao subsolo da casa. A face, já desfigurada desde o primeiro impacto, afundou ainda mais, desta vez ganhando um bizarro vinco na testa.

9

CAMINHO SEM VOLTA (DELÍRIOS)

NOVA YORK — 16.10.07

22h27

Dever cumprido, Carlos dirigiu-se para a cozinha, onde era aguardado por um linguini com camarões, uma bela bisnaga esperando para ser fatiada, além de quatro cappuccinos. A rotina, enfim, era a mesma de sempre. Retornando para o salão, tratou de dar uma rápida olhada na direção do grupo e facilmente percebeu: o tal executivo que tinha chegado atrasado para o happy hour estava mais afastado do grupo e tentava em vão chamar a atenção de Bernardo.

Encaminhou-se para as mesas que precisava atender e no trajeto de volta à cozinha chegou a relutar, mas ao ver que Pablo se afastava do grupo sem ser notado, não pensou duas vezes.

— Com licença, o senhor gostaria que os levassem para uma mesa maior? — perguntou Carlos a Bernardo, inclinando-se um pouco para fazer a sugestão sem muito alarde. Claro que precisava reorganizar todas aquelas pessoas em outro local, mas também apostava que, ao ser chamado à atenção para os arranjos do jantar, Bernardo instantaneamente daria falta de Pablo, com quem, afinal de contas, tinha passado a tarde inteira conversando. Funcionou.

— Hã... Carlos! Diga, meu caro! Sim, claro, claro, vamos! Galera, este aqui é o Carlos, que está me atendendo desde de tardinha, até me fazendo companhia enquanto... Carlos?... Cadê o Pablo?

— Sim, exato, apenas uma pessoa. Devo chegar em quinze minutos. Muito bem, obrigado. — Em um canto mais afastado do burburinho do salão, Pablo acertava sua reserva no Monkey Bar.

Não estava especialmente chateado com alguém pela situação. A realidade era que a missão que o levara a pegar um avião até Nova York havia sido cumprida satisfatoriamente. Só lhe restava seguir seus planos iniciais. Relaxaria por quarenta minutos no bar do hotel, subiria para o quarto, tomaria uma ducha gelada, prepararia sua mala, talvez pedisse um sanduíche e no dia seguinte, bem cedo, já estaria cruzando o país de volta a Los Angeles.

A sorte é que já estava desligando o celular, ou então o cenário que se desenrolava à sua frente o teria feito deixar a pessoa do outro lado da linha falando sozinha. Primeiro era o rapaz que atendera sua mesa a tarde toda vindo em sua direção. O fato em si não era necessariamente estranho, já que estava na extremidade do balcão do bar, bem próximo à entrada da cozinha. Porém um detalhe, ao fundo, deixava dúvidas sobre as intenções do garçom, cada vez mais próximo: Bernardo acenava para ele de maneira animada. Como quem... *Será o que eu estou pensando?*

— O que foi? — balbuciou involuntariamente assim que Carlos se aproximou.

— Desculpe-me, mas o senhor está sendo convidado para se juntar à mesa...

— Eu adoraria.

— Perfeito, vou providenciar uma mesa para seis — disse Carlos, que se afastou no momento em que Bernardo se aproximava para formalizar o convite.

Ficara envergonhado por ter se esquecido de Pablo, mas aquela não fora a única razão que o fizera convidá-lo a juntar-se a eles. Além de terem simpatizado um com o outro, a presença de Gaia também era uma boa desculpa para a chegada de mais alguém que não fizesse parte do grupo.

— Rapaz, seria um prazer ter você em nossa mesa. É um grupo pequeno e todo mundo é gente fina, você vai ver...

— Bem, o que eu posso dizer? Obrigado pelo convite.

— Diga que você aceita, ora.

— Mas eu já confirmei, claro que aceito.

— Maravilha. Venha comigo que vou te apresentar ao pessoal.

O grupo tinha permanecido de pé, justamente ao lado da mesa ocupada por Bernardo e Pablo nas últimas horas, todos entretidos com o italiano de Gaia.

— *Fan-ciu-lla*! Entendeu?

— Sim, sim, claro... *Fanciula*...

— *No*! *Fanciula* não existe! Precisa pronunciar os eles repetidos! Olha como eu faço, olha... *lla... lla... fanciulla*!

— Ah, sim... *Fanciullllllla... er... Così?* — Diego, gaiato, se divertia com o curso de italiano intensivo que recebia.

— Mas é ou não é um incorrigível mulherengo? Um idioma tão bonito, com tantas palavras mais interessantes para aprender e a primeira tem logo que ser "gatinha"? — provocava Nanda, apoiada por Cecília de forma incondicional.

— É verdade! Parece que não mudou nada, continua sendo aquele cara que ficava correndo atrás de saias pelos pilotis da faculdade...

— Eu hein? Posso saber qual é o problema? Estou solteiro, queridas. Solteiríssimo. Qualquer cultura a mais no sentido de me ajudar a ser bem-sucedido neste campo é bem-vinda, ora bolas... — defendia-se Diego, debochadamente, para divertimento das três mulheres que o escutavam, no exato momento em que Bernardo voltava com Pablo a tiracolo. O amigo chegou falando, e Diego se aproveitou para, pela primeira vez, encarar Ciça como não fazia há anos, sem que ninguém mais percebesse.

— Gostaria de apresentar a vocês o Pablo, um cara muito simpático, que embora eu tenha tido o prazer de conhecer apenas hoje, é divertido e muito bom de papo. Convidei-o para o nosso jantar!

— Eba, mais uma novidade! Oi, sou a Fernanda, mas você vai me chamar de Nanda, combinado?

— Sim... Nanda... — balbuciou Pablo, percebendo que Fernanda deduzia errado sua origem e dando a chance para que Diego mais uma vez pegasse no seu pé.

— Opa! Acho que seu inglês não foi muito claro para ele...

— Ok, ok, falha minha! Me esqueci de avisar! Apesar do nome, que podia perfeitamente ser de um brasileiro, Pablo é americano mesmo, californiano de carteirinha! — explicou Bernardo ao grupo, confirmando sua expectativa de que quando falasse a palavra "californiano", seu convidado responderia imediatamente.

— Sim! *Suncoast*, o que mais posso dizer?

— Bravo, bravo... Agora somos dois que não falam português! Mas acho que não teremos problemas em entender o que vocês dizem! Se todos falam inglês e quiserem aprender um pouco de italiano, estou à disposição! *Ciao*, me chamo Gaia Rossi! — Pronto. Se Pablo já estava encantado pela beleza física, agora tinha ficado ainda mais, pela espontaneidade com que Gaia se apresentou.

Enquanto todos estavam envolvidos com as apresentações, Carlos se encontrava no início do salão, na parte mais alta, arrumando uma grande mesa redonda que tinha acabado de vagar. Os seis se acomodariam perfeitamente ali e não passariam por aquele desconforto causado em mesas compridas, que obrigavam as pessoas a se curvarem para enxergar quem estava falando nas extremidades. A regra número um em seu trabalho era ser eficiente para terminar o dia com o maior lucro possível, mas pela camaradagem que tinha estabelecido com o responsável pela reserva e a perspectiva de atender uma mesa que prometia ser divertida como aquela, o trabalho ficava mais gratificante.

Com tudo pronto, dirigiu-se ao grupo para avisar que já podiam se acomodar.

— Olha o rapaz vindo aí, acho que já podemos pegar nossa mesa — comentou Bernardo quando Carlos se aproximou, justamente para conduzi-los.

— Vamos? Por aqui, por favor.

O grupo o seguia em separado, com as mulheres na frente e os homens mais atrás, já que Bernardo e Diego esperaram que Pablo pegasse suas coisas na mesa menor.

— Que comédia isso, viu? Acabei de conhecer o sujeito, mas, caramba, estamos num clima tão tranquilo, e ainda por cima com a Ciça trazendo essa amiga da Itália com ela, que decidi chamá-lo para se juntar a nós. É gente boa — comentava o anfitrião, enquanto observavam Pablo checar se havia esquecido algo mais na cadeira.

— Claro, rapaz, claro. Você não se atreveria a colocar um chato em nossa mesa, tenho certeza... — respondeu Diego, instantes antes de Pablo se juntar a eles. — Tudo pronto? — perguntou Diego.

— Sim, tudo certo, acho que não me esqueci de nada. Desculpem a curiosidade, mas há quanto tempo vocês se conhecem? — perguntou o gringo, enquanto caminhavam em direção ao restante do grupo, que já se acomodava.

— Bem, deixe-me ver, acho que doze anos, certo? — perguntou Bernardo, buscando a aprovação do carioca radicado em São Paulo.

— Sim, certo, desde o nosso primeiro ano na faculdade.

Os três se juntaram a Nanda, Ciça e Gaia. Por uma questão instintiva, a italianinha colocou-se ao lado de Cecília. Nanda pulou uma cadeira à direita da amiga de faculdade, que foi ocupada por Diego. Pablo sentou-se ao lado de Gaia, tendo Bernardo à sua esquerda.

Qualquer um que visse a cena não notaria nada de extraordinário acontecendo ali. Eram apenas pessoas comuns que iriam jantar. Ninguém poderia imaginar que aquele encontro seria o estopim para uma aventura que desafiaria os limites do homem.

O tempo passou rápido. Ficaram mais de três horas bebendo, comendo, conversando. Cada um contando como estava a vida, o trabalho, os relacionamentos e toda sorte de temas que sempre surgem quando pessoas que não se veem há muito tempo se encontram.

Fernanda não se fazia de rogada ao soltar sua generosa risada, invariavelmente apoiada por Ciça, que no começo se viu dividida entre curtir os amigos e dar atenção a Gaia, mas que logo depois relaxou, porque recebeu uma grande ajuda de Pablo naquele sentido. Diego caçoava de todos, ainda que nada se comparasse às provocações especialmente preparadas para Nanda, enquanto Bernardo aos poucos foi deixando de fazer o meio de campo entre Pablo e seus amigos, porque também acabou não existindo necessidade, com aquele clima tão leve e a disposição de todos em desfrutar do momento.

Carlos atendeu com perfeição seus clientes preferidos da noite. Foi solícito, rápido, esperto ao perceber quando estavam precisando de alguma coisa ou quando era o momento de sugerir. Fez questão de escolher pessoalmente as ostras pedidas por Gaia e Pablo, além de levar Ciça ao aquário para que pudesse apontar qual lagosta iria querer para o jantar. Os camarões que Nanda e Bernardo pediram também foram selecionados e preparados com capricho. Todos os drinques servidos ao longo da noite estavam impecavelmente apresentados e em quantidade um pouco acima da regular. Fizera vista grossa para os olhares de preocupação do maître quando risadas altas, palmas, ou qualquer outro tipo de reação mais exagerada para os padrões do restaurante chamavam a atenção das outras mesas.

Era um perfeccionista e aquela característica se acentuara ainda mais nas últimas horas. Ao passo que atendia à mesa, foi exercitando o velho hábito de perceber a personalidade alheia, de imaginar como seria a vida, preferências, os pontos fracos de seus clientes, tudo com as poucas dicas que pescava aqui e ali, entre os formais "Pois não, senhor", "Perfeito, senhor", "Boa escolha", "Estava muito bom", "Muito obrigado".

O fato de se tratar de jovens, com mentes mais abertas, sujeitos despreocupados em dizer estas ou aquelas palavras, facilitava tudo. Sinais que passariam despercebidos para a maioria das pessoas, mas que para ele eram dicas preciosas. A simpatia que aos poucos começava a nutrir pelo grupo chegou a causar certa culpa, mas a avidez pela curiosidade em decifrar cada um falou mais alto.

Achara as mulheres lindas. A loira, com seu corpo firme e olhar ferino, era provocante em todos os seus gestos, que a princípio poderiam ser tomados como artificiais, mas que, ao longo da noite, notou, faziam mesmo parte do que ela era. Flertara, atraíra a atenção de todos os homens presentes à mesa, embora não parecesse interessada em nenhum deles. E ele? Percebera algum olhar mais demorado, alguma fagulha de paquera nas poucas vezes que teve que se dirigir a Fernanda? Talvez sim. Durante todo o tempo as piadas com duplo sentido não deixavam dúvida: era uma mulher quente, que gostava de sexo e não fazia questão alguma de esconder este fato. A outra, morena, alta, de cabelo comprido e um busto impossível de passar despercebido, era mais discreta e indubitavelmente mais charmosa. Tinha se mostrado cúmplice das piadas picantes da amiga, mas sem passar do ponto. Morava em Milão, gostava bastante de música em geral e morria de saudades da lagoa Rodrigo de Freitas. Pareceu ser uma mulher que se acostumou a falar na hora certa e possuía um par de olhos que poderia perfeitamente hipnotizar algum desavisado que a encarasse por muito tempo. Nitidamente acontecia algo entre ela e o sujeito a seu lado, porque formalidade, quando em um ambiente para lá de informal como aquele, não só ele, mas todo mundo percebia. O rapaz em questão era mestre em provocar a loira e seu raciocínio era rápido para qualquer assunto. Mostrava-se culto e pelo visto já estivera na cidade em outras ocasiões. Um fanático por boa comida e Fluminense, mas aquelas preferências não requeriam nenhum tipo especial de perspicácia por parte de quem passasse perto da mesa, de tanto que voltavam à baila por seu intermédio. A mais baixinha das moças era italiana. E era linda. Uma beleza não necessariamente física, mas ainda assim explícita. Tinha uma desconcertante desenvoltura para participar de todos os assuntos. Sua silhueta era bem-feita e denunciava uma mulher-menina com um corpo nada infantil. Claramente retribuía as investidas de Pablo. O empresário era da Califórnia, teve a oportunidade de perceber quando estava a sós com Bernardo durante o happy hour, e era o tipo do homem com cara de bobo, jeito de bobo, mas que de bobo não tinha nada. Com seu humor cínico, por várias vezes abusava da ironia, levando seu interlocutor ou mesmo a mesa inteira a se contradizer, para depois solidarizar-se com suas vítimas. Tinha voz mansa e era educado em cada gesto. Um personagem que ele mesmo já havia testemunhado tendo sucesso em inúmeros outros jantares como aquele. Não podia mesmo culpar a italianinha por baixar a guarda. O anfitrião era o mais fácil de analisar. Tratava-se de alguém que definitivamente precisava relaxar. Era alegre, divertido, mas permanentemente tenso com o momento seguinte. Constantemente buscava por ele ou por outros garçons, assim como a todo instante perguntava a seus amigos se estavam gostando da comida, se estava tudo bem. Provavelmente era por aquele motivo, por aquela tensão, que bebia tanto. O álcool deveria proporcionar o conforto, a marcha lenta de que ele tanto precisava para seguir adiante.

Voltava para o salão após comandar os cafés da mesa, quando encontrou com o próprio a caminho do banheiro.

— Rapaz, você foi perfeito, não tenho como te agradecer. Simplesmente fantástico.

— Que isso! Quem me dera todos os clientes fossem como vocês. Foi um enorme prazer atendê-los!

— Que bom, que bom, a recíproca é verdadeira, viu? Está todo mundo lá na mesa te elogiando, parece que a gorjeta vai ser boa! — disse, dando uma risadinha para Carlos, que não conseguiu manter o tom formal.

— Será?

— Claro! Escuta, passa lá depois que o pessoal quer mesmo te agradecer, está bem?

— Sem falta, daqui a pouco levo os cafés.

— Que ostras, meu Deus! São diferentes daquelas que eu como em Milão! E também nunca tinha experimentado assim, com limão-siciliano e pimenta! — Gaia ainda se deliciava com o jantar, elogiando as ostras pedidas por ela e Pablo, que não perdeu a oportunidade de concordar com a italianinha.

— Concordo! Que pratos ótimos eles têm aqui! Tudo estava perfeito!

— Eu confesso que me deu pena de ver a lagostinha lá, vivinha, mas também era tão linda que seria logo escolhida por outra pessoa. Estava uma delícia! — comentou Ciça, aumentando o coro que se tornou unânime.

Cada um fazia um elogio diferente sobre o restaurante, a comida e o atendimento de Carlos, quando este chegou com a bandeja repleta de cafés.

— Aqui, gente, para ninguém sair desmaiando pelo meio da rua... — brincou, àquela altura já se sentindo íntimo.

— Muito bem, rapaz, show de bola! Já pode ir pedindo a nota também, que amanhã essa galera aqui vai acordar mais tarde, enquanto eu tenho outro dia de trabalho... — disse Bernardo, para logo ouvir os comentários irônicos dos companheiros.

— Pois não, já volto, com licença.

— Mas como foi incrível este atendimento, né? Foi mesmo de primeira, vamos dar um pouquinho a mais na gorjeta, cada um? Acho que o cara merece... — sugeriu Diego.

— É, basta me dizer quanto vai ser para cada um que eu adiciono no cartão... — Bernardo disse e foi logo sendo cortado por Nanda, que previa o debate sobre o amigo querer pagar tudo sozinho. Um costume antigo, que, pelo visto, ele ainda não tinha abandonado.

— Ah, não começa, vai, estava tudo indo tão bem...

— Que foi? — perguntou Pablo. Ele e Gaia entendendo que algo não estava certo pela repentina mudança no semblante de todos.

— Cara, na boa, eu te conheço, mas... — começou Diego, para depois emendar em inglês, percebendo as caras de paisagem que faziam Pablo e Gaia. — Isso não tem sentido algum. Não estamos em uma festa fechada para estranhos, mas entre amigos. O certo é que a gente divida a conta.

— Como é que é? — a italianinha, finalmente entendendo tudo, empertigou-se na cadeira e começou seu protesto. — Seria muito embaraçoso para mim! Estou adorando conhecer todos vocês, mas não seria justo!

— Então é isso. Vamos dividir, Bernardo, é a melhor coisa a se fazer — complementou Pablo.

Bernardo sabia que a reação seria aquela, mas não via outro jeito. Para início de conversa estavam em Nova York, cidade em que morava, sem contar que havia sido ele a escolher o restaurante. Sentia-se responsável pelo encontro.

— Nem vou comentar nada... — disse Ciça, virando-se para Gaia e explicando em italiano: — Não é a primeira vez que ele faz isso. No fim, nós três, eu, a Fernanda e o Diego, estamos sempre tentando impedi-lo de pagar a conta. É inútil.

— *I-nu-ti-le* — repetia Bernardo, rindo para Gaia, que não resistiu e também caiu na gargalhada com o tom provocativo.

Carlos se aproximava da mesa naquele momento e, para evitar qualquer tipo de cena constrangedora, o anfitrião resolveu levantar-se e ir ao seu encontro. — Rapaz, chega aqui — começou a dizer, trazendo-o para o lado do corredor, perto de uma pilastra. — Toma o meu cartão e...

Ficou gelado.

Carlos logo percebeu a mudança no semblante do cliente. Algo lhe dizia que sabia exatamente o que estava por ouvir.

— Não pode ser... — Bernardo estava pálido e tateava os bolsos, incrédulo.

— Já entendi. O senhor não se preocupe. Já aconteceu outras vezes, de o cliente ficar desprevenido. Não tem problema. Deixe um documento seu, além de telefones de contato e endereço de e-mail. Tem como o senhor vir aqui amanhã para acertarmos tudo? — propôs o ajudante de garçom, na tentativa de tranquilizá-lo.

Bernardo mal acreditava. Como podia ter deixado sua pequena carteira em casa? Em casa ou no escritório? Não havia outro remédio senão aceitar a sugestão dada por Carlos.

— Nossa, eu não sei o que dizer, podemos mesmo fazer isso? Não tem problema?

— Claro! Sem nenhum problema, pode me acompanhar?

— Eu ia te pedir isso agora, podemos ir para o balcão do bar? Você sabe... — Estava profundamente constrangido.

— Sim, sim, já entendi tudo. Como disse, acontece toda hora, não se preocupe.

Tudo seria resolvido no dia seguinte, primeiro horário, sem falta. Bernardo não se opôs a fornecer todos os dados que lhe foram pedidos. Como podia ter acontecido aquilo? Ficou chateado tanto pelo equívoco quanto pela situação em que se colocou, mesmo que seus amigos não tivessem ficado sabendo de nada. Sim, porque, mesmo sendo amigos, teria se sentido muito mal se, após botar toda aquela banca de que fazia questão de pagar a conta, simplesmente não tivesse como fazê-lo.

Um favor que não custou nada a Carlos, mas que indiretamente renderia um preço impagável a todos que estavam à mesa.

10

LAMENTO E ESCURIDÃO

Nova York — 25.02.08

19h18

Com fraturas expostas em ambas as pernas, seu corpo era um emaranhado de membros ao final da escada. O fêmur direito forçava passagem pelo jeans rasgado, mas o que mais incomodava era uma vontade louca de coçar o nariz. O crânio rachou a tal ponto que, se fosse capaz de abrir os olhos, talvez conseguisse encarar a si mesmo. Ainda que sobrevivesse, jamais seria capaz de explicar o que sentia. A dor era de tal forma lancinante, uma sensação tão desesperadora, que em silêncio torcia para perder logo os sentidos.

Então, como por milagre, a dor foi desaparecendo.

Também a luz em volta.

Em seus últimos pensamentos lembrou de Ana e de seus já tão queridos amigos.

E lamentou profundamente não ter tido tempo de levar adiante seu plano.

11

SAUDADES ETERNAS

Rio de Janeiro — 25.02.08

18h42

"Maninha, tenho que ir até a esquina comprar o rango, mas volto em cinco minutos! Não se atreva a sair daí, que estou morrendo de saudades e ainda preciso muito falar contigo (quero te explicar uma ideia que tive... você vai achar meio louca, mas confio que apoie, ou pelo menos ache previsível minha curiosidade. Ok, na verdade mais a segunda opção... hehehehe... Até mais!)."

Com uma vontade louca de ir ao banheiro, Ana Luiza chegara correndo da rua, ligara o computador e fora fazer xixi. Quando voltou encontrou aquela mensagem no MSN. Seu irmão queria contar alguma coisa, algum assunto que julgava importante. No momento ficara curiosa, mas àquela altura a impaciência já falava mais alto. Claro que os tais "cinco minutos" não necessariamente precisavam ser contados no relógio, mas tampouco poderiam ser confundidos com meia hora.

Justamente para combater a impaciência tratou de navegar um pouco na internet. Resolveu baixar uma música da

Maria Rita e ver se tinha algum e-mail novo em sua caixa de entrada do Yahoo. De fato havia uma mensagem nova. Era de seu irmão, enviada às dezenove e doze, horário de Nova York. Verificou o horário e constatou que praticamente coincidia com sua mensagem no comunicador instantâneo. Clicou para abri-la.

Demorou um pouco para entender e mesmo assim não conseguiu acreditar. *Ele não fez isso!*

Sua ira foi tão grande que preferiu não esperar Carlos voltar a ficar disponível. Desligou o computador e bufando foi tomar uma ducha fria e preparar algo rápido para comer. No dia seguinte teria que chegar cedo na loja e pretendia dormir logo.

Lera apenas o início da mensagem, mas já fora o suficiente. O argumento partia de um pressuposto, uma concepção, que não tinha absolutamente nada a ver com a educação que receberam dos avós. Se bem que, do jeito que as coisas caminhavam nos últimos meses, a latente insatisfação e necessidade de afrontar os fundamentos com os quais foram conduzidos com tanto amor e que sempre serviram de alicerce moral, nunca de ferramenta coercitiva, não tinha mais certeza se o irmão era a mesma pessoa que crescera a seu lado.

Sabia que uma séria conversa acabaria acontecendo. Tanto porque ele a procuraria como por ela desejar, de uma vez por todas, demonstrar seu desagrado com aquela postura recente.

Mas aquele não era o melhor momento.

Estava tão fula da vida que seria melhor respirar fundo antes de dizer o que pensava.

12

SEM RESPOSTA

Rio de Janeiro — 25.02.08

19h01

— Carlos... Meu Deus...Você tem que vir logo! O mais rápido possível!

Ana jamais saberia explicar o motivo, mas ao ouvir aquelas palavras, ainda que não tivesse entendido todas, os pelos de seus braços se eriçaram.

Hã? Carlos? O que aquela vaca estava dizendo? Ficou tão nervosa com o pressentimento que passou a nutrir um ódio imediato pela pessoa do outro lado da linha, como se estivesse falando com a responsável por algo de muito grave que tivesse acontecido com seu irmão.

E era aquilo que mais a assombrava. *Algo muito grave aconteceu... com Carlos?*

Depois a voz do outro lado da linha mudou.

Era uma voz de homem, firme. Mais uma vez conseguiu pescar palavras soltas. Palavras que quase fizeram seu coração sair pela boca.

— Um acidente... Terrível... Muito machucado... Sem chances de evitar...

Aqueles segundos ao telefone com toda certeza representaram a experiência mais aterrorizante pela qual tinha passado até então. Nem em seus piores pesadelos, nunca, jamais conseguira chegar perto do que sentia naquele momento. Gritava histericamente, xingava, pedia informações e intimamente implorava para que tudo não passasse de um trote, uma brincadeira sem graça. *Algum filho da puta está me sacaneando! Alguém tem que estar me sacaneando...Tem que estar, por favor!*

Conseguiu pedir para voltar a falar com a pessoa que lhe havia telefonado, mas o panorama não mudou. As informações naquela babel de gritos e choros estavam desencontradas, e Ana agarrava-se desesperadamente ao fato de que o ruído, os choros, os gritos, seu estado de quase sonambulismo, tudo a tivesse feito ouvir errado.

Em um impulso desligou o telefone e logo em seguida ligou para o celular do irmão, rezando para que ele atendesse de maneira debochada, como sempre fazia, dizendo que ela não conseguia viver sem ele, que assim ele se sentia sufocado demais e que, enfim, teria que voltar antes do previsto para cuidar dela.

Mas caiu direto na caixa postal.

Já em prantos, totalmente envolta em um manto de pânico, ligou para o fixo. O ar preso no peito chegava a doer, e a sensação se acentuou após o primeiro toque. Imaginou do outro lado o telefone chamando e comicamente torceu para que fizesse pouco barulho. Quem sabe assim ninguém atenderia e ela então poderia agarrar-se a dúvidas. Aterradoras, mas dúvidas. *Dúvidas sempre são melhores do que certezas como essa!*

Segundo toque e nada.

Terceiro toque, ninguém atendeu e uma incontrolável sensação de euforia começou a tomar conta do seu quarto. Sua torcida tinha razão de ser! Afinal, como poderiam ter ligado há apenas alguns minutos e, repentinamente, ninguém estaria em casa? *Foi um trote!*

— Alô? Pronto?

Ali, na escuridão, janela aberta, Ana caiu no chão de joelhos, que bateram com um estalo forte no piso de madeira.

Uma voz de homem atendeu. Uma voz firme, provavelmente a mesma de quando desligara. A certeza de que os próximos segundos seriam os piores de sua vida vinha dos sons que ouvia ao fundo. Choros abafados. E uma inconfundível sirene de carro de polícia.

Até que a voz continuou e misericordiosamente tirou-lhe qualquer dúvida.

— Boa noite, aqui quem fala é o policial Robert Kelly, da Polícia do Estado de Nova York. Quem fala? Alô? Senhorita Varizo?

Na mesma hora um espasmo de lucidez percorreu seu cérebro, que, desde o início, buscava negar a todo custo o que já pressentia. Karina e Hugo lhe tinham telefonado no meio da madrugada. Ambos choravam a ponto de não conseguirem se comunicar direito, mas conseguiram falar em acidente e pediram que ela fosse para lá correndo.

Agora um policial atendia ao telefone, tendo sido avisado de que era ela quem ligava. Não porque viram no identificador de chamadas, mas porque tinha acabado de desligar o telefone na cara deles e, a julgar pelo pouco tempo que se passou entre um telefonema e outro, o policial estava provavelmente ao lado de Karina e Hugo naquele momento.

Antes, Carlos tinha dito que daria um pulo na esquina e estaria de volta em cinco minutos.

As próximas horas seriam cheias de detalhes e pendências práticas, mas nada mais precisavam dizer, porque nada mais importava.

Para Ana Luiza o mundo acabara naquele instante.

Não tinha mais irmão.

Ele se foi.

13

RENDIÇÃO

Nova York — 27.02.08

8h52

A série de acontecimentos que se sucederam nos últimos dias teria deixado qualquer pessoa em um estado de nervos que beiraria o colapso e em um esgotamento físico próximo do insuportável. Ana Luiza não era exceção à regra.

Tão logo soube da tragédia, tomou as providências necessárias. O visto americano requerido anos antes, para participar de excursão à Disney, ainda estava válido, mas assustou-se ao perceber que a validade do passaporte já havia expirado. Ainda na madrugada de segunda-feira correu para a Polícia Federal, na praça Mauá, de modo que, quando o atendimento começasse, fosse a primeira a ser atendida. Normalmente a retirada de um passaporte duraria em média cinco dias úteis, mas, quando explicou o ocorrido, todo o procedimento durou cinco horas. Antes do meio-dia já havia comprado sua passagem. Embarcou para Nova York na mesma noite.

Fazia mais de quarenta e oito horas que não pregava os olhos nem colocava nada na boca. No voo tentou morder um pão e tomar um suco de maçã, mas sentiu que poderia vomitar e preferiu não forçar. Estava com fome, mas não tinha vontade de comer. Seus olhos ardiam como duas pedras em brasa, mas não passava pela sua cabeça dormir. Ainda em casa, quando começara a chorar copiosamente, se deu conta e tomou a decisão. Seu irmão precisava dela. Naquele momento suas necessidades deveriam ficar de lado. Inclusive a necessidade de sofrer. Teria que ser forte para fazer as coisas direito e mostrar a todos que ele tinha uma irmã que o amaria para sempre e cuidaria de sua partida final de forma digna.

Partida final.

Por quê?

Todas as moléculas do seu corpo imploravam para que não insistisse em fazer aquela pergunta, e, no entanto, ela continuava a martelar em sua cabeça, forçando seu raciocínio, como se fosse possível obter uma resposta.

Seu irmão era uma das pessoas mais carinhosas e justas que jamais havia conhecido. Era impetuoso, birrento, às vezes teimoso, mas acima de tudo um ótimo sujeito. Por que então? Por que tirá-lo daquela maneira, se, não restavam dúvidas, era alguém capaz de influenciar positivamente quem estivesse por perto? Ao lembrar do que o oficial lhe tinha dito por telefone... Ele não dera detalhes e nem ela pedira, mas por que o sofrimento? Por que a dor? Por que puni-lo? Por que a estavam punindo? O que tinham feito de mal?

Não é justo!

O Consulado Brasileiro em Nova York ficava na avenida das Américas, 1.185, colado no quarteirão da rua Quarenta e seis, também conhecido como "Little Brazil", ponto de encontro da comunidade brasileira na cidade. Lá, o sujeito saudoso podia beliscar um pão de queijo, tomar um guaraná ou saborear uma feijoada, ainda que pagasse, em dólar, um valor muito acima do considerado razoável.

Sentada em um banco ao lado do edifício, Ana olhava para uma bandeirinha brasileira que ainda tremulava em um dos postes e imaginou que devia ser remanescente da festa pela independência que todo ano arrastava milhares de brasileiros para aquele pedaço da ilha. Ao pensar naquilo sentiu-se mal. Amarga. *Ele deve ter estado aqui. Deve ter andado por aqui, ter visto esta mesma bandeira que estou vendo agora.*

Não conseguia imaginar a felicidade das outras pessoas quando estava tão claro que sua vida havia chegado ao fim da pior forma possível. Estava viva, mas se sentia morta. Não sabia para onde ir, que ponto de partida tomar, nem mesmo se queria algum ponto de partida. Um desgosto tão forte a assolava que por uma fração de segundo chegou a cogitar um caminho mais curto para tudo aquilo.

Por outro lado, apesar do desespero, também sabia que não era hora de ser egoísta. Era cruel, mas naquele instante a praticidade precisaria falar mais alto que a dor, uma vez que cabia a ela tratar dos caminhos legais para a cremação do corpo. Aguardava apenas dar nove horas e então ligaria para o serviço de Plantão Consular que funcionava justamente em situações emergenciais como aquela, inclusive aos finais de semana. Depois, com tato, delicadeza e presença de espírito que então lhe pareciam inimagináveis, falaria com os avós sobre o acontecido. Um momento que ainda estava por vir, mas que já a preocupava muito.

Na véspera mesmo já havia feito um primeiro contato com o Consulado e deixado tudo encaminhado. Porém, assim que chegou não resistiu e imediatamente dirigiu-se para o apartamento, onde encontrou Karina e Hugo. Os dois na sala, um pouco adormecidos, olhos inchados, rostos entre inexpressivos e inquietos, como se alguma coisa ainda estivesse por vir. Como se faltasse o último ato de um drama que estivessem assistindo na Broadway. Nenhum dos dois disse nada, nem ela perguntou o porquê de a porta estar entreaberta.

Ouvira falar deles, mas nunca chegaram a ser apresentados, nem mesmo virtualmente. Ver aquelas pessoas estranhas despedaçadas pela perda de seu irmão lhe causou duas sensações estranhas. A primeira, vil, de ciúmes. Como se estranhos estivessem lhe roubando o direito de chorar seu irmão. Como se apenas ela pudesse desesperar-se. A segunda, de conforto. *Ele sempre foi querido. Em todos os lugares. Por todo mundo.*

Entrar no apartamento em que até poucos instantes seu irmão habitava causou-lhe náuseas, mas entrar no quarto e ver seu par de chinelos um pouco gasto, suas roupas, seus livros e suas fotografias na parede, dentre as quais se destacava uma em que ambos tomavam chope na Cobal do Humaitá, foi quase tão torturante quanto o momento em que soube da notícia. Talvez por ter sabido aos poucos, daquela forma desencontrada, muito mais sentido do que sabido de fato. Ver seus objetos pessoais, sentir o ar ainda impregnado pelo seu cheiro, por outro lado, deixava tudo muito mais claro. Desgraçadamente claro.

Achou o passaporte na primeira gaveta da cômoda e então foi para o 114º Distrito Policial da cidade de Nova York, que ficava justamente em Astoria, a algumas quadras dali, buscar o atestado de óbito. Depois seguiria para o Consulado, onde daria entrada no documento necessário para a cremação do corpo, uma preferência que certa vez Carlos confidenciara. De resto, para a redivisão da herança dos avós já falecidos e outros trâmites, como encerramento de contas bancárias no Brasil, também precisaria de toda aquela papelada.

Deixou para Hugo e Karina a tarefa de encontrar um crematório que os atendesse bem. Pelo que tinha visto na internet não seria complicado. Tinha reservado a volta para a terça-feira seguinte, mas faria de tudo para abreviar ao máximo sua estada. Ali, a cada hora, a cada minuto, a lembrança de seu irmão tomava contornos torturantes. Karina timidamente chegou a oferecer um lugar no sofá, mas seria realmente impossível dormir ali. Preferiu um quarto em um pequeno hotel perto da Broadway.

A suíte 615, quarta porta à direita saindo dos elevadores, era considerada estreita pela maioria dos hóspedes. Nela se espremiam uma cama de solteiro com um criado-mudo ao lado, um aparelho de TV e um armário embutido, além de um lavabo com ducha. E mesmo assim Ana Luiza experimentava uma bizarra sensação de conforto.

Sentada na cama, encolhida, joelhos unidos junto ao queixo, lutava com todas as forças para engolir um sanduíche de pão preto, mostarda, salmão defumado e picles, que havia comprado na delicatéssen da esquina. Um suco de maçã em caixinha era o derradeiro reforço para cumprir a tarefa de se alimentar. No canto, à esquerda, como a observá-la, uma sacola branca de plástico da Toys r Us. Dentro, fotos, uma carteira, uma camisa e um laptop. Os únicos pertences de seu irmão que tinha decidido levar consigo. Provavelmente demoraria muito a remexer naquelas coisas. Talvez, em algum momento nos próximos meses, as fotos.

Forçadamente deu uma última dentada no sanduíche, um último gole de suco, e então decidiu escovar os dentes e apagar as luzes. Precisava dormir um pouco. O quanto fosse possível. Colocou do lado de fora, na maçaneta da porta, o lembrete para não ser incomodada pela camareira. Por precaução também fizera o mesmo pedido na recepção. Então, finalmente, conseguiu fechar os olhos.

Ah, não... Merda!

Teve que esticar o braço logo depois para alcançar o interruptor e acender a luz. Hugo conseguira um horário no crematório já para o dia seguinte, no início da tarde, e por pouco ela havia se esquecido de verificar a possibilidade de conseguir um voo para aquela mesma noite.

Abrir o laptop de Carlos foi mais ou menos como voltar no tempo e não conseguiu conter o choro. A dor era insuportável.

Via as teclas, a tela, imaginava seu irmão poucas horas antes tendo a mesma visão que estava tendo ali, esperando que ela aparecesse para conversar. Se ao menos tivesse escrito alguma coisa... Se soubesse que ele teria que sair... Talvez pudesse ter mudado o rumo dos acontecimentos. Tinha ido ao banheiro e quando voltou ele já não estava mais lá. Apenas uma mensagem. Queria falar com ela, defender uma ideia, explicar uma teoria. Faria uma proposta para aquele grupo de amigos que conhecera no restaurante, sobre os quais falava tão bem. Uma ideia que a havia deixado com raiva, quase ofendida, mas que já não sabia ao certo como e nem por quê, não causava mais o mesmo efeito. Era bem ao contrário. Relutava em admitir, mas a violência com a qual o irmão saíra de sua vida funcionara como combustível para alimentar dúvidas que até então nunca tivera. *Por quê? O que ele fez para merecer? Por que agora? Por que daquela maneira tão horrível?*

Nunca tivera vergonha de ser religiosa e frequentemente debatia sobre o tema "merecimento", no âmbito da religiosidade. Deus sabia o que fazia. Sempre. Não existia dúvida quanto àquilo. O simples questionamento não cabia, não merecia espaço. Nunca debochara abertamente, mas em silêncio achava quase engraçado ouvir ataques raivosos em mesas de bar, do tipo "... Foi Deus que fez o avião cair?", "Deus matou aquela criancinha?", "Por que Ele não desviou aquela bala perdida?". Sim, Deus sabia o que era melhor. Sim, Ele sempre sabia o que era certo, quando e de que maneira. Ninguém tinha capacidade de discernir suas razões. "Fé não se discute", era o que ela sempre respondia, não para fugir do debate, mas porque parecia ser a resposta mais sensata.

Entretanto, ali, no escuro daquele quarto pequeno, era ela própria que se questionava.

Em rápidos cliques logo encarava sua caixa de e-mail.

Pôs-se a ler com atenção a última mensagem que seu irmão tanto queria que lesse.

14

SIM

Nova York — 25.02.08

22h19

Exausto, já que seu corpo ainda estava se acostumando com aquele esforço, Bernardo bufava.

Fazia duas semanas que conseguira entrar como mensalista no futebol organizado pelo pessoal de um escritório de advocacia vizinho de corredor no prédio em que trabalhava.

Os participantes em sua maioria eram europeus e latino-americanos, todos vindos de países com alguma tradição no futebol. Um aspecto bom para manter o nível das partidas, mas ruim para quem, brasileiro como ele, tinha a responsabilidade de demonstrar um alto grau de intimidade com a bola. Menos mal que não se fizera de rogado e advertira com todas as letras sua condição de peladeiro esforçado. De início todos acharam que era brincadeira, mas logo entenderam os sinais emitidos pelos carrinhos bruscos e as caneladas. Não demorou muito e passou a correr mais do que propriamente jogar. Sem drama, afinal só estava ali para aquilo mesmo: suar, correr, tentar perder alguns quilos que sua rotina diária o fazia ganhar.

Sentado em uma das cadeiras que ficavam à beira do campo, enquanto retomava o fôlego e organizava sua mochila, percebeu seu Blackberry piscando. Terminou de se arrumar, despediu-se do resto das pessoas que ainda estavam ali e foi andando devagar, com o aparelho em mãos, acessando a caixa de e-mails.

Teve que ler a mensagem mais de cinco vezes.

Hã? Estava propondo que... pecassem? Dizendo assim soava exageradamente carola, mas aquilo pouco importava. A questão era que tinha algo de sórdido na mensagem, um tom radical, como se o convite fosse para algo mais do que o simples ato de pecar. Transgredir. Talvez fosse aquela a palavra de ordem embutida no texto.

De cara achou a ideia louca, sem propósito, mas ainda assim inevitavelmente se imaginou aceitando.

Conhecia-se bem, o suficiente para antever o que faria, se por um remotíssimo acaso dissesse que sim.

Milão — 26.02.08

8h42

Ciça estava começando o dia tomando um tradicional cappuccino no Panino Giusto, uma cadeia de cafés que já estava razoavelmente espalhada por toda a cidade e cujo atendimento era bastante formal. Tudo porque ficara acordada até mais tarde, terminando de ler um excelente romance de Mario Vargas Llosa, e com isso tinha perdido a hora.

Incomodava não ter podido seguir seu ritual de todo dia no café ao lado de casa, mas não teve muita opção. Estava com pressa, cheia de trabalho acumulado devido aos dias que tinha passado em Nova York, e a prioridade era reorganizar sua agenda. *Pensando bem, seria melhor pedir que a piadina e o suco de laranja fossem embalados para viagem... é isso!*

— Por favor, seria possível embrulhar para viagem? — dizia ela, quando seu celular tocou, ao mesmo tempo que o atendente lhe respondia com um positivo aceno de cabeça. O nome "Gaia-Milano" aparecia no visor.

— *Ciao*! Está aqui?

— *Ciao*! Sim, estou! Podemos almoçar juntas hoje?

— Claro! Deixe-me ver... Tem um lugar bem gostoso aqui perto, no Corso Garibaldi. Se chama Terra Blù e fica logo no cruzamento com a via Larga. Às 12h30, está bom?

— Perfeito! Talvez eu até chegue antes... Ah! Não podia esquecer, por acaso já deu uma olhada na sua caixa de e-mail hoje? — perguntou Gaia, logo despertando a curiosidade de Cecília.

— Hoje ainda não, acabei acordando tarde, por quê?

— É que recebi um e-mail do Carlos, desta vez todo em português, e lá no final ele dizia alguma coisa sobre mim e o Pablo. Será que você poderia traduzir? Estou curiosa demais!

— Um e-mail do Carlos todo em português? Sério? Claro que te conto tudo, amiga, sem problema algum! — disse a bela morena, que, apressada, saía do café e se dirigia ao ônibus que a levaria aos escritórios da *Bella*. Ao mesmo tempo que atravessava a rua se despedia da amiga no celular.

Se Gaia teve a intenção de dividir sua curiosidade com alguém, escolhera a pessoa certa. Ciça ficou intrigada.

Não tinha sido estabelecida nenhuma regra, até porque a italianinha, aos poucos, ia aprendendo uma palavra ou outra de português, só que normalmente os diálogos eram em sua maioria em inglês, por ser o único idioma falado por todos. Além do quê, Carlos tinha se mostrado um ótimo papo, desde que entrou no grupo de e-mail. Era viajado, conhecia bastante de música, cinema e suas opiniões quase sempre fugiam do lugar-comum. Estes ingredientes a deixavam ainda mais na expectativa. *Do que este e-mail pode tratar, caramba?*

Sua curiosidade não duraria muito tempo. Assim que chegasse ao trabalho teria acesso à misteriosa mensagem.

São Paulo — 26.02.08

2h01

Em casa, relendo seus últimos materiais, Diego sentia-se impaciente. Poucas coisas o irritavam mais do que os bastidores da política. Amava sua profissão, mas era revoltante, às vezes mesmo frustrante, tomar conhecimento de todo tipo de sujeira à qual se prestavam certos personagens do quadro político nacional. Como bom jornalista, conseguia ter acesso a toda sorte de informações, mas nem sempre lhe era permitido divulgar esta ou aquela notinha na hora em que desejava. Também existiam os momentos em que era melhor esperar mais um pouco para que novas evidências surgissem, em outros abria mão do furo para não gastar munição à toa, fosse com os próprios políticos ou com as fontes. Seus quase dez anos de carreira tinham lhe ensinado que se o jornalista tivesse um pouco de paciência por vezes acabava descobrindo uma notícia ainda maior do que aquela que ele achava ter em mãos.

Digitava algumas anotações quando percebeu o envelopinho do correio eletrônico no canto da tela, acusando que uma nova mensagem tinha chegado.

Como de costume, ignorou.

Estava fulo da vida com tantos spams, mensagens de operadoras telefônicas e coisas daquele tipo que nos últimos três meses tinham deixado sua caixa postal lotada. Só naquele dia já tinham sido mais de quinze. Decidiu que mandaria tudo para a lixeira, criaria um novo e-mail e passaria a tomar mais cuidado para que este não caísse nos cadastros de nenhuma empresa inconveniente.

Rio de Janeiro — 26.02.08

2h52

Nanda mal podia acreditar. Sempre imaginara algo daquele jeito. Sempre. Desde sua primeira lembrança, quando ainda era adolescente. Ironia do destino, justamente uma pessoa que conhecia há tão pouco tempo estava sendo responsável pela aguardada resposta aos seus anseios. O que Carlos estava propondo provocara um frenesi em sua mente e corpo. Não conseguia se lembrar de um dia sequer em que não questionasse sua vida, sua própria existência, numa obsessão quase depressiva.

Sabia que muitos a encaravam como uma mulher caricata, fútil, exageradamente preocupada com a aparência, com suas conquistas amorosas e com bens materiais. Não se incomodava com aquele tipo de avaliação, muito pelo contrário. Era apenas uma visão limitada de quem ela realmente era, e que no fundo lhe servia como um cobertor quente. Não fazia questão alguma de dar sua opinião sobre conceitos abstratos como felicidade, destino, existência etc. Aqueles eram pensamentos apenas seus. Tanto que nem para Ciça chegara a ponto de comentar qualquer coisa do tipo, com medo de assustar a amiga.

Afinal, a vida era mesmo assim tão valiosa? Se fosse, o que fazia para justificar aquela afirmação? Todos os seus atos, seus gestos, tudo era de uma mecanicidade extrema. Acordar, ir trabalhar, malhar, beber com os amigos, se entregar para os homens que desejasse, acordar, ir trabalhar... Era isso mesmo? Era para isto que existia? Quantos anos ainda suportaria aquela rotina, mesmo que salpicada por uma ou outra situação mais intrigante? Carlos havia apertado um botão. O botão certo, sem dúvida alguma.

A proposta poderia até ser vista como um jogo. Os pecados listados por São Tomás de Aquino eram mundialmente conhecidos e, se havia entendido bem, a proposta era que cada um deles colocasse em prática um determinado pecado. Mais do que isso, sugeria que o ato de pecar fosse levado ao extremo, ao esgotamento.

Como se tudo pudesse ficar ainda mais perfeito, a ideia partia do pressuposto de que o termo "pecado", bem como seu significado nebuloso, pesado, como a Igreja sempre fazia questão de passar, fosse deixado de lado para ser enxergado com naturalidade.

Nanda considerava aquele entendimento simplesmente perfeito. *Brilhante!*

Ainda em choque pela assustadora afinidade de pensamento com Carlos, começou a se fazer uma pergunta fundamental para que próximos passos fossem tomados: como seus amigos tinham entendido o e-mail? O que estavam pensando? Qual seria a reação de todos? A curiosidade era forte demais. Precisava obter logo aquelas respostas.

Imediatamente.

Los Angeles — **26.02.08**

8h32

Da recepção era possível ver que a piscina do Hotel Marina Del Rey estava vazia. Ainda. Dali a pouco alguns hóspedes iriam aproveitar o tímido, porém constante sol que deixava a manhã daquela quinta-feira com cara de final de semana.

Não para ele. Tinha outros planos.

Mais precisamente um café da manhã com o agente de duas promissoras bandas de rap.

Pablo folheava preguiçosamente uma das tantas revistas de fofoca, cujos repórteres e papparazzi terceirizados conhecia praticamente todos, quando seu celular indicou o recebimento de um SMS. Era Bernardo. A mensagem foi lida em um segundo, mas seu significado permaneceu um mistério: "Já viu seu e-mail? Te explico tudo depois. Me ligue assim que acordar!"

São Paulo — 26.02.08

3h52

Diego acabara de falar com seu chefe e a notícia era para lá de desanimadora, principalmente para quem não dispensava o copinho de sexta-feira na Vila Madalena com o pessoal do trabalho. Teria que ir a Brasília cobrir o depoimento do tesoureiro da campanha para uma cadeira no Senado de um tradicional cacique político. A acusação era clássica: desvio de verbas.

Em teoria a matéria tinha tudo para ser ótima, mas aquele era um filme repetido, cujo final ele já sabia de cor. Tal qual em uma bolsa de valores, situação e oposição negociariam "mercadorias virtuais", ou seja, barganhariam, cada uma com os trunfos que tivesse, em troca de uma futura contrapartida e possível absolvição do pilantra. Mais do que sagacidade, ser jornalista político requeria estômago.

Com sorte voltaria para casa no sábado, se o desenrolar dos fatos não o obrigasse a permanecer até segunda na capital do país.

O telefone tocou novamente. *Só pode ser ele!*

— Fala, chefe! — disse ao atender, crente que se tratava do editor ligando para cancelar os planos. Não seria mais necessária sua ida a Brasília porque o tesoureiro fugira e ninguém sabia onde poderia ter se metido. Quem sabe os partidos de oposição fizeram acordo com os de situação e permitiram a retirada da testemunha-chave da lista de interrogáveis? Além disso, argumentaria — só para reforçar ainda mais a inutilidade da viagem —, o custo, entre passagens e diárias, ainda era impreciso, podendo sair caro demais. Seria melhor esperar um pouco para ver se era realmente necessária sua presença.

— Chefe? Era por isso que você estava pendurado no telefone esse tempo todo, garoto? — perguntou Nanda, de supetão.

— Ah, querida, é você... Foi mal, é que estava tratando de uma ida minha a Brasília amanhã cedo, é mole?

— Putz, Brasília ninguém merece mesmo... Mas olha, preciso muito falar contigo, tem um tempinho?

— Claro, pra você eu tenho todo o tempo do mundo... Diga-me tudo! Tenho certeza de que vai ser mais divertido do que a conversa que tive minutos atrás.

— E vai mesmo! Seguinte, você viu... Esquece! Me faz um favor, abre sua caixa de e-mail aí e vai na última mensagem lá do nosso grupo de e-mails que eu vou ficar aqui na linha esperando.

— Mas... não é melhor eu te ligar depois, quando terminar de ler?

— Não, eu espero! Sem problemas!

Diego não demorou a abrir sua caixa de e-mail e ler a mensagem. Gostou de imediato da ideia, mesmo que mil perguntas surgissem sobre como uma trama daquelas poderia ser posta em prática. Desconfiava que Fernanda também havia gostado, já que certamente não seria para falar mal que telefonaria.

— Acabei de ler, queridona... E aí? — *Será que algum dia vou conseguir falar com ela sem provocá-la?*

— Como assim "e aí"? O que você achou? Não é genial?

Fernanda lutava para esconder a excitação, porque considerava importante obter uma resposta sincera do amigo e não queria influenciá-lo. Estava difícil.

— Olha, achei legal, confesso... Seria divertido... Mas algumas perguntas precisam ser respondidas, né? Quem iria fazer o quê? Até onde iríamos? Teria uma data-limite para o fim dessa... experiência?

Enquanto ele falava, ela pensava nas respostas.

— Sim, sim, concordo contigo que algumas regras teriam que ser estabelecidas, mas não é o máximo? Acho que nunca ninguém fez isso! Pelo menos não assim, voluntariamente! Ninguém que eu conheça, com certeza absoluta!

— Verdade. A coisa toda colocada assim, desta forma, como uma missão, acho que seria bem diferente... Será que os outros gostaram da ideia tanto quanto... você?

— Quanto eu? Você não gostou? Não toparia?

O tom de decepção na voz foi suficiente para amolecer Diego e fazer com que respondesse sério.

— Queridona, achou mesmo que eu ia deixar você se meter numa enrascada dessas sozinha? Sim, gostei, achei incrível e estou dentro!

— Ebaaaaaaaaaaaa!!! Sabia que você não iria amarelar, Diegão!

— Ok, ok, mas me diga, qual foi a reação dos outros?

— Ai, nem me fala, ainda não sei... Nenhuma resposta ainda no e-group... Estou aflita!! Vou esperar um pouco antes de dar meu palpite, para não influenciar ninguém, mas acho que a maioria vai ficar no mínimo intrigada...

Milão — 26.02.08

12h22

— Obrigada! — disse Ciça ao garçom quando este trocava a garrafa de água com gás por outra sem. Gaia estava a sua frente, com a atenção dividida entre um prato de talharim e sua explanação. Tinha se perdido, porque deixara cair a faquinha da manteiga e titubeava entre pedir outra ou ignorar a gula pelo pãozinho quente.

— Hum... Você estava traduzindo o e-mail do Carlos... e uma proposta que ele fez... Também tinha alguma coisa de pecado no meio... — A italianinha devorava sua massa de maneira avassaladora, mas sem deixar de olhar para Ciça, em óbvio clima de expectativa.

— Ah, sim, pois é, na opinião dele a vida não deve ser desperdiçada com momentos ordinários... Ele acha que devemos explorar todas as situações, senão fica sem sentido estarmos aqui. Bem, pelo menos foi o que eu entendi...

— Tá, e eu concordo, mas o que tem a ver pecado com isso tudo?

— Aí é que está, ele propõe que a gente participe de um... sei lá, um tipo de desafio. Algo que eu nunca ouvi antes...

Ciça não esperava por isso, mas enquanto explicava a mirabolante ideia passou a fantasiar todas as situações que poderia acabar vivendo. Mais do que simplesmente relatando a proposta, convencia-se de que era mesmo irresistível a perspectiva de experimentar seus limites.

— *Bella*, essa parte eu entendi, mas você poderia ser um pouco mais específica? — pediu Gaia, afinal, já impaciente.

— Ok, desculpa! Carlos está propondo que cada um de nós viva intensamente um dos chamados pecados capitais, sabe? Pois é, cada um teria que escolher o seu, da maneira mais honesta possível.

— Humm... Então eu mesma escolho o meu?

— Bem... sim, foi o que ele sugeriu.

Finalmente chegou sua salada caprese com um bife grelhado. A bela morena mal tinha se dado conta de como estava com fome até ver o prato e atacou sem piedade um belo pedaço de tomate, enquanto passava a palavra para a italianinha.

— Mas tirando este detalhe, o que achou da ideia?

— Olha, sinceramente não acho assim absurda, muito pelo contrário. Ele tem razão quando diz que não deveríamos perder tempo com as coisas simples, a rotina de todos os dias. Acho que pode ser divertido... E também perigoso.

"Não acho assim absurda"? Ciça estava surpresa. Imaginara que a reação da mais nova do grupo seria outra, talvez até demonstrasse algum pudor, mas nada como aquilo. A resposta fora tão natural que mal conseguiu esconder o impacto provocado pela maneira com a italianinha entrara direto no assunto, como se recebesse um convite daqueles todo dia. Para culminar classificava a coisa toda como possivelmente "divertida, mas também perigosa". Quis saber mais.

— Gostou tanto assim da ideia?... Quando você diz que poderia ser perigosa, o que quer dizer exatamente?

— Ora, nenhum pecado seria tão difícil assim de ser praticado, certo? Acontece todo dia, com uma porção deles, quase todos. Difícil mesmo seria esgotar as possibilidades, vivê-los ao máximo. Acho que qualquer hipótese torna-se perigosa. Talvez para outras pessoas, talvez para nós mesmos.

Pensando em tudo o que diziam, a bela morena deixou escapar um riso. Talvez fosse mesmo horrível viver a ira, ou inveja, mas o que dizer da gula? Seria tão ruim assim comer muito, de tudo, sem se preocupar em manter o peso, sem pensar duas vezes na estética, apenas preocupada com o prazer? *Isso sem falar na luxúria...*

— Humm... Talvez existam pecados melhores para serem vividos do que outros...

— Sim, provavelmente você tem razão, mas não estamos falando de viver cada situação ao extremo? De explorar todas as possibilidades seja qual for o pecado em questão? — perguntou a italianinha, arrancando um aceno positivo de Ciça, que não podia falar porque tinha acabado de dar mais uma garfada na salada caprese. — Então tenho a impressão de que nenhuma escolha será "a melhor".

Cecília pôs-se a pensar naquele argumento. Talvez nenhuma opção fosse realmente boa, ainda que no começo algumas delas pudessem dar prazer. Afinal a ideia não tinha mesmo este propósito, de farra. O princípio era bem outro. A busca pelo limite do ser humano em seus instintos mais básicos, sem fronteiras, sem barreira alguma. *Ela tem razão.*

— Mas então? Já fez sua escolha? — disparou aquela com quem desde a viagem para Nova York Ciça não deixava de falar, pelo menos uma vez por semana. Olhos bem vivos, braços cruzados, Gaia tinha toda a atenção voltada para o outro lado da mesa. Cecília foi pega de surpresa.

— Hã...?

— Você já respondeu o e-mail? Já disse que sim? Te pergunto porque se ainda não o fez, faça. E pode me incluir. Eu aceito.

Percebeu, ali, que responder o e-mail seria apenas uma formalidade.

Nova York — 26.02.08

16h41

— Muito obrigado, dona Valéria. Pode anotar nome e telefone de quem ligar que ainda hoje eu retorno. Esta chamada é muito importante e provavelmente nos próximos... não sei, quarenta minutos, me ocuparei somente dela, está bem?

A experiente secretária assentiu e ao desligar a comunicação interna perguntou-se quem poderia ser aquele sujeito capaz de travar assim a agenda de seu patrão. O nome não lhe era estranho, mas lembrava de tê-lo ouvido uma única vez, meses atrás.

— O que eu acho? Eu acho que o cara é maluco, claro, mas a ideia é muito excitante! — Logo após ter recebido uma detalhada explicação de Bernardo sobre o e-mail de Carlos, Pablo se animava. Só então estava tomando conhecimento da mensagem, já que ainda não havia tido tempo de acessar a internet, ocupado o dia todo com o tal agente das bandas de rap.

— Sério?

— Claro que sim! Você não? Na minha opinião, é uma oportunidade incrível! Não estamos falando somente de uma pessoa, mas de um grupo! Cada um vivendo experiências diferentes, mas com a mesma intensidade, todos integrados...

— Integrados mais ou menos, né? Lembre-se de que uma das coisas que ele comentou era que não teríamos contato durante o período...

— Verdade. Mas ainda assim seria impossível não lembrarmos que os outros também estariam na mesma situação. Esta, aliás, é uma das questões que mais me empolgam. A ideia é boa!

Pablo estava sendo sincero, e Bernardo, aos poucos, começou a encarar toda aquela história com mais seriedade. Qual pecado gostaria de vivenciar? Quais pecados caberiam a seus amigos? Mas, principalmente, como ficariam depois de tudo aquilo?

15

SEJA FEITA SUA VONTADE

Paris — 21.03.08

15h22

Uma mulher aos prantos deixava às pressas uma das mesas do badalado Les Deux Magots, no número seis da Saint-Germain-de-Près.

A princípio o garçom, assustado, fez menção de ir a seu encalço. Pensou que poderia se tratar de uma cliente saindo sem pagar a conta, ainda que aquilo não fosse comum. Mas no meio do caminho diminuiu a passada.

Estava mais do que acostumado com a preferência das pessoas pelas mesas do lado de fora, na varanda, justamente para assistir ao frenesi da cidade, deixar o tempo passar. Era um dos programas mais comuns, tanto dos parisienses quanto dos turistas.

E aquela cliente específica, porém, tinha algo de diferente.

Durante grande parte das várias horas em que ficara ali, sentada, encarou o chão ou o céu, às vezes com as mãos unidas em cima da mesa, como se estivesse rezando, meditando ou algo do gênero. Era como se não estivesse em pleno

Quartier Latin, rodeada de pessoas bem-vestidas, lojas glamorosas, próximo de um sem-número de lugares famosos em todo o mundo. Durante quase a tarde inteira, só havia pedido — e mal bebericado — uma água com gás. Era improvável que se tratasse de uma vigarista tentando um golpe.

Parou em frente à mesa vazia e de fato constatou algumas moedas, o suficiente para pagar a garrafa de San Pellegrino.

Mas um detalhe chamou sua atenção.

Um bilhete amassado, com letras e palavras que não conseguiu entender.

"B" — Soberba
"P" — Preguiça
"G" — Ira
"C" — Avareza
"D" — Gula
"N" — Luxúria

Horas antes uma mensagem eletrônica chegava à caixa postal de Bernardo, Diego, Pablo, Nanda, Gaia e Ciça.

Meus queridos,

Como sabem, Nanda e Bernardo me mandaram um e-mail resumindo o que todos vocês discutiram nos últimos dias, seja pelo grupo, telefone, MSN ou Skype. Assim, envio esta mensagem para que as coisas fiquem claras, sem dúvida alguma para nenhum de nós.

Tenho certeza de que o que estamos por realizar vai garantir mais oxigênio em nossas vidas do que qualquer outra coisa. Vamos estabelecer diferentes perspectivas, porque, sabendo nossos verdadeiros limites, conheceremos ainda mais a nós mesmos.

Sendo assim, aqui estão as regras básicas que combinamos e que vão nos guiar nos próximos três meses:

1 — O período total da experiência não pode passar de três meses. Uma vez que foi escolhido 10 de abril (sem ser o próximo sábado, o outro) como sendo o primeiro dia, 10 de julho está definido, automaticamente, como o último.

2 — Nenhum de nós vai ter qualquer tipo de contato com o outro durante este período, para não corrermos o risco de influenciarmos ou sermos influenciados de alguma forma, a fazer ou deixar de fazer o que for. Estaremos intimamente ligados, mas a experiência é única e exclusiva de cada um.

3 — Todos estão absolutamente confortáveis com o pecado que coube a cada um, uma vez que concordamos que a melhor maneira de escolha seria respondermos à pergunta "Qual pecado melhor se adéqua à minha personalidade?" com a maior sinceridade possível.

4 — Ninguém jamais será obrigado a dar detalhes do que aconteceu em suas experiências.

Obs.: mandei este mesmo texto traduzido em inglês para Gaia e Pablo.

Abraços,
Carlos

16

INOCENTES

Nova York — 10.04.08

8h52

Soberba...

Sentado em sua poltrona, com um copo vazio de uísque na mão, Bernardo travava um debate interno. Raríssimas eram as vezes em que bebia àquela hora, mas sua garganta estava seca desde a madrugada, quando se deu conta que estava para amanhecer o primeiro dia dos três meses seguintes, durante os quais viveria intensamente o maior dos seus defeitos.

Ainda jovem se deslumbrava com as coisas mais caras, como a melhor bola de futebol, o melhor videogame, as roupas da moda, o modelo de tênis mais desejado pelos amigos. O tempo passou e este aspecto de sua personalidade foi se agravando, com os brinquedos ficando mais caros, os caprichos mais sérios. Tinha plena consciência de que se uma criança mimada era algo lamentável, um adulto megalômano era bem pior. Foram várias as vezes em que tentou amenizar este seu fascínio pelo supérfluo, mas era difícil contentar-se com qualquer coisa que beirasse o ordinário.

Gostava mesmo era de ostentação. Um determinado objeto que adquirisse, ou programa que fizesse, para lhe conferir prazer, das duas uma, ou tinha que ser caro, ou então estar na moda.

Assumia tudo aquilo ao mesmo tempo que morria de vergonha. Um constrangimento que só fazia aumentar quando estava na companhia de pessoas simples, que não deixavam de ter bom gosto, mas que jamais iriam se preocupar tanto com a própria imagem. Seus amigos mais queridos eram assim.

Diego adorava ir a restaurantes badalados, mas era uma situação mais ligada ao seu prazer pela boa comida do que propriamente à excitação que o nome do estabelecimento poderia provocar. Como toda mulher, Ciça também era vaidosa, no entanto vestia-se com extrema simplicidade e não dava importância alguma para joias. O tipo de pessoa que não pensava duas vezes antes de tirar alguma dúvida com um garçom, algo que ele sempre relutara em fazer. Nanda fazia o típico estilo da zona sul carioca, sempre elegante, mesmo que estivesse indo à padaria comprar pão, com um natural ar blasé que ele achava incrível. Nunca esperneava para ter de tudo e sempre curtia os momentos especiais como se fossem os últimos. Ainda não podia dizer que conhecia Gaia e Pablo tão bem, mas duvidava que tivessem a mesma hierarquia de valores que ele. Fosse o caso, já teria percebido.

Por inúmeras vezes perguntou-se até que ponto aquelas pessoas, tão queridas, o enxergavam como ele mesmo fazia naquele instante, em raro momento de autocrítica. Mas logo a dúvida se dissipava. Dificilmente aquele aspecto tão latente de sua personalidade passava em branco, e era justamente aquilo que fazia com que a amizade entre eles fosse tão sólida. Conheciam os defeitos um do outro e mesmo assim continuavam se gostando. Em teoria sua tarefa seria cumprida sem muito esforço, bastando apenas deixar aflorar seus pensamentos mais obscuros e criticáveis. Não era aquilo que o preocupava. A questão era outra: Como chegaria ao final daquela aventura, quando teria sido o artífice de situações totalmente impensáveis para alguém sempre preocupado com o que pensavam e diziam a seu respeito? Os receios eram sinceros e muito provavelmente outros novos surgiriam, mas era tarde demais para aquele tipo de coisa.

Talvez fosse bom. Precisava mesmo de um tratamento de choque para se reeducar e abandonar de vez uma tendência consumista que apenas servia para encobrir uma evidente baixa autoestima. Uma desenfreada necessidade de se mostrar mais rico do que era, mais bem-vestido do que seria se não seguisse à risca os conselhos que recebia em todas as lojas que entrava e mais culto do que jamais pareceria um dia, se não se deixasse pautar pelos sites de agências de notícias, colunistas e talk-shows dos quais pegava emprestadas opiniões.

Também precisava ser mais condescendente com as pessoas em geral.

Tinha uma grande tendência a segregar, se afastar ou ainda a sentir algum execrável sentimento de pena por aqueles que jamais chegariam perto de ostentar um estilo de vida parecido com o seu. De quebra, nutria uma eterna insatisfação no aspecto profissional. Uma ambição desmedida por superar os concorrentes, tanto no plano dos negócios quanto em suas posses.

A soberba, que sempre havia sido seu maior incômodo, uma espécie de fogo que o consumia por dentro, agora seria colocada à mostra, de todas as formas, para que todos o vissem e julgassem. Sim, estava com medo.

Passou mais algum tempo ali tentando descobrir o que exatamente deveria fazer e, principalmente, em como fazê-lo. Por onde começaria a pôr em prática sua missão de vivenciar ao extremo o pecado capital que ele mesmo havia escolhido para si? Para sua frustração, por mais que pensasse sempre voltava para a primeira opção que tinha imaginado. Esbanjar dinheiro era uma situação forçada, ele admitia, mas não imaginava outra forma de começar. *Aos poucos vou me soltando mais...*

* * *

Sempre atenta a tudo que se passava, assim que entrou no escritório dona Valéria avistou o bilhete em cima da mesa. Uma mensagem que não deixava dúvidas:

> Dona Valéria,
>
> Favor não passar nenhuma ligação, nem bater em minha porta, em hipótese alguma. Anote todos os recados e diga que retornarei assim que for possível.
>
> Obrigado.

Aquele comportamento era tão fora do padrão, tão sem sentido, que decidiu começar a raciocinar pelos detalhes mais óbvios.

Completaria onze anos trabalhando ali e, quando se era secretária de uma única pessoa por tanto tempo, acabava sendo inevitável que o comportamento do chefe nas mais variadas situações, preferências e manias fosse percebido. Era justamente naquelas horas que uma boa funcionária — como sabia que era — se antecipava. Há muito que não perguntava mais se deveria repor as garrafas de uísque no bar, quando estavam próximas do fim. Organizava a agenda de modo a evitar algum compromisso para sexta de manhã, porque existia uma alta probabilidade de seu chefe ter entrado pela madrugada ouvindo jazz e tomando algumas doses de Buchanan's. Quando lhe pedia que comprasse alguma lembrança, um mimo em forma de despedida para uma recente conquista amorosa sem importância, também tinha total autonomia de escolha. Às vezes até escrevia o bilhete. O relacionamento que o sr. Bernardo tinha com a mãe e o padrasto não era dos melhores. Assim, quando ligavam, ficava encarregada de arranjar desculpas e anotar os recados, sempre que a hora não era a ideal para conversarem. Quase nunca era.

O recado — o "dona" na frente de seu nome, a caligrafia, bem como o texto em si, atestavam — certamente havia sido escrito pelo sr. Bernardo.

Outro detalhe importante era a maneira como o bilhete havia sido colocado ali. Estava encaixado entre a primeira e a segunda fileiras do teclado, um pouco dobrado no final, de forma que ficasse inclinado para facilitar sua leitura assim que chegasse.

Sabia que seu chefe gostava de relógios caros, bebidas requintadas, cadeiras assinadas por designers importantes e toda sorte de luxo que pudesse obter.

E sabia também que aquele hábito incluía canetas.

Normalmente os recados deixados em sua mesa eram em escrita corrida, fina, na tinta preta de sua inseparável Montblanc toda revestida em prata, adquirida tão logo abriu o escritório. Um período em que mal tinham mobília, só uma linha de telefone e, na época, com o inverno já em seu início, provavelmente eram a única sala comercial sem carpete em toda a cidade. Não parecia razoável gastar uma fábula para comprar uma caneta, mas ele argumentava que era importante para impressionar os clientes, o que não era absolutamente verdade. Naquele mesmo dia pensou em pedir demissão, mas não tinha nada melhor em vista. Com o tempo os negócios foram rendendo o suficiente para pagar todos os caprichos de seu chefe sem que seu salário atrasasse e decidiu ficar. Entretanto aquele episódio fez com que uma faceta importante se descortinasse. Entendeu ali que ele adorava associar sua imagem a todo tipo de ícone. Provavelmente se sentia melhor, mais seguro, até mais importante. De fato era uma questão constrangedora, mas ela não se importava. Seu chefe era uma boa pessoa e, acima de tudo, um bom patrão.

Mas então o que está acontecendo?

Imersa em dúvidas, olhou outra vez para o bilhete e por fim concluiu que algo não ia bem.

Uma mensagem escrita em canetinha vermelha, dessas que as crianças usam para colorir um desenho, lhe dava aquela certeza.

São Paulo — 10.04.08

10h01

Uma risada nervosa, involuntária, provocou um olhar preocupado do chofer.

Diego, no banco traseiro do táxi a caminho da alameda Barão de Limeira, onde ficava a sede do jornal, pensava tanto e tão profundamente nos próximos dias que mal se deu conta daquela reação. Havia permanecido em Brasília muito mais do que o esperado, tinha um monte de telefonemas para dar e matérias a serem produzidas, mas ainda assim não conseguia deixar de se fazer algumas perguntas.

Tinha entendido direito o teor do desafio? Seria capaz de resistir à curiosidade de procurar saber como estavam indo seus amigos durante o período em que deveria cortar qualquer tipo de comunicação com eles? Dizer que se arrependia de ter aceitado entrar naquela empreitada seria um exagero, mas, desde o primeiro momento em que conversou sobre o assunto com Fernanda até aquele instante, de fato não havia percebido com o devido cuidado a proporção que as coisas poderiam alcançar.

A princípio pensou que não teria problema algum em levar adiante sua tarefa. Gostava de comer e mais ainda de comer bem, porém seu desafio nada tinha a ver com qualidade e sim com quantidade. Não importava se cozinharia em casa, ou se comeria na rua. Não interessava o nome do restaurante, tampouco a tabela de valores nutritivos deste ou daquele alimento. Gula pressupunha devorar tudo que visse pela frente, mais do que deveria, bem mais do que seu organismo necessitasse.

Aquela noção de clareza trouxe a reboque uma estranha sensação. Sentia-se como se estivesse usando uma roupa de baiana em plena avenida Paulista. Como se todos soubessem da encrenca em que tinha se metido. *Tarde demais, meu caro!*, repetia mentalmente, pela milésima vez naquela manhã.

Tentou se tranquilizar. Com oitenta quilos muito bem distribuídos por um metro e oitenta e seis centímetros, não se sentia um homem acima do peso. Malhava regularmente três vezes por semana em uma pequena academia perto de casa que não era das mais modernas, mas o suficiente para manter a forma. Deveria se preocupar em redobrar os exercícios nos próximos meses? Não tinham dito nada a ele quanto àquele aspecto, nenhuma restrição, então decidiu que trataria de caprichar um pouco mais na malhação.

Olhou para o relógio assim que o carro embicou no quarteirão da sede do jornal e calculou que daria tempo, ali mesmo, de iniciar seu desafio. Iria a pé para a redação, porque antes comeria um joelho de queijo e presunto bem caprichado, acompanhado de um caldo de cana. Era fã de guloseimas gordurosas, mas sempre pisava um pouco no freio para não exagerar na dose e acabar ganhando aquela barriguinha incômoda que o desafiava desde a adolescência. Porém os tempos haviam mudado e poderia absolver-se de maneira sincera, sem ter que inventar qualquer desculpa esfarrapada até para um lanche como aquele, um tanto quanto grotesco a poucas horas do almoço.

Bebeu todo o caldo de cana quando o salgado ainda estava pela metade, justamente para que o sabor do queijo quente não se misturasse com o doce da bebida. Ao fazê-lo lembrou-se de um hábito que algumas pessoas tinham e que o deixava louco: beber junto com a mastigação. *Mas como são capazes?* Considerava burrice, além de uma prova inequívoca de falta de educação, porque daquela forma o sujeito conseguia estragar o sabor de ambos, bebida e comida. Tratou de apagar aqueles pensamentos da cabeça antes que perdesse o apetite. Chegou à sua mesa ainda degustando o queijo derretido e macio do imenso salgado que tinha acabado de devorar. Mal teve coragem de encarar o presunto, porque sabia que o aspecto poderia desencorajá-lo. O gosto até que não estava dos piores.

Ainda engolia o último pedaço quando Sílvia, uma estagiária com quem tinha saído algumas vezes logo que ela começou na redação, aproximou-se com um sorriso maroto no rosto, denunciando suas verdadeiras intenções. Talvez ninguém estivesse percebendo, mas ele não tinha dúvidas.

— Oi, querido! Tudo bem?

— Tudo, Sílvia, e você?

— Sílvia?

Ela inclinara-se, fingindo que esticava o braço para pegar um papel do outro lado da mesa, e assim debruçando-se na frente do computador, só para sussurrar.

— Prefiro quando você me chama de Vinha... ou de...

— É, eu sei, mas aqueles foram outros tempos, né? Vamos deixar como está que assim é melhor para todos.

— Para todos quem?

O tom dengoso já tinha desaparecido. O rosto dela era de contrariedade por aquela recepção gelada, e o tom de voz tinha aumentado. Se havia algo de que Diego não precisava naquele momento era justamente bater boca com uma pós-adolescente curtindo paixãozinha pelo colega de trabalho mais experiente.

— Ah, linda, você entendeu, vai... Foi legal, mas a gente não conversou que seria melhor não misturar as coisas? Então...

Falava e notava que a expressão facial dela relaxava, provocando nele a sensação de que teria conseguido driblá-la.

Ledo engano.

— Não entendi, poxa... Olha, que tal a gente almoçar juntos hoje? Eu não gosto das coisas assim, além disso... Ok, confesso, queria ver se a gente podia sair mais algumas vezes, sem compromisso algum, sabe?

Então, primeiro Diego fechou o rosto, em claro sinal de desaprovação ao convite, e principalmente à sugestão de que ainda voltassem a se encontrar fora do trabalho.

Depois — logo depois — disse que sim. Que um almoço vinha bem a calhar.

Ato contínuo, sugeriu um restaurante de comida a quilo, raramente frequentado pelo pessoal do jornal.

Ainda que tivesse sido pega de surpresa no tocante ao lugar escolhido, Sílvia aceitou na hora e voltou para sua mesa ansiosa. A mera suposição de que Diego poderia querer levá-la a um lugar mais afastado a fez ter pensamentos libidinosos, enquanto ele estava apenas concentrado em tirar logo as dúvidas que o atormentavam desde cedo.

Milão — 12.04.08

11h35

Seguindo a rotina de toda sexta-feira, Ciça começara o dia já organizando a agenda da semana seguinte, onde entrevistas, visitas a lojas e costureiros estavam em pauta. Tudo acertado, praticamente precisou implorar para conseguir um horário durante o almoço na manicure, uma brasileira, a única a quem confiava seus pés e mãos, desde que chegara ao país.

Keyla era uma paulistana de cinquenta e seis anos de idade, dos quais os últimos trinta vividos na Itália. Entrou no país por Roma e menos de um mês depois apaixonou-se de verdade por Giacomo Bisotti, um milanês que passava alguns dias na Cidade Eterna a negócios e teve a sorte de derrubar uma taça de vinho na então jovem garçonete, em uma taverna próxima à Praça de Espanha.

— Sortudo, sim! — repetia ela sempre que contava a história de como tinha conhecido o pai de seus dois filhos. — Porque não é todo dia que você esbarra numa morenona dessas aqui, né? E olha que na época eu era melhor ainda! Um pitéu! — gabava-se, para depois dar uma deliciosa gargalhada.

A bela morena também ria e assinava embaixo, não necessariamente dando muita importância para a parte do pitéu.

Embora logo nas primeiras vezes em que estiveram juntas Keyla tivesse feito questão de mostrar fotos de quando era mais nova e de fato aparentasse ter sido uma moça bonita, Ciça exaltava ainda mais a espontaneidade, a simpatia e a alegria de viver que a bonachona manicure demonstrava, mesmo tendo enfrentado tantas adversidades até ali. Primeiro, o preconceito por ser jovem, pobre, estrangeira e analfabeta, depois por ter se atrevido a casar com um italiano bem-sucedido e, finalmente, naqueles dias, pela condição de viúva com dois filhos começando a sair da adolescência.

Aquele era um dos motivos pelos quais jamais pensava em se privar dos cuidados de Keyla. Seu jeito a transportava para as rodas de samba, os chopes com as amigas, a Lapa, a praia. Um universo cuja distância ainda era sentida, tanto quanto nos primeiros dias em Milão, época em que diariamente chorava de saudades ao ver os pais e o irmão pela webcam.

Outro motivo, também forte, e que em um primeiro momento fora fundamental, estava bem claro na filipeta que destacara de uma folha em tamanho A4, colada no poste bem em frente a sua casa: além dos dizeres "MANICURE À BRASILEIRA", o preço. Oito euros era mais barato do que a média que as manicures italianas cobravam. *Dois euros mais barato por um serviço inacreditavelmente melhor!*

Um ano se passara e tinha conseguido entrar no seleto grupo de clientes que podiam tentar encaixar horários inadvertidamente.

Em um assento individual bem no meio do ônibus 23 que ia direto até Segrate, onde saltaria para andar três quarteirões até o pequeno apartamento de Keyla, Cecília tirou da bolsa algumas folhas que havia imprimido no dia anterior, em uma rápida pesquisa na internet. Todas tratavam do mesmo assunto, mas ainda assim se preocupou em começar a rápida leitura por aquela que se mostrava mais didática. "Definição: Avarus

— Ávidus Aéris — ávido de dinheiro (cobre)", era o que dizia a primeira linha.

Já se aproximava do prédio quando sentiu bater uma ponta de nervosismo. Ler sobre o tema funcionara mais como uma confirmação do que qualquer outra coisa. Um trecho do décimo livro de Santo Isidoro, que também constava de sua pesquisa, atestava sua suspeita. Assumira a responsabilidade de ser avara, de apegar-se ao dinheiro de uma forma que jamais havia passado pela sua cabeça, justamente porque aquela não era uma característica sua. Tinha portanto a ver com ela, ainda que por um caminho inverso. Certamente era vaidosa, mas não de uma vaidade doentia, tampouco relacionada a ter roupas caríssimas, joias etc. Uma vez ou outra desejava um biquíni, uma blusa, um celular mais moderno, mas tudo com alguma parcimônia. Nunca em patamares exagerados.

Refletira muito antes de decidir-se e então, com calma, optou pelo maior desafio possível. *Provavelmente ninguém se decidiu de forma tão autodestrutiva!*

Tocou o interfone.

Não havia mais como voltar atrás.

Apenas uma pessoa poderia desvendar se existia de fato outra Ciça.

San Felice — 12.04.08

21h22

Próximo do aeroporto de Linate, em um bairro residencial chamado San Felice, a única janela de uma apertada quitinete estava aberta, permitindo a uma enorme lua cheia banhar seu interior, ofuscando, sem muita dificuldade, televisão e rádio ligados.

Confortavelmente jogada em uma grande poltrona de couro preto, com os pés apoiados em uma banqueta do mesmo conjunto, Gaia olhava fixamente para um pôster que reproduzia *O grito*, de Edvard Munch, sem de fato percebê-lo. Sua cabeça estava ocupada com outro tipo de obra.

Adorava cada um dos amigos que estava junto dela naquela jornada maluca, mas as conjecturas que fazia a respeito dos outros desafios apenas serviam como um divertido e hipotético quebra-cabeça. Nada comparado ao seu futuro próximo.

Ao ler o e-mail que Carlos enviara, tratou de jogar o texto em um tradutor de idiomas que encontrou no Google e logo ficou sobressaltada. Depois, quando Ciça confirmou que a tradução estava suficientemente correta, sua cabeça entrou em um turbilhão. Vislumbrara a oportunidade de botar a limpo uma questão inconscientemente adormecida. Como se um "clique" tivesse dado início a um movimento inexorável.

Tinha plena consciência de que sua aparência de menina e jeito extrovertido não despertavam muito respeito nas pessoas, mas também de que em pouco tempo reconheciam nela maturidade e inteligência. O preconceito primeiro e a surpresa depois foram momentos que chegou a considerar ofensivos outrora, mas que passaram a ser facilmente administrados nos últimos tempos.

O que ninguém desconfiava era de que forma tinha amadurecido. De que maneira tinha aprendido a dosar seu comportamento e não parecer demasiadamente vulnerável.

Ainda era uma menina magra, cabelos longos, corpo em formação, totalmente inserida no universo infantil, apenas começando a ouvir involuntariamente os cochichos de algumas colegas mais velhas, quando não se davam conta de sua presença. Adorava seu colégio. Gostava de estudar, de brincar e, mais ainda, da expectativa diária quando ao final de toda tarde esperava a mãe passar para buscá-la. Era como uma fada que surgia para resgatá-la de um lugar onde era querida por todos para outro melhor ainda: sua casa, com seus pais.

Um dia o Alfa Romeo verde metálico que poderia reconhecer de longe tardou a chegar e as amiguinhas foram se despedindo, até que Francesca, uma que sempre ficava por último na escadaria do prédio principal da escola, porque a mãe trabalhava longe, também se foi. A única pessoa por perto era o vigia da noite, que assumia o posto quando escurecia e ficava até a manhã do dia seguinte. Justamente pelo horário nunca o vira antes, mas sua presença trazia algum conforto. *Melhor do que ficar sozinha... e também mamãe deve chegar logo.*

Com o passar do tempo e nenhum sinal de sua mãe, a aflição tomou conta de si.

Segurou o choro, até que não aguentou mais e se entregou à dor e ao medo. Dor pelo incompreensível e aparente esquecimento. Medo por estar ali, sem ninguém conhecido por perto.

O pavor pela situação totalmente nova, pelo céu já escuro e pelas inúteis e infindáveis perguntas — *Onde ela está?... O que eu fiz de errado para ela se atrasar?* — diminuiu quando o vigia se aproximou e a convidou para ficar em uma sala dentro da escola em vez de ali fora. Achou boa a ideia. Ali fora estava escuro. Quem sabe esperaria mais um pouco e telefonaria para casa?

Então descobriu a maldade.

Mais tarde, ao entrar no carro, sua mãe desculpou-se pela demora e jogou a culpa em uma festa surpresa que haviam organizado para uma amiga do trabalho. Segundo ela haviam sido apenas trinta minutos depois do horário de sempre.

Não notou seu cabelo desgrenhado, nem sentiu seu cheiro.

Não percebeu sua vergonha.

Fora um momento doloroso que de fato acelerara um processo involuntário dentro dela. Uma consciência que por anos a deixou dura, tesa. Trinta minutos que demoraram a passar.

Provavelmente por algum instinto de defesa involuntário fazia tempos que nem pensava mais naquele assunto, e por sorte qualquer possível sequela não se manifestou com clareza. Seus relacionamentos começaram normalmente e até então não tivera qualquer problema com homem algum.

Sua tia não entendeu nada quando, pouco depois de voltar maravilhada da viagem para Nova York, Gaia pediu três meses para organizar algumas questões e então poder mergulhar de vez na profissão.

Devia evitar Ciça a todo custo, pelo acordo estabelecido e também pelo que tinha em mente.

Precisava de um momento só seu.

Precisava apaziguar uma ira até então adormecida.

Um sentimento de urgência irreversível fora liberado.

Só conquistando vingança teria paz.

Los Angeles — 17.04.08

16h32

— *Você está ouvindo a KPFK, noventa ponto sete FM, Los Angeles, noventa e oito ponto sete, Santa Barbara! E agora, para brindar à linda tarde ensolarada que está chegando ao fim, James Brown, com o clássico de 1961, "I Don't Mind"!*

James Brown...? Tarde ensolarada chegando ao fim...? Ah... Pablo começava a despertar aos poucos. Sentia um péssimo gosto na boca, alguns incômodos musculares pelo corpo e uma crescente agonia com a claridade que sem dificuldade alguma vencia as finas cortinas. *Tenho que trocar urgentemente estas coisas!*

O dia já amanhecia quando decidiu ir para a cama. Passara a madrugada vendo TV, tomando sorvete de chocolate amargo, comendo batata frita e bebendo cerveja. A princípio havia um café da manhã no Beverly Hilton agendado para bem cedo, marcado por um amigo que gostaria de apresentá-lo a um contato "interessante", mas ainda na véspera tratara de remarcar o encontro. Algo inédito. Desde que estava naquele negócio — lá se iam duas décadas — lidava com os assuntos profissionais da maneira mais séria possível, e remarcações como aquela somente aconteciam em casos extremos.

Mas a prioridade passara a ser outra. E aquele era um caso extremo.

Enquanto James Brown se fazia presente, Pablo maldizia ter se esquecido de desativar o sistema despertador que automaticamente ligava o rádio na hora desejada. *Ou adormeci com o som ligado?* Não tinha certeza, mas sabia que a continuar naquele ritmo a aparelhagem passaria outras tantas horas tocando sozinha. Rolou pelo colchão até que seu braço esquerdo alcançasse o relógio de pulso na cabeceira e confirmou sua suspeita. Não estava atrasado, mas era uma boa hora para começar a se arrumar.

O café da manhã que desmarcara havia se transformado em um drinque às seis em ponto, no bar do Diaglev, provavelmente o melhor restaurante russo em que jamais estivera. Com certeza o mais chique.

Já no ritmo letárgico que um preguiçoso na acepção do termo deveria ter, não estava com vontade alguma de se arrumar da maneira que a ocasião pedia. Ainda deitado olhou para o teto do quarto, respirou fundo e sem muita pressa girou todo o corpo para a direita, colocou-se em posição fetal e só então deu o mínimo de impulso necessário para sentar-se na cama. Desde que havia começado no pilates, quatro meses atrás, aprendera que a chance de ter algum tipo de contusão na coluna aumentava consideravelmente quando o sujeito se levantava da cama em um movimento único, brusco. Aula de pilates era coisa do passado.

Ficou de pé e praticamente se arrastou até o banheiro. Colocou as mãos espalmadas sobre a bancada da pia e encarou-se no espelho. Viu a cara amassada de alguém que havia dormido mal, ainda com a roupa que tinha usado para ir à rua pela última vez, uma calça jeans, camiseta de algodão e uma blusa de flanela por cima. E de quem estava faminto, porque em vez de jantar decentemente apenas se empanturrara de besteiras. *Parabéns, você está um traste!*

Abriu a boca, arregaçou os lábios e encarou os dentes sujos. Pedaços de batata frita esmagados nas reentrâncias dos molares e uma asquerosa massinha branca na fronteira entre as gengivas dos caninos e centrais. Quando havia sido a última vez que escovara os dentes? Talvez no dia anterior, ao acordar. *Não importa!*

Cambaleou até a sala, deixou-se cair no sofá, ligou a TV e devagar passou a olhar à sua volta. À direita, o pote de Häagen-Dazs vazio com uma colher dentro, caído em cima do sofá. Uma *Newsweek*, uma *Billboard* e uma *Hustler* no chão. À esquerda, quatro garrafas de Becks, alguns controles remotos e dois tubos vazios de Pringles.

Uma semana se passara e já se sentia mais do que inserido no contexto que lhe cabia. Começara devagar, aos poucos, cortando encontros, evitando visitas desnecessárias, adiando reuniões. Com aquelas atitudes, veio a vontade de se entregar aos pequenos prazeres. Comprara muitos potes de sorvete, tubos de batata frita e cerveja. Também estocou um exagerado número de pipocas para micro-ondas e vários tipos de queijo. Logo no primeiro dia, após ter garantido o arsenal de guloseimas, passara quase duas horas na locadora escolhendo em sua maioria filmes que já tinha visto e que faria questão de assistir inúmeras outras vezes, como *Melhor é impossível*, *Império do sol* e a trilogia *O poderoso chefão*. Também dera de cara com um título que o deixara estupefato pela coincidência. *Não matarás*, um longa dirigido por Krzysztof Kieslowski, diretor polonês do qual já tinha ouvido falar, mas que jamais havia lhe despertado maior interesse até então.

O filme era baseado em um capítulo da série *Decálogo*, criada e dirigida também por Kieslowski para a televisão polonesa, contemplando cada um dos dez mandamentos e seus conflitos morais. Certa vez lera que, além de *Não matarás*, *Não amarás* tinha sido outro capítulo adaptado para o cinema. A surpresa era encontrar um filme daquele tipo, considerado cult, em uma locadora como aquela, onde era mais fácil achar os grandes sucessos de Hollywood. Leu a sinopse e como imaginava se interessou na hora colocando-o junto com a pilha de DVDs que já havia separado.

Sabia que os dez mandamentos não tinham nada a ver com a experiência que ele e seus amigos estavam vivendo, mas termos como "conflitos morais" e descrições do tipo "mínimos diálogos, prevalecendo a busca dos sentidos pelas imagens e cores", atrás da caixa, aguçaram sua curiosidade.

Ainda investigando o que fizera na madrugada anterior, reparou na caixa aberta de *Nascido para matar* e se lembrou que interrompeu o filme no meio para assistir a um especial sobre o mágico título do Boston Red Sox contra o Yankees de Nova York.

Seu gosto estava volúvel demais. Um desgaste, uma falta de prazer pelas coisas começava a crescer dentro de si.

Uma preguiça o consumia aos poucos. Sentiu uma fagulha de animação — *Essa porra está dando certo!*

Infelizmente era hora de tomar banho e ir para o maldito compromisso.

Rio de Janeiro — 18.04.08

7h32

Nuvens acinzentadas escondiam o Cristo Redentor e uma chuva fina espantava as pessoas da orla da Lagoa, o que no final das contas era ótimo para quem gostava de se exercitar por ali. Já fazia mais de quarenta minutos que Fernanda havia se alongado no Parque dos Patins e iniciado a caminhar, mas sua mente estava apenas voltada para as próximas onze semanas. Sentia-se animada, e também um pouco temerosa.

Uma coisa era praticar sexo, o que jamais seria um problema, mas outra, bem diferente, era de uma hora para outra ter que se libertar daquela cobrança que já na adolescência a acompanhava — e, a seu juízo, grande parte das mulheres —, determinando como deveria comportar-se naqueles momentos. Na teoria nunca aceitara imposições, mas na prática jamais tivera coragem para realmente desafiar os padrões de comportamento que lhe eram impostos.

Perdera a conta do número de vezes em que se viu morrendo de desejo, seja em um sofá, dentro de carros, ou mesmo em algum playground, quando começou a dar seus primeiros amassos em festinhas. Invariavelmente fazia o papel da recatada, da pudica, daquela que "exigia respeito". Um martírio só.

Desde mais nova, à parte a rigidez dentro de casa, quando tomou consciência de seu interesse pelo assunto, soube que travaria um eterno duelo íntimo. Mais para a frente até encontrou amigas que não tinham vergonha de falar sobre o tema, porém ficava implícito, nas rodas de conversa, que era a única, ou uma das únicas, sem restrição quase nenhuma quando o assunto era prazer. Além do mais, não suportava a cara de espanto, às vezes de nojo, que algumas faziam quando o papo se aprofundava nos detalhes, nas preferências. Os risinhos e as vergonhas que surgiam lhe causavam náuseas. Como podia uma mulher ter vergonha ou melindre por algo tão natural e prazeroso? Tentava ser politicamente correta e respeitar, mas no fundo lamentava.

O tempo havia passado e sentia-se uma mulher mais segura, não só pelo amadurecimento intelectual e pela independência financeira, como também sexualmente falando. Mas ainda sentia que faltava alguma coisa: permitir-se experiências radicais até para ela, ainda não realizadas por medo de se expor demais, por exemplo.

Não se sentia sozinha, ainda que sua tarefa fosse diferente das outras seis escolhidas por seus amigos. Cada um teria que encarar seus maiores medos, defeitos ou virtudes, dependendo de qual critério tivessem adotado para fazer suas escolhas. Assim que soube da proposta compreendeu que não teria muitas opções, mas a pergunta *"Qual pecado se encaixa melhor com sua personalidade?"* ajudara bastante. Sendo honesta consigo e com os amigos, não poderia mesmo ter titubeado.

Em vez de argumentar, respondeu à pergunta de maneira seca, para que todos lessem, com uma única palavra: "luxúria".

Imaginava que, para seus amigos, a dela havia sido uma escolha cômoda. Mas aquele definitivamente não era o caso, apenas uma visão parcial dele. Não bastasse o fato de ninguém ter obrigação de saber o porquê se comportaria da forma que estava por se comportar, ainda por cima colocaria em risco sua capacidade de apreciar um de seus maiores prazeres. Era aquele seu grande receio. De que algo mudasse se em um curto espaço de tempo esgotasse todas as possibilidades que tinha em mente, e talvez até implicasse uma situação esdrúxula: *Será que vou enjoar de sexo?*

Os últimos dias foram longos. Ficou matutando de que maneira poderia pôr em prática sua parte no trato e, após uma semana já dentro do período estipulado, não obteve resposta.

Passava pelo clube Monte Líbano, já na reta que a levaria direto para o ponto onde atravessaria a Epitácio Pessoa para chegar em casa, quando se deu conta do erro. Não tinha nada que ficar buscando uma estratégia específica, mirabolante, para fazer algo que, sem modéstia alguma, sabia fazer muito bem. *Desde quando você teve problema para dar gostoso, garota?*

O vizinho com quem cruzou ao sair do elevador acenou, e talvez tenha percebido seu comportamento avoado. Estava com a cabeça numa pequena lista de homens que talvez merecessem alguns telefonemas fortuitos.

Um começo simples, mas promissor.

Nova York — 10.04.08

14h32

Deixou o escritório e rumou para o Ruth and Chris, um dos melhores restaurantes de carne da cidade. Passou voando pela mesa de dona Valéria, mal percebendo quando esta levantou o rosto, os olhos arregalados, entre envergonhada por estar mastigando vorazmente um yakisoba que tinha pedido no chinês ao lado do escritório e aturdida com a aparição repentina.

— Vou no Chris e não tenho hora para voltar — limitou-se a dizer, antes de bater a porta.

Não via a hora de testar seus limites e por isto até foi um pouco rude com o taxista ao pedir que fosse o mais rápido possível. As paredes acarpetadas em verde-escuro e os muitos detalhes em madeira envernizada davam um tom aristocrático ao lugar. A clientela era basicamente formada por advogados, pessoas que trabalhavam no mercado financeiro e alguns turistas, todos atraídos pelo cheiro de manteiga derretida que tomava conta do salão, uma particularidade do restaurante. Impressionava quando o garçom trazia um suculento bife e o barulho da manteiga escorrendo pela carne fazia lembrar o chocalho de uma cascavel, de tão quente. Escolhera uma mesa no canto direito do salão. Tinha pedido seu filé exatamente daquele jeito e um Brunello di Montalcino para acompanhar.

Já no meio da refeição percebeu que algo não ia bem.

A comida estava excelente e o restaurante era caro, mas o que tudo aquilo tinha a ver com seus objetivos? Gastar dinheiro indiscriminadamente poderia ser um bom começo para demonstrar soberba, não tinha dúvidas, mas justo ali, sendo atendido por pessoas mais do que acostumadas com clientes esnobes? Ainda que deixasse aflorar seu jeito perdulário, naquele ambiente seria apenas mais um. Estava sendo capaz de caracterizar a todos, generalizando sua autocrítica, determinando quem era o quê, sem nem mesmo conhecer as pessoas em volta. Mas ainda não era bem aquilo. Precisava permitir que os outros notassem seu jeito de ser, que se incomodassem com ele. Refletiu um pouco e de repente sentiu-se invadido por uma sensação de alegria. *Bingo!*

Terminou sua refeição tomando um último e generoso gole do caríssimo vinho, e pediu a conta com o máximo de urgência possível.

Precisava voltar correndo para o escritório.

Já sabia por onde começar.

— Dona Valéria, poderia fazer o obséquio de vir aqui?

— Claro!

Voltara para o escritório determinado, entrara marcando as passadas largas, daquela vez ignorando propositadamente dona Valéria. Se por um lado lhe doía o que estava por fazer, por outro se sentia confortável. Um conforto covarde, que se escorava no fato de conhecer há anos a pessoa que em alguns instantes entraria em sua sala. Não bastasse aquele ponto, ainda tinha a relação patrão-empregado, para também lhe conferir uma vantagem psicológica. Mas nada se comparava ao fator surpresa. Estava convicto de que sua fiel secretária jamais esperaria dele tratamento semelhante. Por uma fração de segundo começou a sentir arrependimento, mas era hora de ser forte.

Estava de pé, colocando o celular para carregar, de costas para a porta, quando a percebeu entrando.

— Pois não, sr. Bernardo, mandou chamar? Permita-me dizer que fiquei preocupada pelo jeito como o senhor saiu daqui e...

— Poupe-me das suas preocupações infundadas, dona Valéria. O motivo pelo qual a chamei certamente é outro.

Estava de costas, mas percebeu sua frase caindo no meio da sala como se fosse uma bigorna. Em rápido reflexo dona Valéria pareceu tentar dizer alguma coisa, mas titubeou. Então ele prosseguiu.

— Tenho notado algumas coisas que vêm me desagradando bastante. Decidi chamá-la aqui para conversarmos, porque realmente não podemos continuar deste jeito.

— Hã?

— Gostaria, por exemplo, que a senhora passasse a adotar um comportamento mais formal quando se dirigisse a mim. Mais respeitoso.

Catatônica, dona Valéria não podia acreditar no que estava ouvindo. Do que ele estava falando? Era algum tipo de brincadeira? Por que aquele tom de voz gelado? Desde seu primeiro dia, ainda que ele tivesse feito por merecer, em que momento fora desrespeitosa? Já vira seu chefe nervoso, mas, sempre muito educado, jamais descontava em ninguém. Muito menos nela. Totalmente desprevenida, fez a pergunta que apenas funcionou para explicitar como estava vulnerável naquela situação. Um nó se formava em sua garganta.

— Mas... O que eu fiz de errado?

— Está vendo? É exatamente sobre este ponto que preciso lhe falar. Sabe, dona Valéria, não se trata bem do que a senhora fez de errado, mas do que a senhora não faz com a eficiência que eu espero de uma funcionária minha. Confesso que fico frustrado, porque me interessam muito mais as pessoas com vontade de exceder as expectativas que são depositadas nelas. Não errar e achar que isto seja motivo de orgulho, me desculpe a franqueza, é meio patético.

Aquilo não poderia estar acontecendo. Não depois de tantos anos juntos, desde o começo, quando passou inúmeros finais de semana deixando o celular ligado para a eventualidade de algum cliente entrar em contato, mesmo sabendo que ninguém ligaria, já que a empresa tinha poucas semanas de existência e o sr. Bernardo ainda tateava no mercado. Naquela época os custos de alimentação — embora o escritório tivesse sido montado com tal requinte que fosse disparado o mais caro de todo o edifício — ainda não eram incluídos em seu salário e chegou a ter problemas de pressão de tanto comer em lanchonete.

Era melhor parar de recapitular todos os sacrifícios que já tinha feito. Respirou fundo, procurou manter a calma e, mais uma vez, repetiu a única pergunta plausível naquele momento.

— Me desculpe, sr. Bernardo, mas realmente não estou entendendo. Aconteceu alguma coisa... O senhor precisa de algo?

— Ser mais bem-tratado. Profissionalismo, dona Valéria, é disso que estou falando! Talvez pelo fato de ser uma pessoa complacente eu tenha deixado muita coisa acontecer sem tomar as devidas providências. Assumo esta culpa.

Era um pesadelo. Estava para ser demitida? Mas que culpa tinha ela, pelo amor do santo Deus? Não se lembrava de absolutamente nada que tivesse feito capaz de provocar aquela reação descabida de alguém a quem sempre tratara da melhor forma possível e que, até aquele momento, também demonstrara respeito e consideração. Toda aquela situação estava deixando seu peito com placas vermelhas, garganta seca e lhe dando uma crescente vontade de chorar. Tentou dizer alguma coisa, mas apenas abaixou a cabeça e continuou ouvindo.

— Não quero mais a senhora se preocupando de forma exagerada comigo, por exemplo. Até posso imaginar que o motivo seja nobre, mas fico desconfortável. Essa coisa de deixar bilhetes grudados na minha mesa me avisando sobre o pagamento do grupo de futebol, ou essa cena constrangedora de hoje... Ficar comendo na mesma mesa em que trabalha... Onde já se viu? Deu a hora do almoço, vá almoçar e volte. Simples assim. Não consigo nutrir nenhum tipo de compaixão por esta pseudofidelidade, sinceramente. Estou me fazendo entender?

Dona Valéria era uma mulher magra, de baixa estatura e cabelos originalmente castanhos que começavam a ficar prateados. Seus pequenos olhos eram bem vivos e ficavam ainda mais salientes por trás das grossas lentes de seus inseparáveis óculos, cuja boa e velha armação era incapaz de marcar seu nariz. Jamais daria lugar a nenhuma outra mais moderna que pudesse colocar em risco seu bem-estar. E aquele era apenas um dos tantos sinais de que até podia ser uma mulher vaidosa, mas acima de tudo prática.

Tinha cinquenta e oito anos de idade, vinte dos quais passara morando de forma bastante confortável em uma casa de alto luxo na bucólica cidade de White Plains, a poucos quilômetros de Manhattan, antes que exames de rotina de seu marido diagnosticassem um câncer de pâncreas em estado já avançado e em menos de um ano tivesse se tornado viúva.

Ainda ficou um período ali, mas acabou se mudando para Nova York a fim de baratear as despesas, já que não tinha mesmo sentido morar sozinha no enorme casarão. Desde então aprendera a se virar, fazendo compras, cuidando da casa, tudo aquilo que não precisava fazer quando ainda era casada, graças à estabilidade financeira que o emprego de seu marido, na época um alto executivo de uma empresa de embalagens, lhe garantia. Tempos em que buscava priorizar idas ao teatro, cinema e às óperas de que tanto gostava.

Fora capaz de pensar em tudo aquilo sem deixar de registrar uma única palavra que seu chefe dizia. Não tinha certeza se estava mais chocada pelos termos, pelos argumentos ou pelo tom frio com o qual se dirigia a ela. E também percebia uma distância, uma esterilidade que chegava quase a assustar. Ouviu até o fim todo aquele absurdo sermão, pediu licença e se retirou. Foi direto ao banheiro, onde por meia hora chorou copiosamente, e, ao sair, deixou um bilhete em sua mesa, pedindo desculpas, dizendo que se sentia indisposta e que portanto iria para casa mais cedo.

Assim que ouviu a porta do escritório batendo Bernardo suspirou profundamente. Foi até a ampla janela, semicerrou as cortinas e recostou-se na cadeira. Não seria de alguma forma reconfortante sentir remorso pela maneira com a qual havia tratado uma das pessoas mais queridas e zelosas que jamais tinha conhecido?

Dona Valéria era uma autêntica fada em sua vida. Era bem verdade que tudo tinha começado por um mútuo interesse. Da parte dela em conseguir emprego, da dele em conseguir alguém que não apenas fosse eficiente, mas que tivesse bom-senso, tato, discrição e ao mesmo tempo fosse elegante, educada ao falar com os clientes. Sabia que não seria fácil conseguir alguém assim, da mesma forma que ela, ao apresentar-se para a entrevista, tinha noção da dificuldade que teria em encontrar um empregador disposto a pagar bem alguém claramente fora do mercado de trabalho em uma das cidades mais competitivas do mundo. Isto sem falar na óbvia preferência de nove entre dez executivos por contratar uma mulher mais jovem e atraente para aquele tipo de colocação.

Com o passar do tempo, porém, sua dedicação transcendeu qualquer exigência que um patrão pudesse ter. O escritório estava sempre impecável, nada faltava, nenhuma bebida, nenhum móvel fora do lugar, e as contas nunca, jamais, em nenhum momento, deixaram de ser pagas com antecedência. O melhor de tudo, no entanto, era a discrição com que dona Valéria executava suas funções. Era como se um pequeno exército invisível atuasse escondido, metodicamente organizado, todos os dias, o tempo todo.

A resposta à pergunta que se fizera o deixou assustado.

Mas pior ainda do que um sonoro "não" quanto ao remorso era a constatação de que sentira alguma diversão no que acabara de fazer.

Permaneceu ali, sentado em sua cadeira até tarde da noite, sozinho, sem beber nada, apenas buscando mais exemplos de como poderia fazer valer sua autoridade, sua condição financeira, seu poder.

O nervosismo de outrora se confundia com excitação. Se alguém o visse, naquele exato momento, identificaria um sorriso quase sádico estampado em seu rosto.

São Paulo — 10.04.08

13h27

— O que foi? — perguntou Diego ao constatar a expressão de surpresa da colega de trabalho.

— Não... Não foi nada, só estou surpresa... Não imaginei que você estivesse com tanto apetite... — retrucou Sílvia, meio que sem saber como dizer.

— Ah, sim! É, pois é, hoje estou com uma fome de leão! Não sei o que me deu! — grunhiu ele, no meio de uma garfada.

Arroz branco, feijão-preto, dois bifes acebolados, batata frita, farofa, rodelas de berinjela à milanesa, alguns kanis, ovos de codorna com molho rosé por cima e, para completar, uma generosa quantidade de espaguete ao alho e óleo. Diego não poderia mesmo estranhar aquele espanto.

Além da grotesca quantidade, que também havia chamado a atenção das mesas em volta, Sílvia havia ficado estarrecida com as escolhas de Diego. Da trinca arroz-feijão-bife, ela, claro, também era devota. Mas batata frita, farofa e berinjela à milanesa, junto com kani e ovinhos de codorna? E o que era aquele macarrão se equilibrando em cima de tudo, mais parecendo um monstro com mil tentáculos que a qualquer instante levaria o prato embora? *Massa com farofa é demais!*

— Sim, percebi... Mas, desculpa a pergunta, como você consegue manter esse seu... digo, você parece ser tão saudável...

A conversa se encaminhava para um lado quase cômico, ele tinha que admitir. Era certo que, ao chamá-lo para almoçar, Sílvia jamais imaginara um cenário tão antirromântico.

Para começo de conversa não faltavam lugares mais reservados, calmos, sem o entra e sai frenético, típico de restaurantes como aquele.

Em segundo lugar, ainda que fosse de fundamental importância optar por comida a quilo — e obviamente não era —, existiam várias opções de bandejões ótimos nas redondezas, conhecidos pelas saladas bem-feitas, quiches e variedades de carnes, peixes, sucos, tudo enfim a que o cliente tivesse direito.

Outro mundo se comparado com aquele, onde uma travessa de lasanha à bolonhesa e outra de espaguete ao molho branco representavam as massas, peixe nem pensar, e o indefectível arroz com feijão completava a bancada de opções quentes. O trivial alface-tomate-cebola era o que existia em termos de salada, além de um salpicão sem graça que apenas garantia a todos a certeza de que a batata palha estava em promoção no mercado da esquina.

O carro-chefe era uma chapa de aço que certamente não via uma gota de detergente há um bom tempo, onde carnes, linguiças e corações de galinha disputavam espaço, e recebiam impiedosos jatos de uma solução duvidosa, provavelmente com o objetivo de temperar e acelerar o processo de fritura, tudo ao mesmo tempo. Um carrinho com gelatinas, pudim de leite e salada de frutas encerrava o triste cenário.

Sílvia mal tocara em seu prato — peito de frango, salada de batata e algumas rodelas de tomate. Fitava Diego com ansiedade. Como quem espera que o outro diga logo qual é a charada. Uma espera inútil.

Ele jamais conseguiria explicar o porquê de tudo aquilo.

Mesmo que se sentisse eticamente confortável para fazê-lo.

Milão — 12.04.08

12h15

Café ou ameixa? Era esta a dúvida de Cecília, assim que retirou a mão esquerda da cumbuca de água quente onde suas cutículas amoleciam. Sempre fora uma apaixonada pelas cores mais claras, só que também era chegada nas mais escuras, não apenas pela lenda de que ajudavam a fortalecer a unha, mas para variar um pouco.

Lembrou com graça de um flerte que sempre a elogiava quando optava por tons mais exóticos e não teve dúvidas:

— Café bem escuro, Keylinha! Daquele bem fechado!

Como de costume aqueles três quartos de hora em que fazia a unha estavam sendo agradáveis. Não se sentia propriamente amiga da manicure, mas uma série de diferenças entre elas facilitava o surgimento de uma afinidade.

Enquanto ela, que havia acabado de completar vinte e seis anos, estava solteira, apenas no início de uma carreira que parecia promissora, sem tempo para pensar em romances, tampouco em família, a outra, ali, tratando de suas mãos e pés com alegria, rindo, aberta para falar de si, tinha como meta encaminhar seus filhos da melhor forma possível e quem sabe encontrar um ótimo parceiro que lhe fizesse companhia.

Ciça olhava à sua volta, reparando no apartamento pequeno, nas paredes nuas e nos móveis antigos, provavelmente de segunda mão. Tudo era muito modesto, mas nitidamente bem-cuidado, organizado. Na cômoda à sua direita uma meia dúzia de porta-retratos, dos quais um se destacava pelo tamanho. Era o único em pé e também o único sem nenhum dos filhos. Um casal sorridente, abraçado, junto do que parecia ser a escadaria de um navio. Cecília nem se preocupou em perguntar. Só poderia se tratar dos jovens Keyla e Giacomo em lua de mel.

Pegou-se imaginando como seria começar uma aventura daquelas em outro país, encontrar o amor de sua vida e, ao final, assumir praticamente sozinha a criação de dois filhos. Percebeu que Keyla era de fato uma mulher de fibra.

— Lindão, né? Essa foto aí é no porto de Gênova, quando fizemos nosso cruzeiro de lua de mel até a Grécia. Foram os quinze dias mais felizes da minha vida... — disse a manicure quando de esguelha percebeu Ciça olhando para os porta-retratos, claramente segurando a emoção ao final da frase.

— Ah... Mas ele era bonitão mesmo, hein? Segurou a onda, nega? — Cecília logo correu para ajudar. Levou o papo para aquele lado mais divertido, justamente a fim de melhorar o clima. Assim que Keyla levantou o rosto, sorrindo de orelha a orelha, seus olhos brilhavam, ainda umedecidos.

— Te mete, garota! Comigo não tem essa não! Ele é que ficava desesperado com a concorrência, porque sabia que o material aqui era de primeira! — gracejou.

Daquele momento em diante a conversa continuou variando no campo das trivialidades. Ciça sentia-se até mais à vontade para falar de si com Keyla do que com muitas colegas de trabalho.

A sensação, agradável, só piorava o peso de seu fardo.

Ainda em casa, quando imprimia os artigos selecionados na internet, teve a inspiração de qual deveria ser sua primeira incursão em um aspecto totalmente novo de sua personalidade. Sabia que Keyla trabalhava duro desde de manhã bem cedo, inclusive aos sábados, para pagar o aluguel do apartamento, comprar comida e arcar com todas as contas. E jamais poderia abrir mão do pagamento. A conclusão a que chegara fora óbvia demais.

Com as mãos já feitas, olhou para os pés. Como sempre o serviço tinha sido impecável.

A manicure já tinha se levantado e procurava alongar um pouco as costas, enquanto caminhava lentamente para a cozinha a fim de jogar fora os algodões e a água. *Vai!*

Quando ouviu um grito.

— Ai, não!

— Que foi, menina? Quase me matou de susto!

— Ai, Keylinha... Não acredito... — dizia Ciça com tom de desespero na voz, enquanto vasculhava a bolsa.

— O que aconteceu?

— Ai, linda... Não estou achando minha carteira! Será que eu... Ah, não... Troquei de bolsa hoje de manhã!

— É isso?! Deixa de ser boba, menina! Outro dia a gente acerta! Não é para tanto! — disse a manicure com uma ponta de decepção na voz e um esforçado sorriso no rosto. Não queria de forma alguma deixar sua cliente ainda mais constrangida.

Aquela cena foi como um tapa no rosto de Ciça. Após quase uma hora de trabalho árduo nas mãos e nos pés de Ciça, Keyla estava sendo informada de que não seria paga e, ainda assim, mesmo sem os dezoito euros a que tinha direito, era capaz de demonstrar carinho e compreensão.

Ciça tentou contornar.

— Mas está errado, lindona! Vou agora mesmo lá em casa buscar a carteira e volto para acertar tudo! Em meia hora estou de volta!

— Não, não, deixa de ser doida. E eu também tenho que ver o futebol do Binho em um campinho aqui perto... Faz assim, final de semana que vem a gente acerta, tá?

— Ai, jura? Que vergonha, Keyla... Me desculpa? Promete?

— Está bem, prometo... Mas relaxa, por favor. Se eu não confiasse em você não estaria assim tão tranquila. Você é uma das clientes que mais gosto de atender, menina. Essas coisas acontecem mesmo.

— Ai... Então, está bem, na segunda, sem falta, eu te ligo para acertar o horário da próxima visita, viu? Mil desculpas!

— Imagina, está mais do que desculpada.

Durante todo o caminho de volta Cecília permaneceu de olhos fechados, sentada em uma cadeira individual do ônibus, saboreando cada nuance dos conflitos que ecoavam em sua mente.

Não existira qualquer esquecimento de sua parte.

Nem mesmo o pedido de desculpas fora sincero.

Calculou cada passo antes de sair de casa, antecipando as frases, as reações, todas as hipóteses que poderiam surgir e que, como previa, acabaram não surgindo.

O momento em que Keyla sorriu havia sido o mais pesado, mas até aquela reação ela soube prever com perfeição.

Estava com um peso na consciência, mas isto apenas sublinhava que optara acertadamente pela avareza como sendo o pecado capital que deveria explorar. Era a chance de se testar, de experimentar até que ponto poderia ir sua perversidade.

Saltou um ponto antes, na praça Santa Maria do Sufrágio, caminhou cerca de vinte metros e acomodou-se em uma mesa de canto, no Fratelli La Buffala, onde pediu um lindo bife acompanhado de salada caprese e uma taça de vinho tinto.

Estava com todos os seus cartões, mas faria questão de usar a nota de cinquenta euros que tinha na carteira.

Milão — 14.04.08

13h43

Reclusa, navegando na internet, pensando nos caminhos que deveria seguir. Pensando não apenas no "como", mas também no "quando" e, principalmente, no "quem". Foi daquele jeito que Gaia passara o final de semana.

Não sentia medo algum, muito pelo contrário. Excitava-se com o leque de opções que se abria a cada minuto que dedicava em traçar a melhor estratégia. Era como se a vida toda tivesse ignorado um canto obscuro de sua natureza. Pensando melhor, entendia que era um comportamento inconsciente. Como se no fundo soubesse o risco que estava correndo. Que, uma vez que fosse adiante, traçaria um caminho sem volta.

Não tinha mais dúvidas. Seria exatamente daquele jeito.

Acordara cedo e rolara na cama por mais de uma hora, recusando-se a aceitar tão pouco tempo de sono. Às dez e meia desistiu e meteu-se embaixo de uma reenergizante ducha gelada. Cerca de cinquenta minutos depois, de jaqueta jeans escura, uma simples camisa branca de algodão com mangas compridas, calça jeans estonada e uma sapatilha branca da Reebok, pegava sua bolsa, chaves, celular e batia a porta.

Decidiu que precisava caminhar um pouco para amadurecer ainda mais as ideias.

Assim que o ônibus 23 a deixou na praça San Babila, atrás do Duomo, subira pelo corso Vittorio Emanuelle II, passando pela famosa catedral da cidade e pela badalada galeria Vittorio Emanuelle até cruzar toda a extensão da praça, quando então, já avistando o castelo Sforzesco, dobrara à direita, na via Orefici, para outra caminhada reta até a antiga residência do duque de Milão.

Tomou o máximo de cuidado ao passar pela última banca de jornal antes daquele ponto. Sabia que não encontraria outra e então comprou uma edição do *Corriere della Sera* antes de alcançar o parque atrás do castelo.

Era uma das únicas áreas verdes encravadas no meio da cidade, e os caminhos por dentro do parque Sempione a levaram até o Mito, um pequeno restaurante japonês que tinha descoberto por acaso, em uma caminhada como aquela, ainda durante suas primeiras visitas na cidade.

Na via Cagnola, exatamente no meio do quarteirão, exato vértice entre o corso Sempione e a via Agostino Bertani, o restaurante era tão escondido que por mais de uma vez Gaia perguntou-se como conseguia evitar a falência. Sabia que de noite a clientela era fiel, mas no horário do almoço quase se sentia mal por não puxar uma cadeira e convidar o garçom para juntar-se a ela.

Não naquele dia, porém. Precisava de toda concentração possível.

Escolheu uma mesa do lado de fora, pediu uma água tônica e então abriu o jornal direto na seção que tratava de assuntos da cidade.

Novamente ficou arrepiada quando leu o título da matéria que de madrugada já havia encontrado na internet, no site do próprio jornal: *Pedofilia-Milano: Preso funcionário de escola.*

Los Angeles — 17.04.08

17h51

Levando em consideração a rica variedade de vodcas de excelente qualidade que teria à disposição Pablo decidira que seria melhor pegar um táxi. Ligara para um serviço que frequentemente utilizava quando queria tirar uma folga do estresse provocado pelo trânsito de Los Angeles. Lembrou-se da conversa que tivera com Bernardo na primeira vez que se encontraram e o quanto ele havia elogiado Nova York, justamente pela possibilidade que os cidadãos de lá tinham de ir e vir. Na época retrucara, mas em dias como aquele precisava dar a mão à palmatória.

Como morava na quarta rua, entre as avenidas Idaho e Washington, a quatro quadras da praia de Santa Monica, em termos de qualidade de vida seu caso específico nem era dos piores, mas invariavelmente, quando precisava comparecer a algum compromisso, a mesma odisseia se repetia. Até tentava marcar algo mais próximo de casa, entretanto eram raríssimas as vezes em que conseguia.

Naquele momento o carro já passava pelo Beverly Hilton. Com sorte, em menos de quinze minutos finalmente iria alcançar o San Vicente Boulevard e, consequentemente, o Bel Age Hotel, cujo saguão abrigava o Diaglev.

Demorara quarenta minutos, da porta de casa até o momento em que pagou ao motorista quarenta e cinco dólares e entrou no hotel.

Decidiu ali que pensaria com mais seriedade sobre uma mudança.

Rio de Janeiro — 18.04.08

17h30

Nanda voltava de Ipanema após um corrido almoço com um escritor espanhol que estava na cidade para o lançamento de seu segundo romance. O primeiro tinha sido um sucesso retumbante, e portanto seu chefe havia estabelecido aquele encontro como sendo sua única pauta.

Encontraram-se no Alessandro & Frederico, mas, após os quinze primeiros minutos de conversa, ela desejou que tivesse sido na avenida Niemeyer, em sua casa, no hotel em que ele estivesse hospedado ou qualquer outro lugar minimamente reservado, tal havia sido a atração que sentira.

Primeiro foram o queixo quadrado e os fortes maxilares que chamaram a atenção. Depois, quando já o havia cumprimentado, pousado a bolsa na cadeira ao lado, pegado o gravador e pedido um suco de melancia com hortelã, percebeu seus braços fortes e ombros largos. Sentiu-se atraída na mesma hora.

Durante o almoço pegou-se reparando em mais detalhes. Os olhos eram negros, o nariz era grande, as mãos eram firmes, os dentes brancos harmoniosamente concatenados, e, para completar, uma barba rala que se algum dia apenas chegasse perto de sua nuca, poderia jurar, a faria atingir o clímax instantaneamente. *Que belíssimo espécime!*

Lá pelas tantas deixou de se preocupar em dissimular o interesse. Seria pura perda de tempo. Quando deixou o restaurante constatou que estava com dois problemas muito graves e uma deliciosa perspectiva.

O primeiro problema era que de fato pousara o gravador em cima da mesa, mas esquecera por completo de ligá-lo para registrar a entrevista. O segundo, que precisaria de uma hora para pesquisar na internet sobre o trabalho do sujeito, já que obviamente não prestara atenção em nada do que ele havia dito sobre o livro.

A vantagem é que aquela questão abria a possibilidade de um novo encontro. Uma perspectiva tão boa que a fez sentir-se úmida só de pensar. *Ética profissional é o cacete... esta noite aquela barba será minha!*

Nova York — 14.04.08

14h31

Como de costume, as ruas de Manhattan estavam apinhadas de gente. Todas serpenteando pelas calçadas, quase sempre esbarrando em quem vinha no sentido contrário, em quem estava do lado, tomando trompaços de quem vinha por trás. Na maioria das vezes era possível identificar quem estava ali a trabalho. Os sujeitos de terno, calçando sapatos de cromo e carregando pastas escuras de couro, com certeza. Também não era complicado distinguir os turistas. A cidade poderia estar em chamas que ainda assim existiriam aquelas senhoras carregando um sem-número de bolsas, ou ainda crianças e jovens pouco se importando com a pressa alheia, se esta os atrapalhasse de ver alguma vitrine, fosse esta da Loja da Disney, Apple ou NBA. Bernardo era um dos poucos que diferia daqueles grupos majoritários.

Já não era uma criança, ou algum jovem que estivesse de férias conhecendo a cidade. Tampouco uma senhora lotada de bolsas. De fato trabalhava lá, mas não estava de passagem, indo para alguma reunião e portanto obrigado a passar por toda aquela provação.

Era um residente e já poderia estar são e salvo daquela balbúrdia em seu bem-decorado escritório, mas decidira embrenhar-se na multidão. Desejava deixar ainda mais claro para si uma certeza: a de que era diferente daquelas pessoas. Indiscutivelmente. Um sentimento do qual não tinha vergonha alguma. *Isso aqui é um inferno, mas foi bom eu ter vindo. Era o combustível de que eu precisava.*

Ao voltar para o escritório, na rua Quarenta e oito, passou por dois sujeitos que conversavam sobre o jogo que aconteceria à noite, no estádio do Mets, no Queens. Decidiu que seria outra boa oportunidade para afiar ainda mais sua autoestima.

Mal dirigiu o olhar a dona Valéria quando passou pela recepção.

São Paulo — **16.04.08**

00h15

Apenas uma pergunta retumbava na cabeça de Diego, assim que deixou a sessão de *Star Wars — A guerra dos clones. Meu Deus, o que fizeram com o Luke Skywalker?*

A enorme quantidade de efeitos especiais utilizados na produção incomodara tanto que Diego tomara a decisão de jamais assistir aos outros filmes que davam sequência à clássica trilogia.

Saiu do cinema, no Shopping Center 3, e, em plena avenida Paulista, analisou onde iria comer.

Cogitou a hipótese de ir ao Black Dog da Joaquim Eugenio de Lima, mas no mesmo instante sentiu preguiça de andar tantos quarteirões. Além disso já tinha comido uma promoção de Big Mac no meio da tarde, com batata frita grande e Coca. Não queria outro sanduíche, mas comida. Queria garfo, faca, carne, farofa, um prato de verdade. Riu de si mesmo quando se deu conta de quão próximo estava do lugar ideal.

Virou à direita e foi andando lentamente, constatando aos poucos que já não era o mesmo. *Caramba, quando que eu acharia que seria muito andar algumas quadras... E quando a esta hora eu pensaria em comer um cachorro-quente ou uma bisteca?*

Já na Rebouças, virou à direita e andou mais trezentos metros até o tradicional Sujinho. Terminaria o dia com uma bisteca ao sal grosso, arroz, molho de cebola e farofa.

Milão — 22.04.08

17h46

Assim que chegara à cidade, Cecília até se surpreendera, mas imaginou que os costumes, dos quais aos poucos fora tomando conhecimento, não seriam tão fortemente arraigados quanto de fato se mostraram depois.

Logo após o horário do almoço — algo entre duas e três da tarde — todos os negócios fechavam as portas. Um tipo de "*siesta*" que era seguido à risca em absolutamente toda Milão, incluídos os restaurantes. Um desavisado que deixasse para almoçar mais tarde poderia tranquilamente preparar-se para um jejum forçado até a hora da janta.

Foram inúmeras as vezes em que precisou matar a fome com algum sanduíche feito em casa, até se acostumar com os horários. *Que coisa mais sem propósito! Agora se eu quiser almoçar tarde ou mesmo comprar uma pilha para o controle remoto, tenho que olhar o relógio!*, pensou na época.

A segunda novidade, por outro lado, era muito agradável.

Pouco antes de escurecer — lá pelas cinco e meia — outra instituição originalmente milanesa tomava conta da cidade: o aperitivo.

Absolutamente todos os bares, fossem chiques ou mesmo biroscas, enchiam seus balcões com variados tipos de petisco, desde batatas fritas em saquinhos compradas no mercado, até torradas com salmão defumado, saladas de macarrão, *bruschettas* e pizzas, dependendo do quão chique ou quão birosca fosse o estabelecimento, por um preço fixo. *Como é que não tem isso no Rio?*

O final da tarde de uma terça-feira como aquela, ainda que não coincidisse com nenhum feriado ou data festiva, poderia tranquilamente prometer algo a mais.

A semana havia sido pesada, com várias reuniões e viagens até Torino e Veneza para pesquisas e entrevistas. De quebra sentia-se sozinha na batalha para encaixar-se em uma ida a Paris, que, mesmo ainda não tendo data marcada, logo seria organizada. Várias pessoas haviam feito aquela viagem e depois da ida a Nova York julgava-se como a escolha natural. No entanto, Costanza a tratava com a mesma naturalidade de sempre, sem dar nenhum indício de que seria escolhida. *Nada como um bom drinque e gente interessante por perto para espairecer!*

Normalmente iria ao Mom, que, além de ser mais próximo de casa, era tido como o local mais movimentado às terças. O pessoal da revista, entre outras tribos interessantes como músicos, escritores e artistas plásticos, certamente estaria por lá.

Entretanto era aniversário de Eina Xhum, uma coreana recém-chegada na cidade para passar um período na redação — em algum tipo de intercâmbio que Costanza não tinha deixado claro qual seria —, e ao que parecia ela estava tendendo mais para o badalado Siddhartacaffe, conhecido por sua decoração oriental e frequência exclusiva.

E a dúvida não era só aquela.

Enfrentava um dilema.

Após o episódio com Keyla, a qual nunca mais fora visitar e nem pensava em fazê-lo nos próximos meses, ficara reclusa. Não saía de casa. Não comprava nada além do necessário para sua subsistência, nem mesmo um suco durante a tarde, um livro, nada que pudesse ser evitado.

Tentava seguir da maneira que lhe parecia mais óbvia a prática da avareza. Economizava em tudo e de fato começara a perceber que diariamente gastava muito com questões decididamente sem importância. Mas também porque começava a nutrir algum medo do que pudesse acabar fazendo se começasse a se aventurar pela cidade, como era seu costume.

Raramente deixava de frequentar os aperitivos, de ir ao cinema, fosse sozinha, com amigos ou paqueras. E também se permitia extravagâncias de vez em quando. Uma delas, quando pagara caro para assistir a *Don Carlo*, no Scala. Antes, em uma viagem à Grécia.

Não abria mão de bons livros e de cuidar da aparência, o que não se resumia a fazer as unhas. Malhava três vezes por semana e há pouco começara a correr quase que diariamente.

Resumindo, seria mais fácil cumprir sua meta não se expondo às tentações do que o contrário.

Mas sabia que também seria injusto.

Meia hora depois, com um blazer de veludo cinza, por baixo uma malha vermelha bem fina, calça jeans justa e bota de couro caramelo de cano curto, saiu de casa em direção ao Mom. Chegando, encontrou com Matteo, Nicolò e Lúcia, do trabalho. Gostava dos três e logo percebeu que seria mais difícil do que imaginara a tarefa de se divertir e economizar ao mesmo tempo.

— O que foi? Preocupada? — perguntou Lúcia, logo depois que se cumprimentaram.

— Hã? Não... Tudo joia! E aí? O que você está tomando de bom?

— Martini rosso! Eu ia de Moretti, mas só tem Heineken e aí não me desce de jeito nenhum.

— Está bem... Vou lá pedir o meu e já volto! — sentenciou a bela morena ao se afastar em direção ao bar.

O lugar já estava cheio, perfeito para relaxar, comer bem e arriscar umas olhadas para alguns homens interessantes que já tinha identificado, mas Ciça queria definir melhor sua estratégia e seu semblante, o comentário de Lúcia não deixava dúvidas, transparecia aquela preocupação.

Sentada em um banco na praça em frente ao bar, lugar em que a maioria dos clientes preferia ficar com uma garrafa de cerveja na mão, a bela morena, um pouco afastada do grupo, continuava com seu raciocínio. Era óbvio que o caminho mais simples seria passar os próximos meses em reclusão. Não sair de casa era a medida exata, ideal para que não gastasse dinheiro além do necessário.

Mas para isto teria que praticamente abdicar de alguns dos prazeres que mais estimava na vida. Principalmente daqueles mais simples, quando se divertia e cuidava de si. Precisaria pensar duas vezes antes de sair de casa, várias vezes antes de fazer as unhas, inúmeras antes de uma viagem.

Enquanto o caminho mais óbvio era injusto, o mais fácil era perigoso. Percebeu então o tamanho da arapuca em que havia se metido. *Boa, dona Cecília Andrade! Você é um gênio!*

Respirou fundo e lembrou-se de Keyla. Do sórdido plano que havia engendrado para usufruir de seus serviços e ainda assim não ter que gastar um centavo. Do que sentiu quando pagou a lauta refeição no restaurante logo após deixar a casa da manicure. Uma sensação de vitória, de quem tinha atingido um objetivo, mas principalmente de quem se sentia capaz de repetir a dose.

Lembrar-se daquele momento funcionara como o estímulo de que precisava. Não seria injusta com seus amigos. Não se acovardaria. Não hesitaria em tomar nenhuma atitude para atingir seu objetivo final. E também não abriria mão de nada.

Observou as pessoas à sua volta em pé, conversando, e se deu conta de que era a única mais afastada. Levantou-se de um salto e, ao se aproximar do grupo, ouviu a inesperada frase:

— Ainda bem. Achei que você nunca mais levantaria...

Em um primeiro momento Ciça apenas sorriu. Um sorriso maroto, simples, sem maiores pretensões. Só ao erguer os olhos para encarar o autor da frase se deu conta daquela quase imperceptível, mas nítida faísca. Um cintilar típico de quem ao mesmo tempo deseja transparecer uma intenção e manter distância.

Ciça lidava muito bem com a atração que sua presença provocava, mas havia sido pega de surpresa.

— Oi, Franci, tudo bem? — retrucou, como quem não tivesse percebido nada.

— Sim, tudo. Cheguei hoje de Munique. Fui fazer uma matéria sobre as cervejarias mais antigas da cidade e aproveitei para dar uma esticada na Suíça. E contigo?

Francesca Liotti era uma mulher de ossatura grande, com uma volumosa cabeleira negra, olhar aquilino, lábios carnudos e seios fartos. Uma mulher que exalaria erotismo por onde passasse.

Como era freelancer, a maioria do pessoal da revista não sabia muito sobre ela. Entre as conjecturas, grande parte garantia que ela era bissexual e uma minoria dizia que se tratava de uma gay enrustida. Ciça concordava com cada um dos grupos, dependendo do momento. Naquele específico, sentia-se frente a frente com uma predadora.

E então teve uma ideia.

— Que bom, hein? Só conheço a Hofbrauhaus, mas sei que tem outras, né?

Nitidamente Francesca tinha sido pega de surpresa pela receptividade de Cecília, com quem na verdade nunca havia tido mais do que algumas conversas esporádicas, apenas suficientes para aguçar sua curiosidade. O breve momento de dúvida deu lugar a uma óbvia animação.

— E como! Fui em uma que comercializa cerveja desde 1040! Depois fui em Zurique visitar umas amigas e agora voltei... Achei que você não viria aqui hoje... Lá no trabalho a gente se fala tão pouco...

— Eu confesso que tenho estado muito cansada, só que pensei bem e decidi dar um pulo para relaxar, tomar alguma coisa... — A frase foi seguida de um escandaloso gesto com a garrafa que não estava vazia, mas já passava da metade.

Ninguém que visse a cena perceberia. Nem mesmo Francesca notou a real intenção de Ciça, que havia discretamente notado o copo da outra já no fim. Mais uma vez caprichou no sorriso gracioso, passando a timidez necessária.

— Estou indo pegar algo para mim agora... Quer?... Vou trazer e pronto! Nem adianta dizer que não!

A noitada acabou cedo e por volta das duas e meia Cecília subia as escadas até seu pequeno apartamento. Francesca havia ficado para trás, visivelmente desolada, porque ao longo do tempo em que estiveram no bar, e com todos os sinais que recebera da bela morena, havia nutrido esperanças de que algo pudesse acontecer entre elas.

Cecília não tinha absolutamente nada contra mulheres que saíam com outras, mas não estava nos seus planos adquirir fama injustamente, e portanto escolheu o momento exato para se despedir, já prevendo alguma investida mais ousada.

Um beijo de despedida que deveria ter sido na bochecha e sorrateiramente esgueirou-se pelo canto da boca fora o máximo.

Já deitada, sentia-se leve. Muito mais leve do que quando deixara o apartamento de Kcyla.

Conseguira equacionar o dilema que começara a viver horas antes.

Graças a seu charme e à voluptuosidade de Francesca, não gastara um mísero euro a noite inteira.

E daquela vez não enganara ninguém.

Ok, talvez só um pouco!

Milão — 23.04.08

16h45

Com quarenta anos, os cabelos abundantemente grisalhos, a testa e os lados da face vincados pelas rugas, ombros caídos e — apesar da magreza — uma barriga protuberante que o fazia aparentar bem mais de cinquenta, Guido estava exultante. Acabara de passar por um dos maiores apertos de sua vida e, por aquele motivo, ao sair do Tribunal de Milão e sentir o vento bater forte em seu rosto, mentalmente sentenciou: *Livre, porra!*

Estava aliviado, mas sem ninguém a quem abraçar, com quem comemorar.

Estava, como sempre, sozinho.

O alívio era realmente a única sensação que poderia descrever como se sentia naquele momento, e o fato de não ter companhia não iria impedi-lo de parar no primeiro bar que encontrasse a fim de tomar uns tragos. Até que olhou para o outro lado da rua e se estarreceu.

Stefano era um sujeito que conhecera quando garoto e tinha pela frente um futuro que, para todos os efeitos, se desenhava muito parecido com o seu. Uma suposição que claramente não havia se comprovado.

Não se aproximou para dizer nada, claro. Apenas ficou de longe assistindo àquela cena — ele, já um pai, andando de mão dada com um garoto, e, aparentemente sem querer, encontrando com uma mulher no caminho de volta. Pelo visto tratava-se da namorada, ou quem sabe esposa. Eles se beijam, ela beija o menino — *filho?* — e os três se põem a caminhar juntos. Talvez fossem para casa, mas também poderiam se decidir por uma pizza. Certamente conversariam sobre como havia sido o dia. Eles no trabalho, a criança na escola.

Se, para as pessoas na rua aquele comportamento deveria parecer o mais banal possível a ponto de não ser notado, para ele fora tão revelador quanto o anúncio de um aterrador diagnóstico. *Tudo poderia ter sido diferente.*

Por outro lado, se não existia dúvida, se era possível constatar um exemplo tão claro como aquele, de que seus demônios não eram necessariamente de outros, para que sofrer? Como poderia explicar aquela maldição que, sabia bem, a qualquer instante poderia considerar como sendo natural e assim por diante, oscilando entre polos extremos, como se houvesse um tribunal dentro de si, onde sucessivos julgamentos acontecessem, um após o outro, determinando e revogando veredictos?

Se há muito deixara de buscar uma resposta razoável, ter avistado o antigo colega de orfanato apenas desencadeara dentro de si uma impotência que piorara ainda mais a situação. Abria caminho para o relaxamento. A partir dali não existiriam mais oscilações no seu tribunal. Sua consciência o absolveria eternamente.

Após uma breve indecisão desceu as escadarias do prédio e virou à esquerda. Caminhava devagar, sem pressa, não deixando nenhuma impressão de saber que estava sendo vigiado de perto.

De fato não sabia.

Gaia sentia-se orgulhosa. Desde o momento em que lera a notícia no jornal debruçara-se sobre o passado de seu alvo, determinada a conhecer os mínimos detalhes.

Primeiramente desfiara os meandros mais acessíveis e descobrira que Guido era um homem discreto, com uma vida simplória. Trabalhava em uma loja de utensílios domésticos e morava sozinho em um apartamento de um cômodo no viale Legnoni. Segundo a pouco discreta síndica, raramente recebia visitas, se é que já tinha recebido alguma. Graças a uma foto que ilustrava a matéria no jornal, e embora visivelmente não estivesse no melhor de sua forma, pudera projetar um jovem de aspecto viril, com ombros mais largos e estrutura mais forte, talvez nem uma década atrás.

Depois tratara de averiguar os laços familiares. A mãe o abandonara quando ainda era bebê. O pai nunca apareceu. Filho único. Segundo registros do orfanato bresciano Bambino D'oro, dera entrada na instituição aos nove meses.

Aos treze anos fugiu, e acabou voltando por livre e espontânea vontade algumas semanas depois. Aos quinze, outra escapada. Daquela vez ficara um ano e quatro meses sem dar notícias. Por último, algum rigoroso funcionário teimara em rabiscar na ficha de Guido que aos dezessete novamente desaparecera, retornando noventa e seis horas depois. Um final de semana prolongado.

Porém era outro aspecto, investigado sobre o recém-absolvido no processo de pedofilia que o Estado a princípio movia e que incompreensivelmente transformara-se em um caso de atentado ao pudor, o que mais fazia o sangue de Gaia ferver. Na longa ficha criminal, que incluía duas acusações de furto, duas brigas de bar que resultaram em quebradeira generalizada e um ferimento causado por arma branca, era sistemática a repetição de duas palavras: "menores" e "sexual".

Excetuando a absurda tese da diretora do Bambino D'oro Chiara Brometti, a qual argumentou que meninos e meninas de dezessete anos eram tão sexualmente inocentes quanto os de doze, que a curiosidade sexual fazia parte do crescimento de qualquer criança e que, portanto, era preciso tomar muito cuidado na hora de tolhê-la do convívio social, conseguira colher informações bastante úteis junto ao orfanato. Jamais entenderia como não haviam percebido os sérios problemas que Guido, desde novo, já começava a explicitar. *Quantos poderiam ter sido poupados diariamente não fossem esses preguiçosos de merda!*

Ponderações à parte, não seria condescendente.

Guido seguiu pela via Larga até a piazza Duomo, onde desceu no buraco do metrô e, duas escadas rolantes depois, posicionou-se do lado esquerdo na plataforma da linha vermelha, esperando o trem que iria em direção a Bisceglie. Quando o vagão parou em sua frente e as portas se abriram, praticamente foi atropelado por uma garota vinda de trás visivelmente alterada, passando por ele e por outros aos empurrões, provocando queixas de todos.

Gaia desceu na estação Cadorna três paradas depois.

O suficiente para ter certeza de que Guido não havia percebido os setenta e quatro gramas do Samsung C260 pré-pago que havia comprado mais cedo em uma loja da Vodafone, no centro de San Felice.

Subiu as escadas, deu a volta e desceu pelo outro lado.

Precisava voltar ao Duomo.

E de uma lan house.

Era a única maneira de garantir o anonimato necessário para fazer uma pesquisa.

Los Angeles — 17.04.08

1h42

— Que merda de noite!

Pablo quase gritava, às gargalhadas, lixando-se para o silêncio que até então só era quebrado pelo mais afastado som das ondas e dos poucos carros que passavam.

A noite realmente não havia sido das melhores.

No início procurara manter certa postura, um comportamento minimamente adequado com a situação. Afinal de contas o coquetel enveredava para um jantar de negócios importante, um compromisso que deveria ser levado a sério se tivesse intenção de continuar a ser competitivo naquele negócio. Um momento como tantos outros que já havia vivenciado, onde uma específica etiqueta era requerida, esperada por todos os presentes.

Em situações como aquela era de bom-tom demonstrar interesse pelo dia a dia de quem negociava e até pela rotina do acompanhante, mesmo esta não tendo absolutamente nada a ver com a história. Também amigos de infância, sorrisos francos e até amores para toda a vida surgiam com uma rapidez alucinante, ainda que ninguém acreditasse em uma vírgula do que fosse dito. Enfim, um teatro, onde cada um, sem queixas, representava seu papel.

Mas Pablo estava cansado de tudo aquilo.

Já à mesa, quando o impecável serviço começou, o clima não era dos melhores. Todos repararam em seus cabelos oleosos, no rosto abatido e na exagerada informalidade com a qual se colocava nos assuntos. Percebia suas atitudes, as reações que provocava, e ainda assim não conseguia evitar.

No início bem que tentou se concentrar no que dizia Jack D'Olivia, apresentado como um megaempresário do ramo de telecomunicações no meio-oeste, interessado na criação de um selo especializado em jovens promessas do mundo pop, mas logo de cara Pablo sentiu desprezo pelo sujeito. *Provavelmente um escroto que tá precisando lavar dinheiro e viu no mercado uma boa chance... não se depender de mim!*

Ao lado do dito-cujo, um par de tetas. Pelo menos era o que se depreendia à primeira vista. Depois, com o tempo, percebia-se a estranha criatura magra, pequenos músculos saltados, de agressivas lentes azuis que só perdiam no quesito cafonice para a escandalosa cabeleira branca com fios ouriçados. "Gwen, encantada!", era como havia se apresentado. Coitada, ela não tinha culpa nenhuma e ele sabia disso. Provavelmente começava a negociação em duzentos dólares a meia hora e fechava em dois mil para depois do jantar ir até a casa ou hotel do sujeito e lá passar a noite toda. Não se enganava naquele tipo de coisa. Estava há muito tempo acostumado com aqueles encontros para errar uma avaliação tão fácil. *Acostumado com esta merda... Carlos me salvou!* — constatou mentalmente, para depois esboçar, do nada, o primeiro largo sorriso do dia. As pessoas em volta acharam que ele era doido.

O outro casal presente à mesa era formado por seu parceiro de longa data, Steve Lambrini, e uma linda negra que tanto tinha de bela quanto de muda. Steve fora casado tempos atrás, mas, quando descobriu que era estéril, sua mulher pedira o divórcio. Desde então decidiu que havia feito sua parte, tentado ser um homem regrado, chefe de família e, já que não havia sido brindado com uma condição fundamental para a maioria das mulheres, seguiria sua vida da melhor maneira possível. Passara então a ser conhecido das cafetinas mais proeminentes de Los Angeles. Claro que a acompanhante daquela noite, uma tal de April, também fazia parte de algum esquema, apenas era mais classuda. Decidiu que depois ligaria para cumprimentá-lo pelo bom gosto. E pediria para que nunca mais o procurasse para fazer qualquer aproximação que fosse.

O jantar se desenrolou de maneira constrangedora, com Jack forçando a barra para falar de negócios, Pablo fugindo para o 49ers e Steve, sem entender nada daquela reação, tentando encaminhar a conversa para algum ponto neutro que mais tarde pudesse redirecionar para pelo menos agendar uma segunda tentativa.

Quando pela quinta vez voltava do banheiro, após um incrível número de fantásticas vodcas dos mais variados sabores e em iminente estado de embriaguez, decidira que arrumaria uma desculpa e se despediria de todos. Iria para casa comer chili na panela, tomar algumas cervejas, tentaria se masturbar, quem sabe assistiria a um filme e provavelmente dormiria no sofá.

Porém, ainda distante, ziguezagueando pelas mesas, percebeu que o poupariam do esforço.

O executivo gesticulava de maneira efusiva, enquanto Steve tentava acalmá-lo. Caladas, mas àquela altura já entendendo que não precisavam mais se preocupar em fazer a bela figura, Gwen e April demonstravam um ar enfadonho.

Seus olhos se demoraram um pouco mais no busto da primeira e, para seu azar, deixou que seus pensamentos o traíssem quando já estava próximo demais.

— O que foi que você disse? — perguntou Jack.

Por um instante ele pensou em recuar e inventar outra coisa qualquer... *Ah, quer saber? Foda-se!*

— Que peitos deliciosos! — repetiu, bem alto, para espanto da mesa ao lado.

Os garçons e o maître, que pela quantidade de bebida pedida já haviam previsto aquela possibilidade, tiveram que intervir para evitar um desfecho mais grave. Não se despediu de ninguém, nem mesmo de Steve, e voltou quase dormindo no banco de trás do táxi.

Logo que desabou no sofá se deu conta da engraçada sensação que experimentava. Aos poucos estava mandando para o alto todas aquelas convenções das quais tinha se tornado escravo. Provavelmente havia até desenvolvido outros gostos graças àquele ritmo.

Suas pálpebras estavam pesadas demais.

Adormeceu lambuzado de chili.

Rio de Janeiro — 18.04.08

20h15

Fernanda subia a avenida Niemeyer com seu Celta preto, àquela altura já procurando retomar a respiração.

Passara mais de trinta minutos no caótico trânsito que toda noite deixava a linda orla carioca insuportável para quem tinha horário a cumprir. Aquele não era propriamente o seu caso, já que não havia marcado nada, mas tinha um plano em mente e para que desse certo não poderia chegar muito tarde no lobby do Sheraton, onde o romancista estava hospedado.

Além do nervosismo, reconhecia que nas últimas horas havia imposto a si própria um ritmo insano. Correra para casa e, após uma frenética pesquisa, redigira o texto mais insosso de que tinha lembrança, desde o primeiro período na faculdade. Se não fosse mandada embora, ou no mínimo chamada para uma conversa pelo editor, com certeza os leitores questionariam que diabos de entrevista havia sido aquela, em que a entrevistadora parecia não ter colhido nenhuma informação sólida, muito menos alguma confidência do entrevistado.

Já embicando no estacionamento do hotel, Nanda estava mais preocupada era com os próximos passos.

Adentrou o amplo saguão em mármore claro e andou reto, indo direto para a recepção.

— Boa noite, o sr. Jarpa?

— Boa noite, bem-vinda ao Sheraton. Quem gostaria, por favor?

— Meu nome é Fernanda de Passos. Entrevistei o sr. Jarpa hoje de tarde, mas temo haver deixado meu celular no táxi que pegamos juntos, na volta.

— Pois não. Um minuto que vou checar se algo foi deixado em seu nome...

— Não!

— Não?

— Quer dizer... eu não imagino que ele tenha deixado aqui...

— Mas, senhora, considerando a hipótese de que o hóspede tenha encontrado seu celular, é grande a chance de que ele tenha deixado justamente aqui na recepção. É a única maneira...

— Única maneira? Não seria possível ligar para o quarto? Quem sabe eu falando com ele...

— Entendo, mas o padrão do hotel...

— Olha, me desculpe a franqueza, mas não estou podendo perder tempo. Tenho outro compromisso profissional agora e o telefone é fundamental para o meu trabalho...

Já se arrependia de não ter ido direto para os elevadores em vez de inventar aquela história cretina de celular. Desesperava-se com a possibilidade de todo seu plano ter ido por água abaixo, quando de canto de olho percebeu uma pessoa parada ao seu lado direito. A recepcionista calou-se, e Nanda, enquanto instintivamente virava a cabeça para ver de quem se tratava, entendeu que aquilo só poderia significar uma coisa: Antônio Jarpa em pessoa estava ali, parado, com um olhar curioso, como quem estivesse surpreso, e um sorriso maroto, de quem já havia entendido tudo.

Ela estava de calça jeans escura, justa, usava uma sandália de couro preta que realçava seus pequenos pés e vestia uma blusa frente única com um generoso decote na frente. Um coque prendia o cabelo de maneira propositadamente descompromissada. Além de um leve lápis preto contornando os olhos e um discreto batom vermelho-claro, nenhuma outra maquiagem. Duas argolas prateadas como brincos, um relógio e só, em termos de joias. A calcinha, preta, praticamente uma tanga, fora escolhida a dedo. Ele devia mesmo estar gostando do que via. Esperava que tanto quanto ela, que, estática, tratava de perceber cada detalhe.

Antônio usava uma calça jeans clara, mocassim marrom combinando com um cinto da mesma cor e uma camisa de botão branca com listras azul-claras. O relógio era quadrado e combinava perfeitamente com a grossura do pulso. Pelos primeiros botões abertos notava-se um cordão prateado em volta do pescoço. O cabelo ainda molhado, penteado para trás, deixava à vista o rosto forte pelo qual ela havia se encantado mais cedo. *Vou comer esse cara todo!*

— Oi... Fernanda?

— Sim, eu... Sinceramente, tinha imaginado tudo de um jeito que te surpreendesse, e não o contrário.

— Ora, mas então funcionou perfeitamente. Já jantou?

Como desde o almoço os sinais foram mútuos, pouco se falou de importante até que entrassem no carro dela e rumassem para um restaurante japonês, no Leblon. Preferiam o sushi bar, mas acabaram um de frente para o outro, em uma pequena mesa próxima de uma grande janela que dava para a rua.

Há muito ele se acostumara com o assédio das mulheres. Tinha ciência de seu porte físico, de sua beleza e do natural carisma que sua profissão trazia, mas não esperava aquela atitude de Fernanda. Poder sair com uma mulher daquelas, tão interessante e de maneira totalmente inesperada, o deixara de excelente humor. Já ela, além de nutrir uma senhora expectativa, o enxergava como uma presa.

Poucas caipirinhas de saquê depois, Nanda já o provocava, com a ponta do pé escorregando por entre as coxas dele, chegando próximo da virilha e voltando, para depois repetir o movimento. Com a tensão entre eles ficando insustentável, não demoraram muito e já estavam na calçada esperando que o manobrista voltasse com o carro. Ali ele abraçou-a por trás e ela sentiu que ele estava mais do que pronto.

— Pode dirigir? Acho que bebi um pouco além da conta... — pediu, mentindo deslavadamente.

— Claro que sim, sem problemas.

Do restaurante para o hotel era um percurso que, àquela hora, não duraria mais de dez minutos, se tanto. Demoraram quarenta e cinco.

Logo na primeira esquina Nanda jogou-se para cima de seu alvo, mordendo a orelha, depois descendo, entre lambidas e unhadas no peitoral, até agarrar com toda força em sua coxa direita. Duas buzinadas tão próximas que pareceram ter sido disparadas pelo próprio carro em que estavam, um grito de mulher que pareceu ter falado alguns palavrões e três freadas bruscas depois, ele decidiu subir com o carro na primeira calçada com espaço disponível, antes que provocassem um desastre. Fernanda estava em outro mundo.

Segurava seu membro com a mão direita e embora a pouca iluminação a impedisse de dar uma bela e merecida olhada naquele objeto de desejo, a espessura, a temperatura e o cheiro a inebriavam. Não queria torturá-lo, mas prolongar seu próprio prazer. Por isto apenas tocou de leve com a ponta da língua na cabeça, degustando aos poucos a textura lisa e molhada ao mesmo tempo que se excitava com os suplicantes gemidos e a respiração forte dele.

Deixara sua primeira vítima dormindo, extasiado, e saíra do quarto praticamente na ponta dos pés. O relógio do saguão do hotel marcava sete e quarenta e dois da manhã quando as portas do elevador se abriram. Além de porteiros, ajudantes, duas pessoas na recepção e um casal de aparência nórdica, poucas pessoas perambulavam por ali.

Sabia que seu rosto sem maquiagem alguma e o cabelo preso com elástico eram indisfarçáveis e tentou aparentar normalidade ao caminhar pelo vasto piso de mármore. Logo que entrou no carro sentiu que suas pernas estavam mais bambas do que havia imaginado que ficariam.

Voltou para casa, tomou uma longa ducha quente e desmaiou na cama, não antes que um pensamento passasse por sua cabeça. *Este foi apenas o primeiro!*

Milão — 24.04.08

3h28

Gaia jamais sentira seu corpo tremendo daquele jeito. Sorvera um grande copo d'água; depois, como não adiantara absolutamente nada, decidira entrar debaixo do chuveiro gelado. Sentada dentro do boxe, ainda vestida, joelhos encolhidos junto ao peito, mal sentia a água fria que batia forte na nuca e escorria pelos ombros. Toda sua concentração estava voltada para reprisar, palavra por palavra, cada segundo do telefonema que acabara de dar.

Ter comprado aquela briga parecera uma ótima ideia. Lembrava até hoje do almoço com Ciça, quando a amiga, visivelmente confusa, a havia procurado para debater a proposta de Carlos, até que percebera nela uma certeza inabalável de que precisariam aceitá-la. Não contara nada sobre o que lhe havia acontecido no passado, apenas demonstrara toda sua vontade em ir adiante com o plano.

O instinto que a impulsionava naquela direção era mais forte do que qualquer racionalidade, e pesar os prós e os contras sequer fora uma opção. Mas ali, depois de pela primeira vez ter tido uma aproximação com seu passado, sentia a pressão dos próximos passos. Não estava com medo de agir, mas com medo de si mesma. Como se não se conhecesse mais, como se de repente desconhecesse seus próprios limites.

O telefone tocara por mais de uma vez. Ligara no meio da madrugada de propósito, com o intuito de confundir, de pegá-lo sonolento, sem poder falar muito, à sua mercê. Se ao ligar ouvisse som de música, de algum ambiente aberto, como um bar, desligaria e tentaria depois. Sabia que era arriscado. Afinal, a simples existência do celular era um trunfo importante.

Depois de um tempo, provavelmente já tendo olhado para o aparelho e se perguntado o que estava fazendo em seu casaco, atendeu. O tom de voz não deixava dúvidas. Estava dormindo.

— A-alô?

— Boa noite... er... Desculpe o horário, mas quem está falando?

— Quem quer falar?

— Ai, que vergonha... Desculpe mesmo, mas o ponto é justamente este. Eu não sei com quem eu quero falar... O fato é que perdi meu celular hoje e só me dei conta agora. Então resolvi ligar para ver se alguém o tinha encontrado...

— Olha, eu não peguei celular nenhum, viu? Estava dormindo e ouvi tocar agora, nem sei como veio parar aqui.

— Oh... Me desculpe! Eu realmente sinto muito. Eu poderia ligar amanhã para dar um jeito de pegar o celular de volta?

Só então Guido se deu conta. Do outro lado da linha não se notava a voz de uma mulher madura. Era uma voz aveludada, mas de gente jovem. Jovem e educada. Involuntariamente começou a fantasiar sobre como seria aquela garota do outro lado da linha e, com a curiosidade aguçada, deu a resposta mais óbvia, sob seu ponto de vista.

— Claro que sim! Mas tem um pequeno problema, é que amanhã não pretendo sair de casa...

— Ah, que pena... Então poderíamos marcar de nos encontrar para que eu possa reaver o celular depois de amanhã?

— Depois de amanhã também não vou poder. Na verdade vou ficar os próximos dias em casa mesmo.

Gaia começava a sentir enjoo. O pilantra, mal havia se livrado da cadeia, já estava nitidamente tentando atraí-la para um ambiente em que se sentisse favorecido. Fizera questão de propor outra data para certificar-se daquilo. Apesar da repulsa que sentia, era tarde demais para recuar.

E não queria recuar.

— Tudo bem, então. Se não for problema eu poderia passar aí amanhã? Digamos, umas seis da tarde?

— Claro que sim...

— Qual é seu nome, por favor?

— Pietro, e o seu?

— Chiara — *Seu filho da puta!*

Anotado o endereço, confirmado o horário, Gaia desligou o telefone e correu para o banheiro. Vomitara de tanto nervoso. Toda a frieza com que falara havia desaparecido. Experimentava um ódio que não lembrava ter sentido antes. Sua vontade era de ir ao encontro daquele monstro o quanto antes e dar cabo de sua vida da forma mais dolorosa possível, mas sabia que aquela não seria uma opção nada inteligente.

A probabilidade maior, se agisse por impulso, seria a de se expor além da conta e, pior, de não levar adiante seu plano. Pensara muito calmamente, arquitetara de forma meticulosa cada detalhe para jogar tudo para o alto daquele jeito.

Mais calma, fez um chá, tomou um comprimido para dormir e tentou relaxar, embora um detalhe a tivesse deixado alarmada. Dera um nome falso por um simples motivo: sabia que precisava se precaver, pelo plano que tinha em mente.

Mas ele também fizera o mesmo.

Tentou espantar aqueles pensamentos.

Precisaria ser fria até o último instante, quando então deixaria toda a sua ira fluir.

Acordou com uma inevitável sensação de urgência. Não queria deixar nada para a última hora.

De banho tomado, vestindo calça jeans escura, uma malha branca de mangas compridas, sobretudo marrom e botas da mesma cor, desceu e foi até o centro tomar um café da manhã reforçado. Comeu um sanduíche de pão ciabatta com mozarela de búfala e presunto cozido, além de um copo grande de suco de laranja. Pediu um sanduíche igual para viagem, arrematou tudo com um cappuccino e no ponto da escola primária de San Felice pegou o ônibus que a levaria direto à praça San Babila. Passando na altura da via Cadore sentiu a mesma preocupação de todas as vezes que passava por ali, a poucas quadras da casa de Ciça. Sabia que precisava a todo custo evitar a amiga para respeitar o acordo. Se por acaso se esbarrassem no meio da rua, teriam de, sabe-se lá como, tergiversar, até mesmo afastar-se uma da outra. Por outro lado reconhecia que até ali fizera todo o possível para evitar aquele constrangimento, pedindo licença da revista e se mudando para outra zona da cidade.

Tão logo o ônibus chegou a seu ponto final, justamente onde ela desejava, saltou e andou para a esquerda. Deu a volta pela via Larga e então cortou uma reta usando a via Pattini, passando por trás do Duomo e assim daquela vez também evitando o corso Vittorio Emanuelle II. Um cuidado a mais para não encontrar com Ciça.

Como esperado, saiu direto na megaloja Rinascente. Precisava fazer algumas compras. Saiu quarenta e cinco minutos depois, olhou para o relógio e viu que passava um pouco da uma da tarde. *Bem na hora.*

Atravessou a praça em diagonal até a via Torino. Andou quinze metros depois do primeiro quarteirão e entrou em uma pequena pizzaria. Passados três minutos saiu de lá e dirigiu-se para uma farmácia que ficava na esquina seguinte, onde permaneceu por pouco tempo. Então voltou até o meio da praça, desceu as escadarias do metrô, pegou o trem da linha amarela no sentido Maciachini e fez baldeação na Centrale F.S. para a linha verde, onde tomou o sentido Abiategrasso. Uma vez lá andou quase meia hora, grande parte pelo viale Elevzia, até chegar no último endereço que precisava visitar naquela fatídica tarde, fundamental como todos os outros para o sucesso de logo mais. Por lá ficou quase duas horas e meia.

Voltando para San Felice, já na frente do prédio, levou um susto que a deixou preocupada. Como poderia ter esquecido? Deu meia-volta e foi até a loja de utensílios para o lar, de onde saiu mais aliviada. Nada mais precisava ser providenciado.

Milão, um final de tarde de uma quinta-feira, em pleno mês de abril. Certamente existiam programas mais aprazíveis do que pegar o metrô da linha vermelha, mas não para uma determinada jovem de saia jeans clara bem curta, meia-calça preta por baixo, blusa justa rosa com uma Betty Boop estampada piscando o olho, jaqueta combinando com a saia e rabo de cavalo, carregando uma grande bolsa amarela acolchoada.

Em pé, encostada na porta automática, mastigava chiclete, preparava-o para formar uma bola e assoprava-o até espocar em um forte estalo. Era impossível não sentir-se incomodado, e assim os passageiros que permaneceram no vagão, após a parada Bande Nere, agradeceram silenciosamente.

Subiu as escadas que a levaram até a rua, tirou o papel da bolsa e releu o endereço: viale Legioni Romane, 28, apartamento 2D, segundo andar. Estava tão tensa que só então percebeu que saltar na estação seguinte, a Primaticcio, teria sido mais inteligente. Soltou um "*f'anculo*!" bem alto.

Sentou-se por um momento no banco de pracinha logo no quarteirão seguinte. Sabia que não podia chegar nervosa, gaguejando, dando na pinta que algo estava por acontecer. Guido provavelmente jamais recebera uma ninfeta tão perigosa quanto a que estava para bater em sua porta.

Permaneceu sentada até acalmar-se e só então levantou-se e recomeçou a caminhar. As passadas eram de uma pessoa que não tinha pressa, mas que estava decidida. Logo chegou ao endereço.

Apertou o botão do interfone e pouco depois ouviu um barulho de alguém que havia atendido. Não chegou a perceber qualquer palavra e logo se apresentou.

— Chiara.

— Pode subir.

Alguns lances de escada e já tocava a campainha. *Que merda, tô suando! Se acalma!*

Guido abriu a porta e logo seus olhos encheram-se de desejo.

17

FAMINTOS

Nova York — 10.05.08

15h22

Sábado. Em tardes relativamente quentes como aquela, termômetros marcando vinte e nove graus, todos buscavam sair de casa para aproveitar o bom tempo. Fosse batendo pernas pelas ruas, no píer, nas praças espalhadas pela cidade ou então, claro, espreguiçando-se no gramado do Central Park, a ideia geral era relaxar. Não importava se o sujeito era motorista, garçom ou advogado de algum escritório renomado. Com muita ou pouca grana no bolso, poder simplesmente não fazer nada, apenas desacelerar o ritmo que a cidade provocava, era um programa para o qual ninguém precisava de convite.

Um cenário que Bernardo genuinamente desprezava.

Tivera alguma dificuldade em determinar seu passo logo nos primeiros dias. De cara mergulhou no lugar-comum mais óbvio, que era o da questão financeira. Esbanjar dinheiro equivaleria a esbanjar poder. A determinar uma superioridade indiscutível que, acima de tudo, serviria tanto para constranger outras pessoas a aceitarem uma inferioridade quanto para — suprassumo

— provocar inveja. Seria aquela a garantia final, a certeza de que caminhava na direção justa. Se não desejassem possuir o que ele possuísse, gozar dos prazeres de que ele poderia dispor, e, acima de tudo, enxergar seu status e condição de poder sempre que o vissem, então algo estaria errado.

Assim, passara as últimas semanas equilibrando sentimentos dentro de si, de forma que um alimentasse, justificasse a existência do outro. Forçou-se a perceber a mediocridade à sua volta. Achou que não teria dificuldades, mas ainda assim obrigou-se a fazer programas que normalmente não faria, ir a lugares que em sã consciência jamais frequentaria, onde até então não havia estado e dos quais certamente não sentiria falta se, ao longo de sua existência, não os visitasse. O objetivo era misturar-se entre pessoas o máximo possível a ponto de se familiarizar com suas feiuras, sua falta de higiene, seu vocabulário pobre, seus humores pueris, suas ignorâncias.

Certa vez pegara o metrô 5 na direção do Brooklyn, entrara no vagão, sentara-se na primeira cadeira vaga e permanecera, quieto, apenas observando. Completara o trajeto entre a rua Cinquenta e nove com a Lexington, até a Brooklyn College, ponto final, três vezes. Naquela noite, ao chegar em casa, sentira-se aterrorizado. O que tinham feito com Nova York? Quem eram aquelas pessoas todas, com calças largas, rostos horrendos, alguns até marcados, falando um idioma que poderia remotamente lembrar o inglês, mas que de forma alguma era o mesmo usado por ele no dia a dia? Que tipo de vida levava aquela gente? Como que a evidente falta de perspectiva que assolava suas vidas não os enlouquecia? Agora sim, entendia por que tanta violência aparecia por aqueles lados da cidade, sempre noticiada nos tabloides.

Em outra ocasião decidira ir a um jogo do Mets contra o Braves, no Shea Stadium. Propositadamente pegara o metrô 7 até o Flushing bem em cima da hora do jogo. Detestava beisebol, mas por várias vezes já havia ido a jogos do Mets e do Yankees a fim de bajular parceiros de negócios. Em todas elas, entretanto, acomodara-se em um camarote bem paramentado, com toda sorte de petiscos, bebidas, serviço de manobrista etc.

Ainda dentro do vagão presenciara o seguinte diálogo:

— Então tá fechado! Do jogo a gente vai no Kyle e pega o pacote.... Quem sabe eu ainda dou uns apertos na irmã dele, que é uma gostosa...

— Sério que você come a Loren? Aquela ali eu tô fora, todo mundo já comeu, deve ter até doença!

— E camisinha existe para quê? Tu tá ficando veado, é?

— Veado não, mas dessas paradas eu tenho medo mesmo! Outro dia fiquei sabendo que o Snoopy tá com aids! Dá mole mesmo pra você ver...

— Só agora que ele pegou? O braço dele parece mais um queijo suíço, tava até demorando pra pegar uma merda dessas... Mas, olha, te aviso aqui que é pra na hora tu não amarelar...

Naquele momento se esforçou para fingir que não estava tentando de todas as formas escutar o resto do papo. O tom era quase inaudível.

— Se a parada tiver misturada... se tiver ruim... a gente apaga ele na hora. É ordem dos caras...

— Tá... saquei.

Passara a partida inteira pensando no que havia escutado. Claro que sendo um homem viajado, morando em Nova York há algum tempo, a questão do tráfico de drogas e a violência não o chocavam. Mas presenciar a frieza das palavras, a maneira chula como eram ditas, fosse em relação à mulher, fosse quando trataram das possibilidades que envolviam o futuro do tal Kyle, fora um baque. Mais do que nunca, sentia-se feliz por não fazer parte daquele universo. Não fazia e não queria fazer. Não apenas era mais culto, educado e tinha um gosto mais apurado, como seus valores também eram diferentes. Jamais conseguiria tratar daquele jeito uma vida humana. *Mesmo se eu fosse o mais pobre dos homens!* A simples suposição o fez se arrepiar.

Todos os esforços acabaram surtindo o efeito desejado. Pavimentara suas percepções com conceitos bem claros de quem eram as pessoas a sua volta.

O segundo passo, diretamente ligado àquele, fazia referência a outra parcela da população. Um grupo bem menor porém infinitamente mais importante. Sentado em sua poltrona de nove mil dólares, em frente a uma ampla janela, encarando o lindo entardecer, Bernardo decidiu que chegara sua hora. Era o momento de distinguir-se dos demais e finalmente ocupar um espaço que era seu por direito.

Ainda na véspera marcara o encontro com a agente imobiliária Pamela McConell, de uma das quatro corretoras que havia encontrado na internet, especializada em apartamentos de alto luxo em Manhattan. Verdade que havia sido a única que prontamente disponibilizara alguém para atendê-lo, mas o slogan também colaborara para que Bernardo logo tratasse de marcar uma conversa: "Nós realizamos seus sonhos", dizia a página da Manfred & Lynn Real Estate. *É justamente disso que estou precisando.*

Bernardo adentrou o Champagne Bar do Plaza Hotel com dois minutos de atraso. Como de costume não resistira e pedira que o motorista encostasse o táxi na altura da rua Oitenta. A partir daquele ponto preferira fazer o resto do caminho a pé. Gostava da atmosfera do Upper East Side. Desde sempre acreditou na máxima de que dinheiro chamava dinheiro. Que não bastava apenas dedicação, competência e pensamento positivo, mas estar perto das pessoas bem-sucedidas. Vê-las e ser visto por elas. Respirar o mesmo ambiente, frequentar os mesmos lugares sempre que fosse possível. Com pesar admitia que havia seguido muito pouco aquelas regras ao longo dos últimos anos, mas felizmente ainda havia tempo para mudar.

Ao passar pelo Hotel Carlyle suspirou. De fato Nova York era famosa por atrair gente de todos os lugares, com os mais variados tipos de sonhos, porém também existia, com raízes sólidas e pré-requisitos rígidos, um clube de pessoas especiais. Uma nata inquebrável de vencedores, onde a maioria dos mortais jamais poria os pés.

Assim que adentrou o salão percebeu a mulher de estatura mediana, loira, com os cabelos escorridos, de pé, próxima a uma das imensas janelas do lado direito. Vestia um conjunto de terno tweed com saia azul-clara, a mão direita segurando uma pasta de couro escuro que combinava com os sapatos.

Entre a vontade de acelerar o passo, a necessidade de correr e a clareza de que o melhor seria manter a calma para quem sabe conseguir apresentar-se sem parecer esbaforido, tratou de gozar aquele momento. Nas poucas vezes em que estivera no Plaza, basicamente fora buscar ou deixar alguém com quem estivesse negociando. No Champagne Bar, então, nem pensar. Por isto mesmo não pôde deixar de regozijar-se quando entrou no salão, tratando de perceber cada mínimo detalhe, como se fosse possível não fazê-lo. Até seu lado forçosamente blasé rendia-se ao suntuoso salão em mármore, com lustres em cristal, tapetes e colunas.

O local do encontro havia sido escolha dele. A reação de exclamação parecera quase sincera do outro lado da linha, assim como a proposta de fazer o encontro em um ambiente menos formal.

Era capaz de começar a suar frio naquele mesmo instante só de lembrar do telefonema. Obviamente a corretora, treinada que era, desconfiara dele. Talvez tivesse sido rude demais, dito alguma palavra pouco usual entre os clientes com os quais estava acostumada a lidar, e então ela decidira jogar a isca para desmascará-lo. Para que ele se mostrasse de fato insuficiente para sequer cogitar dar aquele passo. Mas ele fora mais esperto. Contra-atacara de maneira genial, propondo um ambiente que por si só já funcionaria como cartão de visitas.

Ela também o avistou e veio em sua direção. Tratou de se recompor a tempo.

— Pamela? É um enorme prazer. Bernardo Mazetti.

— Pamela McConell. O prazer é todo meu.

— Por favor... — disse, fazendo o gestual de quem indicava a cadeira mais próxima.

Mal haviam sentado e um garçom surgiu ao seu lado, oferecendo o cardápio. Agradeceu quase em um sussurro. Estava muito ansioso e sabia que deixar transparecer qualquer emoção boba seria um erro fatal. *Que tipo de deslumbrado fica emocionado ao falar com uma corretora, afinal de contas?*

A imediata resposta que surgiu em sua mente fora tão alarmante que logo tratou de olhar a lista e escolher algo para petiscarem. Pamela começou. E de um jeito que o deixou mais relaxado.

— Este é realmente um ambiente exclusivo. Parabéns pela escolha. De fato muito agradável.

— Obrigado. O Plaza é o Plaza.

— Concordo, o nome já fala por si.

— E muito me agrada também a clientela. Acho que as pessoas são fundamentais para que o ambiente inspire valores familiares, de excelência e, claro, sucesso.

— Bem, me parece que o senhor é justamente o tipo de pessoa com a qual nós estamos acostumados a lidar. Nosso objetivo nunca é somente o lucro. Para que tenhamos sucesso em nosso negócio, precisamos colocar as pessoas certas nos lugares certos.

— Apartamentos corporativos.

— Exato.

Bernardo havia decidido que seria melhor deixar sua interlocutora comandar a conversa, mas não se conteve.

— É realmente tão complicado assim?... Ah, sim... e... me acompanha no champagne? Ótimo... Uma garrafa de Veuve Cliquot e caviar, por favor.

Pamela não parecia impressionada.

— Sim, é. Não chega a ser impossível, mas não seria justo eu dizer que é algo simples. Os Conselhos Diretores cada vez mais apresentam questionamentos, às vezes até estapafúrdios, a quem se apresenta querendo morar no mesmo prédio.

— Me parece justo.

— Sim e não, se você me perguntar. Sim, porque afinal de contas faz sentido alguém querer saber quem vai ser seu vizinho de porta, ou mesmo quem vai morar em seu prédio. Por outro lado, quando a coisa toda extrapola para que a pessoa praticamente tenha que escancarar sua situação financeira, incluindo aí salário, gastos e investimentos, me parece um pouco demais. Para não falar em outras questões menores, mas igualmente invasivas.

— Por exemplo?

— Fumar, por exemplo. Outro dia um condomínio proibiu que se fumasse em qualquer área do prédio.

O serviço acabara de chegar e Bernardo erguia sua taça de champagne para propor um brinde, enquanto continuava:

— Veja bem, sou suspeito porque não fumo, mas acho justo que os outros não sejam obrigados a inalar fumaça quando...

— Dentro da sua própria casa?

— Como?

— Isto mesmo. O Conselho de Diretores de um renomado condomínio certa vez proibiu que se fumasse em qualquer ambiente do edifício. Inclusive dentro dos apartamentos — completou Pamela, tilintando as taças e dando um pequeno gole, divertida com a reação desconcertada de Bernardo.

— Mas... Qual é o sentido? Digo, que argumento foi utilizado para tomarem esta decisão?

— A de que a fumaça poderia penetrar no sistema de ventilação do prédio e passar para outros ambientes. O senhor gosta de animais?

— Gosto, faz tempo que não tenho, mas sempre gostei de cachorros. Suponho que sejam estritamente proibidos.

— Na grande maioria não são. Mas seus donos precisam apresentar certificado de adestramento em escolas reconhecidas, às vezes até pedem para assistir a uma sessão com o dono dando ordens para ver se o animal de fato é obediente.

— Nossa...

— Pois é. Obras no apartamento devem ser aprovadas pelo Conselho e o obreiro tem que ser indicado por eles. Jacuzzi nem pensar, porque pode causar vazamentos, e um tratamento acústico é exigido quando o novo morador trabalha com música. Se for pedir comida em algum restaurante, deverá descer até a portaria para receber a encomenda. Isto sem falar em cartas de recomendação de chefes, ex-chefes, "amigos do trabalho", qualquer pessoa cuja opinião possa se confirmar como abalizada para aprovar o processo de mudança, que pode durar seis meses.

— Eu... confesso que não imaginava tanta burocracia.

— De fato existe um lado burocrático, mas é importante que o senhor saiba que as pessoas não querem ter sua rotina modificada por um novo morador que tenha dificuldade em se adequar às regras e, principalmente, que elas se preocupam com a segurança.

— Sim, eu entendo... Bem, meu desejo é fazer parte de um ambiente assim. Acredito que me adequaria com facilidade.

— Mesmo?

Teve certeza. Estava sendo testado. Claro que nada daquilo havia sido inventado, mas percebia um tom desafiador, como se Pamela quisesse saber se de fato estava conversando com um cliente em potencial ou apenas perdendo seu tempo. Mal sabia ela que sua vontade era enorme de enfim dar aquele passo. Tratou de aprumar-se na cadeira e caprichar no discurso.

— Sim. Moro em um loft virado para o parque na altura dos jardins. Um apartamento que agradaria a muita gente, mas que para mim já não é suficiente. Na verdade sofro muito com os moradores do meu prédio. São festas que terminam tarde, todo tipo de gente que entra sem que se saiba quem realmente sejam e... bem...

— E?

— Fico um pouco encabulado em admitir, mas quando decidi procurá-la, foi porque realmente entendi que merecia. Para mim é um prêmio, além de sentir-me mais do que confortável com a ideia de viver nestes moldes. O fato é que desejo realmente dar mais valor para minha condição social. Eu mereço.

— Entendo. Entendo perfeitamente o que o senhor quer dizer. E é justamente isto que eu precisava ouvir.

Quase exultou de excitação. Pamela pareceu não notar.

— Hoje em dia, infelizmente, dinheiro não garante absolutamente nada. Frequentemente somos procurados por pessoas que jamais teriam condições de morar em algum dos poucos edifícios verdadeiramente exclusivos de Manhattan. Entenda, não se trata de preconceito, mas de um fato. O senhor me compreende?

Bernardo assentiu. Concordaria com qualquer coisa que Pamela dissesse.

— Pois então, as opções existem, mas me antecipo em assegurar-lhe que será um processo trabalhoso. Precisamos primeiro conhecer seu perfil, para depois saber qual seu real desejo, suas necessidades, se existe alguma preferência...

— Não. Por enquanto não. Eu esperava que a senhora pudesse me mostrar algumas ideias, quem sabe poderíamos visitar algum... O que foi? — perguntou quando a viu balançar negativamente a cabeça, ao mesmo tempo que se servia de caviar.

— Não funciona desta forma. Claro, o senhor precisa conhecer o apartamento, o prédio e isto será arranjado. Mas quando digo que antes precisamos conhecer seu perfil, me refiro a primeiro nos certificarmos de que o senhor de fato possui os pré-requisitos necessários para a aplicação. As cartas de recomendação, sua situação bancária, seus bens e até mesmo seu estilo de vida, tudo precisa ser avaliado.

— Claro, claro... Conseguirei as cartas e quanto à situação financeira lhe asseguro que tenho total condição de assumir qualquer compromisso. Mas também acharia razoável se pudéssemos fazer algumas visitas.

— Está certo. O senhor me parece ser uma pessoa correta. Acredito que poderemos fazer negócio. Estou há apenas cinco anos neste ramo, mas até hoje não me equivoquei no que diz respeito às avaliações dos meus clientes.

— E desta vez não será diferente!

— Pois façamos com que as coisas fiquem boas para todas as partes. O senhor poderia me encontrar segunda, às nove horas da manhã, aqui mesmo? Partimos para algumas poucas visitas rápidas que tentarei providenciar a partir de hoje. Pode ser?

— Mas seria perfeito!

— Então está ótimo — sentenciou a corretora, levantando-se de tal forma inesperada e estendendo o braço para um último aperto de mãos, surpreendendo Bernardo no meio de um gole.

Cumprimentaram-se e então Bernardo a viu se afastar. Quando teve certeza de que estava só, deixou-se cair na cadeira. Estava exausto. No início tivera receio de não poder arcar com todas as exigências, mas aos poucos ela mesma o havia encorajado. *É claro que ela não seria tão aberta assim se não tivesse percebido em mim o perfil ideal!*

Deixou o hotel flutuando. Nem os quase seiscentos dólares pela garrafa de champagne e pelo caviar beluga foram capazes de tirar seu humor. Fazia parte do investimento. Tinha certeza que ter se apresentado daquela forma, passado aqueles sinais, havia sido uma escolha acertada. As pessoas davam importância para aquele tipo de coisa. Muitas das decisões que tomavam eram baseadas em sugestionamentos como aqueles. Sabia porque ele também era assim.

Um estado de euforia que certamente sofreria um sério abalo, tivesse ele presenciado o sinistro diálogo que se deu em uma suíte do oitavo andar no Hotel Park Lane, praticamente colado às costas do Plaza, nem dez minutos depois.

— E aí?

— Tá no papo.

São Paulo — 12.05.08

10h32

— Não me interessa, Diego, ou você faz essa matéria de acordo com o combinado, ou então teremos problemas que eu, sinceramente, não esperava ter. Muito menos contigo.

O tom de voz era áspero e ameaçador. Uma situação ainda mais desagradável em se tratando de quem falava. Diego nutria um profundo respeito pessoal e profissional por Hélio Larosa, seu chefe direto, editor da parte política do jornal, mas embora tivesse tentado, não conseguira evitar o confronto. A questão, jornalisticamente falando, era mais velha do que andar para a frente. Porque nenhum jornalista jamais gostava de ter seu texto de alguma forma censurado, fosse mudando uma linha, fosse uma palavra. E aquela questão era ainda mais complicada, já que seu texto inteiro havia sido vetado.

O dia começara sem nenhum indicativo de que teria maiores problemas. Mal chegou à redação foi à sala da editoria. Como era reconhecidamente um dos jornalistas mais prestigiados do jornal e ainda por cima fazia parte de uma das editorias mais importantes da casa, frequentemente trocava ideias com Hélio sobre a abordagem dos textos, as apurações das informações passadas pelas fontes e o foco das matérias seguintes. O jornalismo político, além do mais, invariavelmente ganhava ares investigativos. Era portanto compreensível ser constantemente requisitado por seu chefe, no final das contas responsável direto por tudo que acabaria sendo impresso. Além da questão hierárquica, Diego reconhecia perspicácia nos argumentos de Hélio, outrora jornalista na mesma área, durante a qual acumulara vários prêmios por matérias destemidas na época da ditadura.

Não daquela vez.

Não bastasse o ultimato, os motivos que levaram a conversa àquele ponto pareciam surreais. Na semana anterior, durante uma reunião de pauta, fora decidido que teria carta branca para investigar mais a fundo pistas sobre uma operação da Polícia Federal que poderia constranger seriamente o alto escalão do Planalto. Aquilo posto, tratou de mergulhar a fundo no caso. Haviam sido horas ao telefone, além de uma rápida ida a Brasília e outra ao Rio. Em menos de dez dias recolhera material suficiente para pelo menos passar aos leitores um panorama atualizado e intrigante da operação. Uma ideia que não passava pela cabeça de seu chefe.

Desconcertado com a reação, Diego permanecera por algum tempo apenas ouvindo. Por sua vez, talvez percebendo que o tom estava acima do usual, Hélio tentou ser mais ponderado.

— Nunca cortei suas asas, você sabe bem disso... e também não estou fazendo isso agora. Apenas estou sugerindo que talvez você possa se aprofundar ainda mais. O tema é tão delicado que não podemos nos dar ao luxo de jogar a merda assim no ventilador sem todo o embasamento possível. Entende?

— Claro que entendo. Você é que parece que não me ouviu. Em primeiro lugar é óbvio que vou me aprofundar mais. Já estou fazendo isto, diga-se de passagem. O ponto aqui é outro. Já existe material suficiente para começarmos a tratar o assunto e sou da opinião de que isso deve ser feito o quanto antes. Em segundo lugar, não vou jogar nada no ventilador sem embasamento. O texto está bem-amarrado e fui até onde poderia ir em termos de provas, que estão claras. Mais do que isto só se eu colocasse o nome das fontes.

— Está bem, está bem, mas eu não concordo. Não vejo esta urgência toda. Penso que podemos esperar mais uma semana, quinze dias, até você ter uma matéria realmente bombástica. Aí sim, com este material reunido, até poderemos soltar uma matéria de capa.

— Tudo bem. Só me resta aceitar, mas...

— Mas?

— Quero deixar claro que sou contra. Na minha opinião é um equívoco.

— Ok. Registrado. Vou esperar você esfriar a cabeça e repensar tudo o que acabou de me dizer.

— Eu só estou sendo sincero. Eu respeito...

— Porra... Este assunto está encerrado, Diego! Pode retornar para sua mesa, por favor?

Por um instante se encararam e então Diego deu as costas a seu chefe e saiu da sala. Nunca sentira tamanha raiva desde que fora admitido no jornal. Espumava por dentro e os motivos eram vários. Considerava um completo absurdo a maneira como fora tratado. Entendia que a decisão, desta ou daquela forma, sempre viria de cima para baixo. Compreendia, também, o peso que deveria ser autorizar uma matéria como aquela. Mas sua boa vontade terminava ali. Existiam outras formas de determinar caminhos que não fossem ameaçar o subordinado ou então deixar subentendido falta de confiança no trabalho realizado. Além do mais, reconhecia, a postura de Hélio era muito suspeita. Desde quando a linha editorial era esperar, quando já se tinha farto material, inclusive resguardado por fatos comprovados, como era o caso? *Esperar o quê, caralho?*

Fulo, decidiu sair mais cedo para o almoço. Depois daquela conversa com seu chefe precisaria repensar alguns pontos. Passara a ser uma questão de honra dissecar o máximo possível a matéria para que, o quanto antes, pudesse confrontar Hélio novamente. Assim que a porta do elevador se abriu virou à esquerda para a saída do prédio, quando reparou na própria imagem refletida no grande espelho que decorava o saguão. Fez uma meia trava e aproximou-se. Antes mesmo de chegar a um metro de distância reconheceu algumas mudanças claras desde a última vez que prestara tanta atenção na própria imagem. Como é que aquelas bolsas abaixo dos olhos e o que parecia ser o início de uma papada haviam passado despercebidas nas últimas semanas? Ou estiveram sempre ali e aquela era apenas uma percepção influenciada pela sugestão que sua mente fazia, relacionada ao desafio? Não. Se fosse apenas aquilo seus ombros não pareceriam mais pontudos por baixo da blusa. Nem inconfundíveis pneus dariam o ar da graça, ladeando sua cintura, como se quisessem formar uma minúscula boia. Claramente engordava, mas principalmente estava se transformando em um homem sedentário.

Natural. Quando aceitara o desafio e optara pelo pecado da gula, sabia que chegaria naquele ponto. Comer em demasia, muito acima do necessário, provocaria, além de prazer, uma série de efeitos colaterais que no final das contas significariam uma mudança radical em sua silhueta. Engordaria a olhos vistos no rosto, no pescoço, nos braços e na barriga. Uma situação que também influenciaria na sua rotina diária. Fazer exercícios, por exemplo, deixara de ser um hábito. Mesmo as esporádicas idas à academia. Uma corrida pelo Ibirapuera, só de ser imaginada já lhe provocava cansaço. A falta de atividade física acarretaria em uma combinação explosiva entre alimentação desregrada e sedentarismo. Se nunca tivera muitos problemas para manter seu peso em torno dos setenta e nove quilos que considerava ideais para seu um metro e oitenta, sabia que aquela história estava para ser mudada.

Deixou o prédio do jornal e bem na frente fez sinal para um táxi. Assim que entrou no carro percebeu que estava em dúvida para onde ir. Justamente quando o motorista já começava a imprimir velocidade ao carro, esperando seu comando sobre o endereço, teve uma ideia diferente.

— Desculpa aí, amigo! Vou a pé mesmo. *Em plena segunda-feira, nada como uma feijoada!*

Caminhou pela Barão de Limeira pouco menos de uma quadra, virando à esquerda na Helvetia, e então desceu a rua até passar pela avenida São João. Dobrou à direita, na rua das Palmeiras, um caminho conhecido, já que a estação de metrô Santa Cecília ficava ali. Depois apenas teve o trabalho de atravessar a rua e andar menos de cem metros até a esquina de onde já podia avistar o Star City, no cruzamento da Francisco Abranches com a Martin Francisco. Salivou ao imaginar o que o esperava.

O restaurante abria pontualmente às onze da manhã e àquela altura, apenas passados vinte minutos, alguns clientes já se espalhavam pelo salão. Já estivera ali em três ocasiões, mas incrivelmente nunca experimentara a feijoada que era tida por muitos como a melhor de São Paulo. Dividira uma truta em uma ocasião, um bife à parmegiana em outra e apenas tomara um café na terceira visita, quando passara quase na hora do fechamento, precisando de algo que o fizesse chegar mais desperto para uma extraordinária reunião de pauta, após ter tomado umas e outras.

Mas aqueles eram outros tempos. E aquela seria a oportunidade ideal para, livre de qualquer preocupação, entregar-se a mais um prazer da boa mesa.

— Um chope e uma feijuca, por favor — apressou-se em dizer, assim que o garçom aproximou-se com o cardápio.

— Completa?

A princípio a pergunta merecia uma resposta óbvia, mas ficou intrigado.

— Completa, claro... Como assim?

— É que alguns clientes gostam de escolher as carnes, às vezes pedem para tirar alguma coisa. Fica a seu critério.

— Tirar? Como é o preparo?

— Aqui a gente prepara com todas as carnes e o feijão juntos. Acompanha arroz, couve, bisteca de porco, bacon, banana e mandioca frita.

Involuntariamente lembrou-se de Fernanda e de como provavelmente a amiga zombaria da "mandioca frita" se estivesse ali. "É aipim, meu querido!", teria dito. Sorrindo pela imagem que lhe veio à cabeça, deu o sinal verde.

— Espetacular. É isso mesmo que eu quero. Tudo junto. Sem restrições. Ah, e o chope na pressão, por favor!

Lembrar-se da amiga o fez pensar. Recostou-se na cadeira e, rodando com o celular em cima da mesa, pôs-se a especular. Não gostaria de estar na pele de Gaia ou Carlos. Se sentir raiva ou inveja já eram sensações que faziam mal, calculava o quão desgastante seria provocar estes sentimentos. Aliás, pensando bem, não conseguia imaginar como seria possível forçar algo assim. Por mais constrangedor que pudesse ser admiti-lo, era da opinião que Bernardo tinha o caminho mais pavimentado. Era do seu feitio a avidez, tanto pelo sucesso quanto por bens materiais. Algo que jamais afirmaria em voz alta. Pablo não teria vida fácil, uma vez que seu cotidiano girava em torno do trabalho, enquanto Ciça também teria sérios problemas, já que uma de suas maiores virtudes era justamente a disposição em ajudar os outros, ser prestativa, inclusive financeiramente. Entendia e respeitaria as regras, mas naquele momento lamentava não poder dar um telefonema sequer. *Pelo menos para Nanda... aquela vai se divertir tanto quanto eu! Talvez até mais!*

Avistou no fundo do salão o garçom surgindo por uma porta, com a bandeja lotada de cumbucas e cestas, além da tulipa dourada, encimada por uma espuma densa.

— Obrigado, meu caro! O que é exatamente este molho aqui?

— É um molho de feijão mesmo... pães, laranja, torresmo e pimenta.

— Já faz parte da feijoada?

— Não, senhor. Este é apenas o couvert da feijoada, que virá assim que o senhor comandar.

— Está bem, obrigado... me dá uns dez minutinhos? E aí pode trazer a feijoada!

O chope fora servido com deliciosos três dedos de colarinho, exatamente do jeito que Diego preferia. O que pegava era a explicação do garçom, que não havia sido muito convincente. *Molho de feijão? Não é caldinho?* Uma dúvida que o incomodou por míseros segundos. *Um molho vindo de uma feijoada, com pão e pimenta, não pode ser ruim!*

Esbaldou-se com os pães molhados no tal molho, que no fim das contas nada mais era do que caldo de feijão. Já havia pedido seu segundo chope e preparava-se para pedir outra cesta de pães quando o garçom novamente veio em sua direção, daquela vez carregando uma bandeja repleta. Animou-se.

Em vez das tímidas cumbucas que eram servidas em vários restaurantes no Rio e em outros lugares de São Paulo, a que havia sido colocada em sua frente era grande e o feijão borbulhava de tão quente. Ao lado, duas travessas. Uma com arroz branco e outra com couve, torresmo, bistecas e as controversas mandiocas fritas. *Tenho sérias dúvidas se algum desses dois faz parte da receita original, mas, no meu caso, que se dane!*

Montou o primeiro prato com três colheres de arroz e três conchas cheias de feijão. Espetou dois chumaços de couve, pegou cinco torresmos com a mão e, no canto do prato, serviu-se de um pouco de farinha branca, que desde o início estava em uma cumbuca de metal, no canto da mesa. *Tinha que ser farofa, mas vá lá!*

Preparou-se então para o momento mais sério até ali: a escolha das carnes.

Inicialmente procurou pelas costelas. Era a favor de ossos. Considerava que uma carne, quando grudada no osso, sempre tinha um paladar diferenciado. Além do mais, permitia que o sujeito comesse de forma mais divertida, um tanto quanto primitiva. Pescou duas e depois partiu para a carne-seca. Para seu regozijo encontrou um grande pedaço no fundo da cumbuca. *Excelente! Deve estar embebida em todos os sucos das outras carnes e linguiças!*

Sacramentou a autêntica obra de arte com uma perfeita lasca de paio por cima de tudo.

— Amigo? Por favor, qual é o seu nome?

— Luis, senhor.

— Luis, esta pimenta aqui é daquelas tinhosas?

— É sim, senhor. Os clientes gostam.

— Ok, obrigado. *É leve.*

Aprendera que em vez de duvidar ou pedir mais argumentos, bastava prestar atenção no tom da resposta. Quando o garçom fazia uma careta e preocupava-se em alertar, era porque provavelmente a casa já havia enfrentado problemas com clientes que haviam abusado da especiaria. Não fora o caso e então, para espanto do Luis, servira-se de quatro generosas colheres de café e uma última respingando por todo o prato.

— Não se preocupe, Luis! Eu gosto assim mesmo! Encaro numa boa! — disse, para o incrédulo garçom que o observava.

Então começou aos poucos, pela beirada do prato, onde não tinha caído pimenta, e com o garfo preparou um misturado de arroz com feijão. Não queria que nada atrapalhasse o sabor daquele que era, em sua opinião, o dueto mais famoso da rica cozinha brasileira. Deu a primeira garfada e fechou os olhos. Sentiu os grãos bem-feitos ao mesmo tempo leves e saborosos do feijão, encontrando seus molares no mesmo instante em que o caldo espalhou-se pela boca, liberando o sabor assim que atingiu as laterais de sua língua e, assim, as papilas gustativas. O aroma só fez aumentar a sensação de prazer. O arroz branco cumpriu seu papel de coadjuvante com louvor. Não querendo perder o embalo e decidido a dar um primeiro e justo veredicto, pegou a colher do arroz, bateu de leve no prato para se livrar de qualquer grão e então serviu-se direto do caldo do feijão, de dentro da cumbuca. Encostou levemente nos lábios, assoprou, certificou-se de que a temperatura não o machucaria e então sorveu o caldo como se estivesse tomando uma sopa. *É... Hoje saio daqui rolando.*

Certa vez fora a um nutricionista que lhe garantira um fato do qual já desconfiava desde a juventude. Seu metabolismo era uma bênção. Se tinha alguma tendência esta era justamente a de conseguir manter o peso sem muita dificuldade, desde que não abusasse. Uma preocupação que, naqueles dias, nem poderia passar pela sua cabeça.

Quase duas horas depois, ao deixar o restaurante, decidiu entrar em uma padaria que ficava no caminho até a estação de metrô e que havia lhe chamado a atenção. Um sonho de doce de leite nunca era demais.

Como era de se esperar, a feijoada causara uma sensação de peso, indisposição. Apelara para muitas xícaras de café a fim de manter-se relativamente focado no trabalho, mas isso não funcionou da maneira esperada. Em determinado momento lembrou-se da áspera conversa que havia tido com Hélio e de que deveria refazer o texto envolvendo a Polícia Federal e o Planalto para apresentar a seu chefe. Só então conseguiu despertar.

À noite, já no sofá, assistindo ao *Jornal Nacional*, pegou-se naquele momento clássico das fábulas onde o diabinho e o anjinho, cada um de um lado, apoquentam a mente de alguém em dúvida com mil argumentações. Logo já estava de calça jeans, tênis e camisa de malha branca, entrando em um táxi. O sonho ficara na primeira prateleira da geladeira.

— Alameda Lorena, por favor.

Imaginara que a grosseira quantidade de comida no almoço, quando acabara pedindo reposição de carne-seca, costela e torresmo, teria sido suficiente. O doce serviria para suplantar qualquer necessidade extra, mas a verdade é que sentia falta de comer algo salgado. E também detestava a ideia de em algum momento futuro olhar para seus amigos e perguntar-se se havia sido leal com eles, se realmente havia ido até o final.

Cerca de uma hora mais tarde, empanzinado, fazia sinal para que outro táxi o levasse de volta. Acertara em cheio ao ir até o Johnny Rockets, nos Jardins. O único remorso que tinha na consciência era o de ter deixado a metade do milk-shake de chocolate, mas valera a pena sair de casa àquela hora. A porção de batatas fritas com queijo cheddar e chili, além do cheeseburguer de queijo gorgonzola acompanhados de um copázio de Coca com muito gelo não o deixavam mentir.

Chegando em casa recostou-se no sofá e tratou de ver um pouco de televisão. Preferia dar chance ao estômago de trabalhar um pouco e quem sabe poder visitar o banheiro antes de se deitar. Não conseguiu. Estava muito agitado.

Logo depois de optar pela gula lera alguns artigos sobre a digestão ideal e sobre como o dia a dia do homem moderno atrapalhava esse processo. Um dos textos descrevia com detalhes a passagem do bolo alimentar pela faringe, esôfago e estômago, a quebra das proteínas e gorduras, a absorção do que interessava no intestino delgado e a transformação em fezes no grosso. Em outro artigo encontrara uma informação que lhe fizera lembrar da época do colégio, dizendo que a digestão começava na boca, durante o processo de mastigação, quando a saliva umedecia o alimento. Uma afirmação incontestável, já que era encontrada em qualquer ensaio sobre o tema, mas que, enquanto leigo, tinha dificuldade de aceitar. *Só começa quando chega na minha barriga, ora bolas!*

Decidiu então dormir mais tarde. Precisava mesmo relaxar, tentar desanuviar um pouco a mente carregada com os problemas do trabalho. Rodou os canais e encontrou *Estrada para Perdição* ainda no início. Correu na cozinha e voltou de lá com um grande copo d'água cheio de cubos de gelo e o aguardado sonho de doce de leite. Foi dormir quase às três da madrugada sem ir ao banheiro.

Milão 08.05.08

11h15

A agência da Banca Intesa estava particularmente confusa. Segunda-feira, muitas pessoas precisando sacar dinheiro, muitos com contas vencendo. Cecília incluía-se naquele grupo mas também gostaria de informar-se sobre algumas opções de investimento conservadoras e verificar, com prazer, o quão intocado estava seu dinheiro.

Não gastar transformara-se em uma obsessão. Apenas em situações muito esporádicas tirava a carteira da bolsa e prazeres simples como uma ida ao cinema ou uma cerveja com os amigos do trabalho não eram mais encarados daquela forma.

Ainda assim tentava ao máximo não mudar sua rotina, apenas seu comportamento. Quando estava em uma mesa com amigos, e perguntavam quem pagaria a próxima rodada de chopes, desconversava. Se em vez disso quisessem saber quem queria mais uma cerveja, levantava a mão. Até nas saídas com homens se comportava diferente. Ela, que sempre fizera questão de oferecer-se para pagar sua parte ou rachar a conta, passara a caprichar no dengo, em fazer-se de desentendida, ou mesmo ignorar completamente quando o garçom trazia a nota. Aquela fora uma das mudanças mais dolorosas. Uma coisa era sair com um cara com quem já tivesse intimidade e então até enxergava com bons olhos o galanteio de lhe proporcionarem um jantar em algum lugar mais especial. Mesmo naqueles casos, sempre fizera questão de se apresentar, de esboçar algum gesto em direção à bolsa quando o garçom trazia a nota. Outra coisa, bem diferente, era quando o *affair* estava apenas no início. Não era machista, mas detestava a implícita sugestão, que muitas mulheres ainda passavam, de que era obrigação do homem pagar tudo.

No início sentiu-se constrangida, depois passou a respirar fundo para enfrentar o desafio, e por fim, aos poucos, passou a divertir-se, até mesmo a mentalizar uma caixa registradora a cada momento que desfrutava de alguma situação sem gastar um centavo. *Quarenta e dois euros não gastos... Cento e vinte euros não gastos... Quinze euros não gastos... Jogar charme para não gastar foi o cúmulo... Nunca pensei que fosse ser tão fácil!*

Dando-se conta do quanto estava demorando, desistiu de ficar na fila e caminhou a passos largos em direção à revista, onde teria uma reunião de pauta. Deixaria para pagar as contas em outro horário e então consultaria seu gerente sobre possíveis opções de investimento.

Mal sentia as esquinas, as pessoas passando, os bondes. Decidira caminhar justamente para criar o tempo interno necessário para debater a esquisita sensação que há dias se fizera presente.

Juntar grana? Não pode ser só isso! Acumular dinheiro, mesmo não sendo para ficar rica, mas para aguçar minha necessidade de não gastar? Pode ser... também poderia ter a ver com esperteza? Não... precisa ser uma questão de apego ao material, de dar extremo valor à grana acima de todas as outras coisas, até mesmo do prazer que o dinheiro pode proporcionar, ou de quando algum amigo me oferece um drinque e tiro proveito da situação...

Entre tantos pensamentos lembrou-se dos amigos e, como em um passe de mágica, entendeu. *Nanda, Diego... luxúria, gula... diferentes, mas iguais. Prazeres... paralelos.*

De fato. Não obstante o sentido literal do termo, poderia manifestar avareza de outras formas. Assim como Fernanda e Diego levavam ao extremo dois pecados que na verdade eram intrínsecos à própria natureza humana, cujo prazer que proporcionavam e importância de suas funções faziam com que fosse praticamente impossível abandoná-los, ela mesma, do jeito que decidira levar ao extremo seu pacto, havia optado por uma missão que poderia ser espelhada em outra.

Avareza também tem um lado egoísta. Também reza pela cartilha do querer ter para si, significando fundamentalmente que outros tenham menos. Ter para si em prejuízo aos outros. Reter aquilo a que se dá mais valor, consequentemente ter mais do que os outros. Ser melhor... soberba... o abestado do Bernardo vai se surpreender quando souber...

Ficou contente. Não abriria mão do propósito de não gastar mais do que o estritamente necessário, como já vinha fazendo, porém conseguira expandir um pouco mais seus limites.

Criarei uma redoma à minha volta!

Rio de Janeiro — 01.05.08
19h48

Será que até a Cyndi Lauper está me apoiando?

De bom humor, Nanda embicava com o carro na rua Conde de Bernadotte com mais de uma hora de antecedência para a badalada estreia de uma peça dirigida por um sujeito excêntrico que ela não suportava. Como era de se esperar, conseguir uma vaga na própria rua fora um sacrifício. Optara por estacionar na rua General Urquiza, a trezentos metros do teatro. Antes de tirar a chave da ignição, mais uma vez ouviu o refrão "*Oh, girls just wanna have fun!*".

A Sala Marília Pêra ficava no final de uma galeria rodeada de bares e restaurantes. Antes de cair na tentação de paquerar as mesas em busca de algum conhecido, tratou de ir direto até a bilheteria a fim de buscar logo seu ingresso cortesia.

Olhou à volta e, como não avistou ninguém da produção da peça, ou mesmo colegas de outras mídias, rendeu-se ao fato de que talvez tivesse chegado mais cedo do que o necessário e decidiu matar o tempo perambulando um pouco pelos bares das redondezas.

Ao sair da galeria bateu os olhos na esquina da rua João Lira, em frente, e sentiu-se como uma menina travessa sendo pega em flagrante. *Nem 72 horas atrás eu estava bem debaixo daquela árvore... delícia!*

Um garçom se aproximou. Estava esperando uma mesa? Desejava algo para beber enquanto isto? Não ouviu-se dizer que sim, mas logo o próprio estava de volta à sua frente, esticando um copo do mesmo líquido amarelo com topo cremoso que tanto vinha colaborando para que, nas últimas semanas, como jamais fizera antes, tivesse se entregado com tanto afinco a seus desejos mais contidos. Aceitou, também sem perceber, porque não tinha o hábito de beber antes de trabalhar, mas principalmente por estar mais preocupada em saborear a gostosa vertigem que experimentava. Sentia-se bonita, charmosa, desejada, e sabia bem que aquelas eram sensações intimamente ligadas ao momento que vivia.

Observar de perto o mesmo lugar em que há poucos dias havia exultado com tanta ferocidade apenas potencializava aquele cenário.

Comparecera a um jantar oferecido por Flávia Santo, uma grande amiga da época do colégio com quem já não mantinha um relacionamento muito estreito, mas que de vez em quando acabava encontrando em eventos pela cidade, por trabalhar com televisão e conhecer bastante gente no meio cultural.

Havia estado ali anteriormente. Tanto em outros jantares quanto em megafestas de fim de ano, quando os janelões da sala serviam de autênticas arquibancadas para a tradicional queima de fogos de artifício. O amplo apartamento, na altura do posto seis da praia de Copacabana, onde morava com o marido, mais do que confortavelmente comportou os dezesseis convidados. Como não era a primeira vez que abria sua casa para situações daquele tipo, tanto a arrumação dos móveis como a logística para estacionamento e o serviço de buffet funcionavam com perfeição.

Detalhes para os quais provavelmente ninguém se lixava mais do que Nanda.

Muito menos quando um espetáculo de homem, alto, moreno, que ouvia interessado uma loira da mesma altura que ela, junto a última janela da sala, estava tão próximo. *Italiano? Grego? De onde você saiu?*

Bebericando sua taça de prosecco, tratou de buscar respostas para aquelas perguntas. O nariz aquilino, a tez de um moreno peculiarmente fechado e o cabelo negro penteado para trás denunciavam um quê de mediterrâneo. A camisa branca, com três botões abertos, dobrada até o meio do antebraço, para dentro da calça jeans escura, porém, lhe dava uma certeza. *Italiano não é. Parece novo demais para ser italiano e ter o bom gosto de se vestir assim. Se fosse italiano estaria cheio de enfeites, muito provavelmente com algum logo da Armani estampado bem grande... a menos que seja um italiano mais maduro do que aparenta ser...*

Mas não atacaria de primeira. Além de não ser de seu feitio, certamente aquele não era o ambiente para se atirar em cima de ninguém. Nem mesmo quando a atração que sentia era tão forte como aquela. Mal havia olhado em seus olhos, mas conhecia-se bem e sabia que em situações como aquela não existia a menor chance para equívocos. Sem contar que a noite estava apenas começando e portanto teria tempo de sobra para preparar uma abordagem ou, preferencialmente, preparar uma situação para que fosse abordada.

Meia hora depois teve a certeza de que não havia sido um modelo de discrição.

— Oi, tudo bem?

Olhava para a praia quando ouviu alguém atrás de si fazendo a pergunta. Uma voz grave, firme. Só podia ser ele. Virou-se e confirmou sua suspeita. Tentou agir com o máximo de simplicidade possível. *Dei tanta bandeira assim?*

— Olá...

— Aceita? — disse ele, com uma taça de prosecco em cada mão, oferecendo a da esquerda.

— Muito gentil, aceito sim... esta pausa é a deixa para você se apresentar, viu? — O momentâneo constrangimento por ter sido pega desprevenida já havia sido deixado de lado. O sujeito pareceu surpreso, mas visivelmente satisfeito com aquela frase sussurrada, como se fosse um segredo.

— Mas claro! Me desculpe, me chamo Júlio César. Você?

— Fernanda, prazer.

Cumprimentaram-se com dois beijos no rosto e logo passaram do estágio das perguntas óbvias. Claramente a atração era mútua e portanto o momento cômico, quando descobriu que apesar do nome e porte de Imperador Romano, na verdade ele era natural de Campos, no estado do Rio de Janeiro. Desejou não ter deixado transparecer nenhuma surpresa, mas a verdade é que não ficou abalada com aquele fato. *Gosto de homem chique, mas nada como um arroz e feijão de vez em quando!*

— Minha namorada vem aí daqui a pouco, posso apostar que ela vai adorar você.

Hã? Havia errado tanto assim na avaliação? Tudo bem que de início havia sido ela a bater os olhos nele, quando, verdade fosse dita, fora solenemente ignorada. Mas também era seguro afirmar que de alguma forma havia sido notada. A aproximação por trás, inclusive oferecendo uma taça de prosecco, era a prova irrefutável. A partir de então a conexão não só fora estabelecida como crescera exponencialmente. Ela olhava em seus olhos, ele em sua boca. Ela reparava nos dentes, ele no decote. Depois passaram para o delicioso campo das indiretas, das meias frases que na prática passavam a mensagem inteira. E agora ele vinha com aquela conversa de que tinha uma namorada? Pior, de que ela chegaria a qualquer momento?

Não conseguiu disfarçar. Ele notou.

— Mas ela é bem tranquila... na verdade é a primeira a me incentivar a fazer novas amizades.

— Ah, é? — respondera, deixando clara a chateação e até um involuntário tom de desinteresse.

Mal sabia que, pela segunda vez, no espaço de alguns minutos, seria novamente surpreendida.

— Mesmo. A gente se ama, mas...

— Mas?

— Mas não somos possessivos, se é que você me entende.

— Não estou certa se entendi bem...

Ele ria.

— Está sim... e é isto mesmo que você entendeu.

— Hã?

— Nós não acreditamos que apenas uma única pessoa possa nos fazer feliz. Já fui feliz com outras mulheres antes da Paula e com certeza ela já foi feliz com outros homens antes de me conhecer. O fato de estarmos juntos não significa dizer que hoje mesmo não existam outras pessoas que possam nos completar.

— Sim, mas... Hoje em dia vocês têm um ao outro, certo? Digo... quem te faz feliz é ela e vice-versa. Correto?

— Claro que sim. O sentimento não muda. Apenas não misturamos sentimento com diversão.

A partir de então, Nanda forçara para que ele fosse o mais claro possível, ainda que para ela estivesse bem óbvio o recado e ele não parecesse nem um pouco desconfortável.

— Diversão?

— É, ué. Não acabei de falar que mais de uma pessoa pode nos fazer feliz?

— Sim, mas neste caso você falava de sentimento, de amor...

— Justamente.

— Não entendi.

Em volta as pessoas riam, conversavam, se apresentavam. Os garçons percorriam a sala oferecendo canapés e completando as taças de prosecco, enquanto a conversa se desenrolava sem que ninguém os interrompesse.

— Eu não disse que mesmo em termos de sentimento é certo que existam outras pessoas capazes de nos fazerem felizes? Pois então é isto. Se temos este entendimento com relação ao amor, como poderíamos realmente levar mais a sério a diversão?

Nanda não pôde mais resistir. Antes, porém, disfarçadamente olhou em volta.

— Sexo?

— Ufa! — exclamou ele, dando risada, mas com os olhos semicerrados de quem está atento aos mínimos detalhes da reação do outro.

Casais liberais não eram exatamente uma novidade para ela. No próprio jornal uma colega já havia insinuado que ela e o namorado não se cobravam muito. De resto, já lera e ouvira falar a respeito das casas de swing e seus frequentadores. Apenas nunca antes flertara com um homem adepto daquele universo. Pelo menos não um que admitisse o fato de maneira tão explícita.

Chamados à atenção por um movimento no salão, ambos viraram-se e puderam ver uma bela loira, com tranquilos um metro e setenta de altura, se não mais, elegantemente vestida com uma calça de linho bege, salto e cinto da mesma cor, blusa branca social cinturada de manga três-quartos, cumprimentando os anfitriões e vindo na direção deles com um franco sorriso no rosto. Parecia cansada, mas ao mesmo tempo de bom humor. Antes mesmo que algo fosse dito, Nanda teve um forte palpite de quem ela era.

— Oi, oi! — disse ela, dando um leve beijo na boca de Júlio e já procurando algum lugar para deixar a bolsa, ao mesmo tempo que acenava para o garçom.

— Oi, querida, tudo certo?

— Tudo... você consegue uma taça dessas, bem gelada?... tudo, sim, só estou um pouco cansada além da conta, porque aquela reunião da qual eu te falei, sabe, foi cansativa demais.

— Imagino, mas está tudo bem?

— Tudo ok. Só é chato ver e rever contratos quando não há mais nada para ser visto... enfim, deixa isso para lá... ah! muito obrigada, viu? — dizia ela, agradecendo ao mesmo garçom que voltava com uma taça.

— É uma boa ideia. Olha, deixa eu te apresentar, esta aqui é a Fernanda. Estava justamente falando que vocês se dariam muito bem.

Cumprimentaram-se e então Nanda aos poucos foi dando a mão à palmatória. Júlio estava certo. Paula era simpática, divertida, e a princípio não parecia ser aquele tipo de mulher afetada. Logo de cara sentiu-se confortável e em pouco tempo conversavam sobre os mais variados assuntos.

Até que o papo voltou para o ponto em que ela e Júlio haviam parado, quando Paula se aproximou.

— Mas sobre o que vocês conversavam? Atrapalhei alguma coisa? — perguntou a advogada com visível tom de deboche.

Nanda chegou a esboçar uma reação, mas Júlio tomou a frente. Ainda bem. O que poderia responder? Estavam realmente falando sobre algum tema específico? Tudo bem, estavam, mas como responder àquela pergunta? *Na verdade teu namorado estava prestes a confessar para mim que vocês são chegados em uma suruba e acho até que teria me convidado para uma, se você tivesse chegado quinze minutos mais tarde.*

— Que nada! Eu dizia justamente que vocês iriam se dar bem, e sobre a sintonia fina que um casal deve ter... sobre não sermos possessivos e de como a gente consegue manter este equilíbrio.

— Ah, é? E você falou exatamente como a gente consegue?

— Não, não cheguei a entrar em detalhes...

— Mas como não? Homem realmente é bobo, não é? Quando vão entender que a riqueza de detalhes na maioria das vezes é justamente o que não pode ser deixado de lado? — disse, olhando para Nanda sem demonstrar qualquer traço de irritação. Na verdade parecia empolgada com a notícia de que, na sua ausência, seu namorado estivera conversando com uma completa estranha, sobre um assunto que perigosamente enveredava para a intimidade deles.

— Mas a gente estava conversando! Só que você chegou e aí...

— E aí o quê? Desde quando te deixo inibido?

O casal duelava no melhor dos humores. Paula provocava o namorado, nitidamente com o intuito de deixá-lo ainda mais à vontade. Ele, por sua vez, fazia-se de inocente. Nanda não chegava a se sentir incomodada, mas de fato não sabia o que dizer. Então Paula mais uma vez virou-se, aparentemente ignorando o namorado, falando como se fosse a porta-voz de um grupo. E pela primeira vez falava em tom abaixo do normal. Não sussurrava, mas indicava claramente que o tema a seguir não era aberto a qualquer um.

E que Nanda não era qualquer uma.

— A gente se deu bem desde o primeiro dia... sabe aquela coisa de pele? Química?

Nanda apenas assentia com a cabeça ao mesmo tempo que ficava cada vez mais curiosa. *Até onde esses dois vão chegar?*

— Logo no começo a gente se empolgou e decidiu morar junto. Eu tinha vinte e seis anos na época, e procurava um apartamento para alugar. Recém-formada, sabe como é... ele já estava estabelecido no trabalho, morando sozinho há algum tempo. Tudo se encaixava perfeitamente.

— Por que estou com a impressão de que agora vem o "mas..."?

— Porque você presta atenção no que dizem. Quem me dera este aqui tivesse a mesma capacidade... — cutucou Paula, recebendo em resposta um abraço pelo lado da cintura de um Júlio visivelmente divertido, satisfeito com o papel de plateia que lhe cabia naquele momento.

Sem nenhum tipo de aviso, ela, ao mesmo tempo que começava a falar, foi diminuindo ainda mais o tom de voz e se virando devagar em direção à janela, um gesto prontamente entendido e seguido por Nanda e Júlio. Pelo sim, pelo não, era mais seguro falar ao vento. Paula ficou no meio.

— A questão é que tanto eu quanto ele sempre gostamos muito de sexo. Nos demos tão bem neste quesito que concordamos sobre o perigo que aquela sintonia poderia representar.

— Perigo?

— Sim, perigo.

O semblante de Fernanda era de quem estava genuinamente confusa. *Perigo? Estão exagerando. Até porque entrosamento na cama, se não é garantia, ajuda bastante a felicidade de um casal, ora essa!*

Então Júlio resolveu continuar a explanação.

— Fernanda, quando a Paula fala que gostamos muito e que nos damos muito bem juntos, pode acreditar, ela está sendo modesta. Nas primeiras vezes em que saímos a química entre nós já ficou clara. Em poucas semanas estávamos praticamente morando juntos.

— Mas isso não é bom?

— Sim... mas acho que você não está alcançando o que era... me desculpem, com licença. — O celular tocou e ele teve que se afastar das duas. Paula então retomou a palavra. Ao fazê-lo, percebia que seu namorado tinha razão. Cada vez se sentia mais confortável com Fernanda.

— Desculpa a pergunta, mas você já esteve com algum cara de quem simplesmente não conseguia ficar perto sem sentir uma vontade louca de ir com ele para a cama?

Nanda não ficou propriamente constrangida com a pergunta, mas percebeu que a conversa começava a ganhar ares de confidências entre amigas. Foi em frente.

— Ah, já, já sim. Mais de um. É bom quando bate assim desse jeito, né? Quando encaixa...

— Pois foi isto que aconteceu comigo e com o Júlio. Já tinha acontecido de eu encontrar outros caras com os quais o entrosamento era neste nível, mas te confesso que com ele me assustei.

— Mas é isto que eu não entendo. Vocês falam em perigo, em susto... por que estas palavras? Por que este tom?

— Posso ser bem direta?

— Deve.

— Lembra que eu falei sobre a gente praticamente ter decidido morar juntos pouco depois de nos conhecermos?

— Lembro.

— Não é uma decisão fácil, concorda? Não é lá muito sensato entrar assim na vida de uma pessoa, deixar que ela entre na sua, quando você mal a conhece. Tem tudo envolvido... a questão da segurança física, da saúde, o perigo de o sujeito ser um doido, de ter doenças, ou mesmo de ser um chato que vai te perseguir por um bom tempo...

Fernanda aquiesceu.

— Então por que você acha, se tivesse que dar um palpite, que embarcamos nessa? E mais ainda: por que até hoje estamos nessa?

Nanda olhava para o vasto oceano à sua frente. Às vezes para o trânsito lá embaixo, na avenida Atlântica, e para a orla com o formigueiro humano que ia e vinha em todas as direções. Finalmente chegara ao ponto em que se sentira encabulada. Mas o papo estava tão franco que decidiu ser o mais honesta possível. E sem olhar para o lado, respondeu.

— Porque o Júlio é um gostoso na cama?... E você também consegue agradar bastante a ele?

— Toda hora.

— O quê?

— No início a gente transava quase vinte e quatro horas por dia. Foi assim durante as primeiras duas semanas.

— Uau!

— Acho que você não entendeu.

Então Fernanda se virou, passando a encarar Paula.

— Entendi sim! Só estou achando que isto é uma coisa boa... não é?

Paula deixou escapar um sorriso de esguelha. Um olhar de quem se dá por vencido e que então, finalmente, está prestes a botar na mesa a carta na manga que tanto relutara em usar.

— Não pude ir ao mercado.

— Hã?

— Teve um dia que eu dei tanto, mas tanto, que minhas pernas ficaram fracas, bambas. Transamos em todas as posições que você pode imaginar, por horas e horas a fio. O Júlio gosta de meter forte, e eu amo sexo violento. Ficávamos tão desgastados que às vezes não falávamos nada. Apenas esperávamos a respiração reassumir um compasso normal, e então começávamos de novo. Chupei em cinema, em cabine de provador de shopping, na praia, quando ainda estava entardecendo. Raras são as escadas de prédios de amigos nossos que a gente não conhece bem. Inclusive a deste aqui. Se tiver câmera de segurança, então, fica perfeito. Tirando algumas bizarrices escatológicas que a gente vê por aí, já fizemos de tudo. Sem restrições. Às vezes ele me pega por trás mesmo quando eu estou dormindo. E eu continuo ali, parada, adorando ser comida como se eu fosse um objeto qualquer. Em outras ele está vendo jogo de futebol e eu apareço sem também perguntar coisa alguma, me ajoelho e fico brincando com o pau dele. Masturbo, coloco na boca, fico mexendo, brincando com as bolas. Logo entendemos que naquela batida as coisas não poderiam terminar bem. Nosso relacionamento chegou a um beco sem saída, ou se deterioraria de maneira irreversível, ou então partiríamos para opções de prazer que nem consigo imaginar.

Paula fizera uma pausa para que Nanda pudesse absorver cada ponto do que acabara de contar e então finalizar com uma justificativa. Não fora necessário.

— Vocês resolveram criar um mecanismo que não freasse a paixão, ao mesmo tempo sem tirar o prazer.

— Exato.

Ao longo da noite o papo entre os três continuara. Falaram sobre trabalho, viagens, jogaram conversa fora. Raramente o assunto sexo voltara à tona.

Na hora de ir embora Nanda decidiu aceitar a carona oferecida. Um pouco por receio de mostrar onde morava, mas inconscientemente por vontade de prolongar um pouco mais a companhia do recém-conhecido casal, disse que morava no Leblon e pedira para que a deixassem na rua João Lira.

Trinta minutos depois um táxi a deixava na porta de casa, excitadíssima. Júlio não teve dificuldade em comê-la de lado, no banco de trás, enquanto Paula assistia a tudo de camarote, no banco da frente.

Ser observada durante o sexo fora uma experiência totalmente nova e surpreendentemente prazerosa.

Olhou para o relógio e percebeu que a peça já iria começar.

Havia um compromisso marcado para logo mais. Aquele, sim, prometia ser um verdadeiro espetáculo.

Los Angeles — 12.05.08

11h27

Segundo o serviço meteorológico o sol forte se fazia presente em todo o estado. As areias de Santa Monica não estavam repletas de banhistas, já que se tratava de uma segunda-feira, mas o movimento existia. Alguns surfistas chegavam em caminhonetes com suas pranchas, outros alongavam-se com cuidado à beira d'água, enquanto aqueles que já estavam dentro d'água desafiavam as ondas de um mar relativamente agitado. Naquele ponto da praia um grupo de brasileiros vestidos em trajes típicos de capoeira ensaiava uma batucada, enquanto, mais afastadas, garotas que aparentemente deveriam estar dentro de uma sala de aula se animavam com o irresistível ritmo levado até elas pela brisa suave. Nas ciclovias, tanto a do calçadão quanto a da praia, desfilavam ciclistas, patinadores e skatistas.

A vida era levada daquele jeito por quem podia usufruir dela. Em geral, quem não podia, gostaria de poder.

Em geral.

Quase de frente para aquele cenário, em um prédio baixo, todo pintado de branco, com pequenas varandas, alguém estava em desacordo com toda aquela exaltação.

O calor deixava o ambiente desconfortável para quem queria tirar um cochilo no sofá da sala e mesmo assim Pablo não se sentia capaz de vencer a vontade de dormir mais um pouco. Desde a madrugada que uma pequena vontade de urinar se fizera presente. Uma pequena vontade que, com o passar das horas, transformara-se em necessidade visceral. E ainda assim não arredara do sofá marrom-escuro.

Por horas ficara inerte, apenas prestando atenção nos barulhos que vinham da rua. Primeiro, ainda de madrugada, nas ondas quebrando e nos carros que passavam com som alto. Depois nos pássaros que cantavam, quando começara a amanhecer, até que um incrível chuvisco de quinze minutos os calasse. E então as pessoas correndo, exercitando-se. *A vida continua. A vida não para.*

Conscientizando-se de como havia sido capaz de perceber o movimento e os sons à sua volta, experimentou então um exercício que, sabia, poderia trazer bastante sofrimento.

Ainda de olhos fechados, tratou de sentir sua bexiga.

Facilmente percebeu o peso na altura da cintura. Queria mais e então teve a ideia de deitar-se reto. Estava em posição fetal e com a bexiga tão cheia que um simples movimento poderia desencadear o irreversível processo de finalmente liberar o líquido quente que, preso, aos poucos o fazia suar cada vez mais. Por outro lado, a dor que sentiria ao sacolejar um pouco que fosse seus músculos internos o faria perceber exatamente onde estaria aquele corajoso órgão em forma de bolsa aberta, que àquela altura provavelmente teria a forma de um enorme ovo, apenas esperando o comando para aliviar-se.

Em uma das últimas tantas madrugadas em claro, assistira a um documentário sobre o corpo humano, contando que o ato de urinar era um reflexo e que, justamente por aquele motivo, as crianças demoravam um tempo para adaptar-se e acabavam urinando na cama. Que, em condições normais, adultos não tinham problemas como aquele.

Em condições normais.

Espichar-se havia representado um sofrimento que beirara o insuportável. Então, por um breve momento pôde sentir e colocou de leve a mão em cima de sua barriga, no ponto exato, para não mais esquecer. Respirou fundo. Qualquer espasmo poderia facilmente alcançar patamares de dor inimagináveis. Devagar, ainda de olhos fechados, esticou o braço até a mesa de centro onde estava uma grande caneca que utilizara durante a madrugada para tomar Coca-Cola. Era uma caneca pesada, de vidro grosso, cujo próprio peso facilitou pousá-la no chão, bem próximo do sofá.

O último movimento, rolar o corpo em direção à beira, novamente causou a já íntima pontada de dor. Antes, porém, com a mão direita, abaixou a parte da frente do short. Concentrou-se ao máximo para degustar os milésimos de segundo que levaria entre o comando do cérebro e o relaxamento do esfíncter urinário. Não conseguiu, mas não teve importância.

Ninguém que corria na ciclovia, ao ouvir o urro, poderia imaginar o motivo.

Pouco depois encontrava-se sentado no mesmo sofá. Na televisão, o canal de notícias tratava dos reflexos na bolsa de valores. Não que estivesse prestando muita atenção. A rigor não entendia bem como até ali dera tanta importância para aquele tipo de notícia.

Olhou à sua volta e mais uma vez constatou o óbvio. Desde que aceitara o desafio algumas questões não apenas o surpreenderam, mas o envergonharam. A vida toda dera tamanha importância ao trabalho que se perguntava como fora possível não enlouquecer.

Seu ramo sempre exigira muito mais do que uma jornada normal de trabalho. Quando recebia telefonemas no domingo à noite para tratar de alguma aproximação com um artista, trabalhava. Se no sábado à noite, em vez de ir ao cinema com alguma namorada ou mesmo ficar em casa vendo um jogo de basquete, comparecia em algum coquetel de uma gravadora, estava trabalhando. Se um feriado prolongado era preenchido por um festival de música pop visando estrelas emergentes, sua presença também se daria exclusivamente por questões profissionais.

Muitos outros motivos poderiam ser considerados, mas tinha certeza de que a importância que sempre dera ao lado profissional prejudicara, e muito, seu lado pessoal. Com quase cinquenta anos de idade ainda não havia desistido de ter pelo menos uma filha, mas como isso poderia acontecer sem que antes encontrasse uma companheira ideal? O trabalho não atrapalhava de forma alguma o campo das aventuras sexuais, muito pelo contrário, favorecia. Mulheres, homens, gays, bissexuais, garotas que mal haviam entrado na maioridade, o cardápio era amplo para quem queria se divertir, mas estava cansado. Não queria mais nada daquilo. Já havia se divertido demais. *Meu Deus, como é que não peguei uma doença grave?*

O acúmulo de tantas frustrações, somado à proposta a qual se submetera, resultara em uma fórmula bombástica. Chegara atrasado em encontros profissionais, deixara de retornar ligações importantes, esquecera de pagar contas e entregara-se completamente ao desejo por todos os tipos de guloseima. Repensar sua vida como um todo culminara, inclusive, com uma grave questão de baixa autoestima. Nas últimas semanas haviam sido raros os momentos em que dera a devida atenção aos seus dentes, e quando acontecia sua gengiva sangrava em profusão. Tomar banho era algo que agora só fazia em situações extremas. Inúmeras vezes saíra de casa para ir ao mercado com os cabelos extremamente oleosos, achatados por um boné. Dois vergalhões vermelhos, frutos de uma dermatite seborreica há muito ignorada, enfeitavam seu rosto nos lados da face e na testa. Entre os ossos do tornozelo e atrás, nas costas, surgiram enormes crostas de sujeira. Reutilizava suas roupas indefinidamente. Inclusive as cuecas.

Por toda a sala restos de salgadinhos, potes de sorvete e caixas de pizza se acumulavam. Não usava mais pratos. Comia nas próprias embalagens. Limpava a boca com a camisa que vestia, ou então com uma almofada que estivesse à mão. Perdera peso muscular e ao mesmo tempo ganhara gordura. Seus braços estavam moles, sua barriga flácida, suas pernas finas.

De uma forma ou de outra, sentia uma preguiça enorme em fazer o mínimo, o certo. Desenvolvera em sua psique uma capacidade quase inesgotável de convencer-se, por exemplo, do quão inútil seria levantar-se para pegar um prato e um talher, para comer uma fatia de pizza. *Para que sujar mais uma louça à toa?*

Como saía pouco de casa — apenas para alugar filmes e comprar comida —, não via lógica em estar sempre de banho tomado. Demorava um tempo razoável até sentir seu próprio mau cheiro e praticamente não percebia o de seu apartamento. Então, pela primeira vez em dias, decidiu aparecer na varanda para conferir o cenário que lhe custara alguns milhares de dólares.

Levantou-se e, ao fazê-lo, sentiu seus joelhos estalarem. Vestia uma cueca samba-canção laranja e uma camisa de manga comprida branca, de algodão. Estava descalço. Arrumou os cabelos desgrenhados para trás das orelhas e em poucos passos chegou até a porta de vidro. As cortinas estavam semicerradas, mas ainda assim Pablo pôde adivinhar o que veria quando deslizasse a porta pelo trilho de alumínio. Naquele ponto da casa a temperatura era mais alta do que no sofá. *Mais um lindo dia de sol.*

Correu a porta e ao abrir passagem por entre as cortinas, que logo foram lufadas para dentro do apartamento, instintivamente colocou a mão acima dos olhos para proteger a vista da claridade. A combinação de ambos, o vento e o sol, fez com que aos poucos várias sensações tomassem conta de Pablo. Nostalgias. Sentia como se não fizesse mais parte do mundo que se apresentava diante de si. Um mundo que há pouco tempo lhe era tão familiar. Fechou os olhos e endireitou o rosto em direção ao sol. Percebia a pele oleosa respondendo ao calor, arrepiada, e suas narinas se inflando para os cheiros mais diversos. *Em algum lugar estão fazendo... churrasco! Cheiro de carne queimando na grelha... alguém tomou banho e está se enxugando em alguma varanda aqui perto... carros... cheiro do mar... o mar...*

Aos poucos foi abrindo os olhos, e, quando suas pupilas acostumaram-se com a claridade, foi capaz de contemplar ainda com mais clareza o que até então apenas havia escutado. Uma visão estarrecedora.

Fazia quase um ano que havia se mudado para aquele apartamento. E embora raramente houvesse colocado um tênis de corrida para exercitar-se ao ar livre, não raro descia para ler na praia o jornal, ou mesmo algum livro. No início até de reuniões em conferência telefônica tentava participar, enquanto ficava confortavelmente sentado em uma cadeira perto do mar. Quando voltava de carro do trabalho, ou do mercado, fosse pela San Vicente ou pela avenida Santa Monica, sempre buscava um caminho que permitisse uma relaxante visão do Pacífico. Mesmo já estando tão familiarizado com a vista, que dali era parcial, pegou-se surpreso. Deprimido.

Apertou o botão interno do prédio que eletronicamente abria a porta adjacente, usada pelos banhistas, na Idaho, praticamente de frente para a lateral do Hotel Oceana Santa Monica. Desceu descalço e aquele simples ato o envergonhou. Sentia dor ao se movimentar, as axilas grudando, os poros do couro cabeludo suplicando por algo que os refrescasse, que os limpasse. Sentiu vergonha, mas esta logo passou. Atravessou a avenida Oceânica em linha reta. O chão estava quente, mas pouco importava. Dando uma rápida olhada nas primeiras mesinhas do quiosque embaixo dos coqueirais, reparou em jovens que tomavam sucos, famílias lanchando, crianças que corriam, e também àquelas cenas não deu muita atenção. Logo chegou no pedaço da faixa de areia fora da proteção das sombras produzidas pelos coqueiros. À sua frente apenas a ciclovia, outro pedaço extenso de areia e, então, o oceano Pacífico.

O calor, somado à pequena caminhada que dera e à camisa de manga comprida, rapidamente aumentou sua temperatura corporal, acionando assim suas glândulas sudoríparas. Fedia como nunca. Perguntou-se até que ponto o vento poderia levar seu mau cheiro e se ainda chegaria forte a ponto de incomodar alguém. Resquícios de quando ainda se preocupava com sua aparência, com seu aspecto físico e com o que achavam dele. *Fodam-se todos.*

Tal qual um zumbi, continuou a caminhar.

Existem as pessoas que gostam de trabalhar e existem aquelas que consideram trabalho um suplício. Nick Galiakos fazia parte do segundo grupo. Seu lema era o de que, se trabalho fosse bom, ao final do mês seria ele que pagaria seu empregador. Não o contrário.

O seu, especificamente, exigia uma responsabilidade acima da média. A qualquer momento poderia ser requisitado para socorrer um dos mais de dez mil banhistas que por ano se afogavam ao longo de toda a costa de Los Angeles. Mesmo assim adorava trabalhar na praia. O lugar era mágico, relaxante e cheio de mulheres. Um fato que não alardeava muito para evitar de ser visto como alguém que não levava o serviço a sério, mas a verdade é que diariamente apareciam mulheres de todos os tipos, europeias, latinas, orientais, loiras, morenas e ruivas.

Conseguira pelo segundo ano seguido uma posição no time dos salva-vidas do condado de Los Angeles e até aquele dia fora requisitado apenas duas vezes, sendo que uma delas para ajudar uma senhora tcheca que se assustara com uma onda grande que a derrubara, já bem próximo de onde era raso, e outra, desta vez mais complicada, ajudando um banhista que se aventurara no mar mexido.

Portanto, nada como uma segunda-feira em pleno horário do almoço para poder relaxar. Instalado em sua torre de vigilância, ouvia música no aparelho de MP3, quando, ao olhar distraidamente para a esquerda, percebeu que talvez, infelizmente, aquela não fosse uma segunda-feira qualquer. *Mas o que aquele doido está faze...*

Não conseguiu completar o raciocínio. Teve que pular da torre e correr em disparada.

Mesmo com a lufada de vento que varria grãos de areia por entre os dedos do pé, foi impossível para Pablo não perceber o incrivelmente rançoso cheiro que foi libertado quando abaixou o short e a cueca ao mesmo tempo. Uma mistura de suor, oleosidade, sujeira, fezes e urina. Tirou a camisa e então abriu os braços o máximo que pôde, como se quisesse abraçar o mundo. Olhou para cima, mentalmente conjurou todas as forças que tinha e então comandou seus flácidos músculos de coxas e panturrilhas para que executassem um último esforço.

Logo tudo estará acabado, pensou, enquanto deixava-se engolfar pelas águas geladas.

Milão — 24.04.08

18h53

Alguém sensato que naquele momento observasse a cena provavelmente ficaria horrorizado, e em seguida certamente buscaria ajuda.

Chamaria a polícia.

Uma ambulância também seria necessária.

Muito necessária.

Mas não havia ninguém que pudesse socorrer Guido, àquela altura.

Sem pena, repetia Gaia para si, como se fosse um mantra encorajador.

Sentada em uma cadeira dura, de madeira, refez os últimos acontecimentos.

Mais cedo, na Rinascente, gastara quase duzentos euros em apetrechos e roupas que pudessem deixá-la com uma fisionomia ainda mais infantil. Depois passara em uma loja de utensílios para o lar perto de casa, onde entregara ao pacato senhor atrás do balcão uma lista com cinco itens, os quais sabia perfeitamente que poderiam ser encontrados ali, de tanto que havia passado na frente da vitrine ao longo dos últimos dias. Deixara a loja com um socador de alho em forma de martelo, um facão para cortar carne, um rolo para massa de madeira, fita isolante e velas. Em seguida passara numa sexshop, onde também fez compras interessantes, depois em uma farmácia, onde adquirira luvas cirúrgicas, até que, por fim, encontrou-se com o revendedor que contatara pela internet e, por setenta e cinco euros, conseguiu quarenta miligramas de gama-hidroxibutirato.

Desde o início, quando decidiu o que fazer, por onde caminhariam suas ações, pesquisara a fundo todo tipo possível de drogas alucinógenas. Alguns problemas se apresentavam importantes, como por exemplo a eficiência da substância. Depois, como provavelmente seria o caso de uma droga de uso restrito, ou até ilegal, precisaria encontrar uma maneira de adquiri-la sem correr o risco de ser presa ou qualquer coisa parecida. Por fim, de nada adiantaria acertar todos aqueles pontos se a posologia fosse complicada. Precisaria ser de fácil uso e, fundamentalmente, difícil de ser percebida.

Quase não acreditou quando leu o título do artigo, durante a longa pesquisa que fizera, usando seu laptop: *"Date rape drug: La droga dello stupro."* Em três páginas o texto tratava da origem da droga até sua proibição, o sucesso no mercado negro entre adeptos do fisiculturismo, até seu uso na noite e de como era utilizada para potencializar o desejo sexual.

A partir daquele ponto a matéria trazia depoimentos anônimos de garotas atacadas em discotecas, com destaque para o de uma estudante alemã que após muito rechaçar as insistentes investidas de um grupo de jovens senegaleses, decidiu aceitar que lhe oferecessem algumas cervejas. Acordou quase na noite do dia seguinte, em um apartamento afastado do centro no qual jamais havia estado, sem nenhuma peça de roupa e com muita dor. Posteriormente, através de exames específicos que isolaram o cromossomo Y, ficaram comprovados vestígios de agressão sexual. Os traços de sêmen no ânus e na vagina denunciavam mais de um DNA.

"Gama-hidroxibutirato, comumente conhecida como 'GHB' ou ainda 'ecstasy líquido' — continuava o artigo —, é uma substância incolor e sem cheiro que deprime o sistema nervoso. Pode provocar desde sensação de euforia, relaxamento e desinibição até náusea, vontade de vomitar, dificuldade para respirar, paralisia muscular (ainda com a pessoa consciente), perda de consciência ou mesmo a morte, dependendo da dosagem. A droga demora cerca de dez minutos para começar a fazer efeito, e seus sintomas chegam a durar por mais de seis horas, podendo levar até cerca de doze para sair completamente do organismo."

Pesquisou mais páginas, cruzou informações com outras e então chegou à conclusão de que, se utilizasse uma minúscula dosagem, obteria os mesmos efeitos que os do álcool. Entre um e dois gramas, euforia e desinibição. Mais de cinco gramas, a tal paralisia que mantinha consciência. Aquela última hipótese a deixara radiante.

Para chegar até aquele ponto, porém, sabia que precisaria ter estômago, ser forte.

Ao subir os dois andares de escada concentrou-se como nunca fizera antes. Mentalizara seu objetivo e os riscos que estava correndo se desse algum passo em falso. Depois, a título de aumentar ainda mais sua capacidade de manter o foco, lembrou-se de quando era uma criança à espera de sua mãe, e de como fora traída de maneira vil por quem a deveria proteger. Por muito tempo culpara o mundo pelo que lhe havia acontecido, mas aos poucos entendeu que estava sendo injusta. Que a maioria das pessoas eram boas e que, apesar delas, existiam monstros.

E o mundo não precisava deles.

Provavelmente outra pessoa entrara naquele apartamento. Certamente outro espírito.

Cumprimentara-o com um beijo no rosto e propositadamente invadira a pequena sala sem esperar ser convidada, justamente para não deixar dúvidas de que estava com pressa, mesmo não tendo nenhuma de ir embora.

— Posso te oferecer alguma coisa?

— Ah... sim, aceito! Está um calor, não é?

— Muito! Deixe-me ver... cerveja?

— Leu meu pensamento! Posso deixar minha bolsa aqui?

— Por favor, sinta-se em casa.

— Obrigada... meu celular?

— Ah, claro...

Guido voltou do final do apartamento, onde ficava a cozinha americana, com duas garrafas de cerveja. Gaia estava sentada em uma velha poltrona de veludo verde.

— Antes, um brinde! Vamos brindar ao acaso! Afinal, se não fosse ele você não estaria aqui hoje...

— É verdade... olha, preciso dizer uma coisa...

— Hã? O que foi?

— Jamais imaginei que um dia estaria nesta situação, embora eu deva confessar que a cada minuto que passa tenho a impressão de que vou me divertir muito...

Ele quase engasgara. O que fizera para merecer tanto, logo após aquele tempo de provação? Olhou mais cuidadosamente para Gaia, que o encarava enquanto bebia no gargalo. Parecia ser gostosinha demais, com aquela saia, a boca pequena e os peitinhos, que deviam ser bem maduros, definidos sob a blusa. Apenas um lamento passou por sua mente antes de se projetar para cima dela. *Pena já ser tão velha, mas não posso me queixar...* Então deu mais dois passos em sua direção.

— Calma, calma! — exclamou ela, levantando-se da cadeira e dando a volta por trás dele. — Antes do brinde... e o celular?

— Está aqui, linda — respondeu ele tirando o pequeno aparelho do bolso, enquanto andava em sua direção. — Sabe o que eu percebi?

— O quê? — Ele já em cima dela novamente, apertando-a contra a parede.

— Você vai perdoar minha curiosidade, mas dei uma olhada na sua agenda e... bem, não podemos dizer que você tem muitos amigos, não é mesmo?

Aquele fora o único momento em que Gaia saíra do transe que a impedia de pôr tudo a perder. Mas logo se recompôs e continuou. *Otário!*

— Ai, não fala assim...

— O que foi?

Ele a apertava, seu hálito era fétido, asqueroso, mas a perfeição com que tudo estava acontecendo valia qualquer sacrifício.

— Ok... eu... eu tinha acabado de comprar o celular e...

— Continua...

— Eu sempre tive essa fantasia... sempre. E quando te vi...

Ele sorria.

— Tirei o bilhete premiado, foi?

— Isso... é você que vai ter que me dizer depois.

Ela imaginara que conseguiria seduzi-lo um pouco mais, só que, devido à voracidade dele, com a qual foi se sentindo acuada, precisou acelerar o plano. Deixou-se imprensar contra a parede e no exato momento em que ele apoiou a garrafa em cima da pequena mesa também deixou a sua, esgueirando-se em seguida para a esquerda.

— Shh... calma, calma... posso ir ao banheiro antes? Prometo que você não vai se arrepender...

— Sim... pode... claro...

— Eu já volto... não saia daí... aliás, saia sim... me espere na cama... por favor — pegando sua bolsa em cima da mesa e se trancando no imundo cubículo ao lado da geladeira, percebia cada movimento seu sendo observado por um par de olhos hipnotizados.

Uma vez dentro do banheiro, olhou-se no espelho, soltou o cabelo, abriu o primeiro botão da saia e subiu um pouco a camisa, até ficar na altura do umbigo. Depois tirou da bolsa o pequeno frasco de vidro marrom, desenroscou a tampa branca, colocou-a de volta na bolsa e o segurou firme, entre o polegar e a palma da mão direita. Respirou fundo e então empurrou a porta.

Ele estava deitado, só de calça jeans. Fez menção em sair da cama logo que a porta do banheiro se abriu, mas ela fez um sinal com a mão para que se acalmasse. E então desferiu o último golpe.

— Calma que já vou aí. Antes quero te pedir só mais duas coisas bem pequenas...

— Mais pedidos?

— É que sou tímida e... pode ser à meia-luz?

— Ah, isso?

Ele titubeou e ela não esperou a resposta. Ficou de costas, abaixou o interruptor que ficava na parede em frente e rapidamente derramou meio frasco dentro da garrafa que estava à sua direita, logo depois deixando o frasco escorregar para dentro do bolso, tudo em um único movimento. Virou-se com muito medo de que algo tivesse sido percebido, mas ao fazê-lo não pôde deixar de abrir um largo sorriso. Entendeu subitamente que o sucesso de sua vingança estava mais perto do que nunca.

— O segundo pedido é que, agora sim, façamos um brinde!

Ao ver a curvilínea silhueta vindo em sua direção, Guido só pensou em que posição colocaria Gaia. *Levinha assim, primeiro vai sentar no meu colo.*

— Quantos você quiser, delícia! — exclamou, esticando o braço para a mão esquerda de Gaia.

— Então este será em homenagem àqueles que, de uma forma ou de outra, pagam suas dívidas! — disse ela, oferecendo a outra garrafa.

— Hã... Está bem! — *Que garotinha doida... Vamos acabar logo com isso!*, pensou ele, antes de dar três grandes goles.

Ela estava em pé, à beira da cama. Ele, recostado no travesseiro, observava com cuidado. Decididamente não se tratava de uma mulher grande, mas pelo menos parecia ser firme. Mais uma vez reparou nos seios. Imaginou como seria gostoso morder com força os mamilos. O quadril e as coxas formavam um conjunto simétrico, convidativo. Passou pela sua cabeça como seria segurá-la com firmeza, até o ponto em que ela relutasse. Aquele era sempre o momento mais excitante.

Ao mesmo tempo que observava Gaia, percebia crescendo dentro de si uma estranha sensação de autocontrole, uma calma que jamais havia sentido em momentos como aquele. Era como se conseguisse racionalizar tudo o que estava acontecendo e ainda por acontecer. Extrapolava na tranquilidade e aproximava-se da alegria propriamente dita. Havia há pouco voltado a ser um homem livre, e embora não tivesse propriamente estipulado nenhuma regra, chegara a avaliar a hipótese de tentar evitar aquelas situações que invariavelmente o colocavam em apuros. Mas os acontecimentos das últimas horas eram provas irrefutáveis de que estivera enganado. Aquela garota ali, na sua frente, toda disponível, só poderia ser um sinal. *Se algum dia eu vier a me arrepender de coisas que eu tenha feito, esta não será uma delas!* Estava eufórico e o tesão que sentia era incontrolável.

Decidido a usar Gaia para fazer extravasar toda sua libido, deu mais um gole de cerveja e, quando foi apoiá-la no criado-mudo, percebeu que algo estava errado. Tivera alguma dificuldade para equilibrar a garrafa em cima da superfície de madeira e naquele mesmo momento sentiu como se uma agulha incandescente espetasse seu cérebro. *Mas o que está acontecendo com a minha mão? Ai!*

Recostou-se novamente no travesseiro e olhou para a palma da mão direita aberta. Sentiu um formigamento, como se tivesse deitado por cima dela durante horas. Em seguida algo chamou sua atenção para os pés. Também eles formigavam, mais até do que as mãos. Inclinou-se para segurá-los na tentativa de massageá-los, mas não conseguiu. Foi apenas capaz de soltar um grito abafado e cair para o lado oposto de costas para Gaia. Cujos olhos brilhavam.

O que ela está dizendo? Por que esta piranha está me enchendo o saco agora? Por que simplesmente não vai embora? Não está vendo que não vou mais te comer hoje, sua puta?

Então ouviu passos. Deduziu que fossem passos, porque do contrário estariam dinamitando sua pequena sala. Tentou tapar as orelhas com as mãos, mas não poderia garantir que havia conseguido. Não as sentia. As mãos.

Quando os estrondos cessaram, entendeu que estava certo. Gaia dera a volta. Estava abaixada, provavelmente sentada no chão, com os cotovelos apoiados em cima da cama, braços cruzados, descansando o queixo sobre as mãos unidas, olhando fixamente para ele. Imediatamente lembrou-se de uma campanha publicitária em que dois anjinhos ficavam exatamente naquela posição, um ao lado do outro. A diferença era que naquele caso o anjo era um só. E de alguma forma o olhar não parecia tão inocente quanto aquele da famosa imagem.

A cada momento a confusa mistura de sensações físicas aumentava. Suas extremidades estavam dormentes, sua cabeça experimentava dores lancinantes e, não obstante tudo aquilo, sua excitação aumentava. Só então se dera conta de que respirava com muita dificuldade, quase arfando.

Então o anjo arqueou-se por cima dele para falar bem devagar em seu ouvido esquerdo. Daquela vez conseguiu entender cada palavra.

— Sabe, vim para cá com um propósito... e confesso que estou um pouco decepcionada.

Decepcionada? Além de puta é burra... me chama um médico que é o melhor que você faz... depois te fodo toda do jeito que você quiser e ainda te arrebento de porrada, sua cadela! Não tá vendo que eu estou passando mal?

— ... eu jurava que você seria mais...

De repente, ela fez uma pausa. Parou, pensou e então voltou a ficar de joelhos. Olhando fixamente em seus olhos, tirou lentamente a blusa pela cabeça. Sem sutiã, ficou completamente nua da cintura para cima. Quando voltou a falar, o fez de maneira fria. Seca.

— ... esperto.

Que delícia... vem aqui para eu te mamar um pouco, sua vaquinha... hã... esperto?

Levantou-se subitamente, novamente deu a volta na cama e retornou com a bolsa à mostra. Propositadamente segurou-a no alto e deixou-a cair, para que ele ouvisse o barulho quando batesse no chão. Pelo modo como ele arregalou os olhos, dera certo.

O que essa doida está querendo agora? Tenho que me levantar...

— Mas eu dizia — ela se abaixou em direção à bolsa e logo voltou a ficar de pé —, é de se lamentar essa sua postura... eu saí de casa até nervosa, acredita?

O que ela pegou ali? Meu Deus, eu nem consigo olhar para baixo... minha cabeça está explodindo!

Ela abaixou a saia e ficou apenas de calcinha preta. Para logo depois, muito lentamente, colocar o joelho direito em cima da cama, a mão esquerda e, então, em um gestual quase felino, engatinhou até ele.

— Eu estava nervosa, com receio... e quer saber por quê?

Ele não estava entendendo mais nada e ainda assim algo lhe dizia que o que estava por vir não seria bom. Pela primeira vez, tendo uma garota seminua praticamente em cima de si, experimentava uma sensação próxima do temor.

Os lábios finos, delicados, de um rosa vivo, novamente se aproximaram de seu ouvido. Primeiro ouviu a respiração e sentiu o hálito, que era perfumado, quente.

Depois, uma voz gélida.

— ... temi que fosse fraquejar... antes de acabar com a tua raça.

E o pânico se instalou de vez.

Sua cabeça parecia que ia explodir a qualquer momento, os movimentos dos braços e das pernas estavam seriamente comprometidos e a respiração cada vez mais ofegante. Para completar, via-se refém de uma louca a quem jamais tinha visto, que o ameaçava com um olhar aterrador. *Não estou pronunciando uma única palavra... não consigo falar!*

Perguntou-se se ao menos conseguiria balbuciar alguma coisa, mas logo aquela dúvida perdeu sentido.

— Pronto! Agora acho que estaremos mais confortáveis, não é? Essa coisa de ficar babando não fica nada bem para um cara ainda tão jovem — disse ela, usando dois grossos pedaços de fita isolante preta para amordaçar seu prisioneiro.

O desespero foi tomando conta de Guido de tal forma que sua respiração se acelerou ainda mais. A fita isolante tampando sua boca aumentava a sensação de sufocamento, até que, aos poucos, tudo foi escurecendo.

No último instante de lucidez, antes de apagar completamente, ainda ouviu uma voz se afastando:

— Isso... fecha os olhinhos e sonha... quando você acordar estarei aqui... e então o seu pesadelo vai começar.

Aproveitara aquele momento para se organizar. Vestira as luvas cirúrgicas que comprara na farmácia e com uma toalha do próprio banheiro limpara cuidadosamente cada objeto, maçaneta, copo ou pedaço de parede que tivesse tocado. Depois gastara um grosso rolo de fita isolante para prender os pulsos e tornozelos de Guido o mais firme possível. A paralisia dos membros, somada ao desmaio, tornara fácil o serviço. Depois, com a tesoura que adquirira na loja de utensílios para casa, debruçara-se com cuidado em cima dele, cortando toda sua roupa, inclusive a cueca. Olhara com calma para dentro da bolsa e admitira a dúvida. *Na base da surpresa ou deixo ele curtir com calma cada passo?*

Optara pelo meio-termo.

Quase uma hora havia se passado e estava começando a ficar preocupada. Será que exagerara na quantidade de GHB misturado na cerveja? Lera tantos artigos sobre o assunto que já não tinha muita certeza. Até quantos gramas eram toleráveis, antes que o organismo entrasse em colapso? Sabia que ingerir a droga com álcool não era lá uma combinação muito segura, mas havia de fato colocado tanta quantidade assim? A ponto de matá-lo? Começara a considerar a hipótese com seriedade depois de quinze minutos de desmaio. Àquela altura a preocupação aumentava. Tivera tanto cuidado com cada passo, cada detalhe, que a ideia de botar tudo a perder lhe parecia inadmissível. *Não pode ser! Não era para ser assim... ele não pode ser tão frágil...*

Até que seu rosto se iluminou.

— Mhummm... Mhummmm...

Ele despertara assustado. Soltava grunhidos por trás da fita adesiva. Seus olhos estavam arregalados, inquisidores. Mexia-se apenas com o tronco. Braços e pernas inertes. As débeis tentativas de se posicionar faziam com que rodasse de um lado para outro. Ela quase achou engraçado — *Parece uma tartaruga de cabeça para baixo* —, mas sabia que ainda havia um trabalho a ser feito.

Levantou-se, pegou sua blusa com estampa da Betty Boop e usou-a para tampar o abajur, criando assim um ambiente de meia-luz. *Hora de o show começar*.

Mais uma vez ajoelhou-se no chão ao lado da cama.

— Tenho uma boa e uma má notícia para te dar. Qual você quer saber primeiro?

— Mmmmm... Mhummmm...

— É, não entendi nada, mas é bom, viu? Já imaginou se eu entendesse que você está me xingando?

— Hummpf... huummm...

— Quer ficar calmo? Se você ficar calmo eu garanto que sua noite será agradável... tá, isso eu não posso prometer. Mas inesquecível, sem dúvida!

Então debruçou-se sobre a cama, primeiro as mãos, depois os joelhos, engatinhando até ficar totalmente em cima dele, de quatro. Olhava dentro de seus olhos. Esperava suas reações.

Vai...

Ele havia parado de murmurar, olhos vítreos grudados na sua captora. Estava apavorado.

Você não consegue se segurar tanto assim...

Até que as pálpebras dele fecharam-se de repente, em forte reflexo. Seguiu-se um grunhido abafado. Sofrido.

Hahahahaha!

Com um semblante de horror, Guido guiou seu olhar para a altura de sua cintura.

Quando conseguiu, desejou não tê-lo feito.

Gaia estava orgulhosa de si. Engenhosa, adaptara um dos tantos brinquedos que comprara mais cedo na sexshop. Um anel peniano que ganhou ares de coroa de espinhos, graças às tachinhas que colara na parte interna da circunferência de borracha. Optara por um modelo ajustável, cujo sistema mais lembrava um cinto.

Durante o tempo em que Guido ficara inconsciente, decidira que aquele seria o cartão de visitas. Definido um diâmetro um pouco mais largo, ajustara-o em volta da glande, de maneira extremamente delicada. Já desperto, ele não apenas dava-se conta da dor, mas do quanto ela poderia piorar se Gaia assim desejasse.

E como ela queria...

— Pode dizer, vai... Sou uma menininha linda, não?

Ele continuava petrificado. As órbitas querendo saltar do rosto. O suor escorrendo pela testa em profusão.

— Aposto que quando você me viu, de rabo de cavalo, saia e blusinha, ficou de pau duro na hora, não é mesmo?

Ele havia entendido que estava em maus lençóis antes de desmaiar, mas naquele momento percebeu que o cenário era ainda pior. *Você é doida!*

— E agora, hein? Eu aqui, de quatro, só de calcinha, pertinho de você... não te dá tesão? Olha meus peitinhos, olha? Mesmo eu assim, nesta posição, olha como eles continuam firmes... quer botar a boca?

— Mhummmmmmm...

— Uau! Agora fiquei lisonjeada! Não sabia que eu valia tanto a pena assim... mais um pouco e você vai perder a cabeça do seu pinto, sabia?

Ele cerrara os olhos com força, determinado a não se deixar levar. Precisava se concentrar em alguma coisa que o fizesse esquecer a visão de Gaia daquele jeito. *Concentre-se, ou você morrerá hoje, porra!*

Mas aquela tática já havia sido prevista.

— Olha, para depois você não dizer por aí que eu sou malvada, que fiquei tão apetitosa justo quando você está assim impedido de fazer qualquer coisa comigo, vou te dar uma colher de chá...

Não!

Ela engatinhou mais um pouco, até ficar com seus seios a centímetros do rosto dele.

Guido continuava de olhos fechados, mas seu olfato e a sensação de luminosidade diminuída impediram que sua mente lhe mentisse. *Ela está em cima de mim!!*

Imaginar a cena já fora suficiente. As pontas das tachinhas pressionavam a fina pele da glande, mas ainda não a haviam perfurado. Uma mera questão de tempo.

— Vou fazer melhor, tá? Vou passar o biquinho deles na tua bochecha... assim... Quer mamar, não quer?

— HUMMMM! MHUMMMMMMM!!!

Ele tremia de dor. Estava encharcado de suor. Parecia exausto. Gaia olhou para baixo e o que viu confirmou a suspeita criada pelo último e gutural protesto. Um pênis banhado de sangue.

Era pouco.

— Tá bom, vai. Parei. Chega com essa brincadeira sem graça, onde só você geme, e eu fico aqui me esforçando para te agradar. Agora vou fazer algo mais prático.

Ele semicerrou os olhos. E mais uma vez maldisse sua curiosidade.

Gaia, sorridente, mostrava uma corrente com presilhas na ponta.

— Prendedor de mamilos! O que acha? Legal, não? Confesso que nem conhecia... ok, ok, já tinha ouvido falar, mas nunca usei! Juro! Depois você me diz se é bom? Promete?

Por favor, não... Aaaaaiiii!!!

— Hummm... que vontade de te puxar por essa corrente... Quer? Não? Então pelo menos deixa eu apertar um pouco mais nesse biquinho aqui...

Nova York — 16.05.08

14h32

— Como havíamos conversado, alguns padrões são recorrentes. Todos apresentam uma arquitetura que varia da influência vitoriana para a neorrenascentista. Não por acaso foram construídos no pré-guerra. Isto sem falar na exclusividade, claro.

— Entendo... claro...

— É fundamental para qualquer um que deseje morar nestes prédios, indiscutivelmente entre os mais exclusivos da América e do mundo, ampliar o conceito que tenha sobre morar em comunidade.

— Eu já tinha ouvido falar, mas depois da nossa conversa ficou bastante claro para mim.

— Perfeito. Então vamos agora visitar aquela que, acredito, possivelmente será sua moradia em pouco tempo.

— Acha mesmo? O que lhe dá tanta certeza?

Pamela olhou de soslaio para Bernardo e então respondeu àquela pergunta com uma firmeza que só fez a expectativa do executivo aumentar ainda mais.

— Ninguém resiste ao Beresford.

Haviam acabado de visitar o San Remo e, pouco antes, o Dakota. Bernardo estava em polvorosa. Claro que conhecia os três endereços. Não havia ninguém em toda a cidade que não soubesse o que significavam aqueles verdadeiros ícones da arquitetura. Exclusivíssimos, refinados, chiques, todos no West Side. Ainda faltavam algumas etapas para que pudesse soltar foguetes. Na verdade nem mesmo havia visitado o apartamento, ou falado sobre a questão financeira, que não seria fácil, mas uma certeza não parava de retumbar em sua mente. *Estou próximo de conhecer o real significado da palavra felicidade.*

Enquanto subiam a Central Park West em direção ao Beresford, Pamela avaliava se havia se precipitado e se acabaria perdendo seu tempo? *Será?* Aquele, por um lado, claramente não era o cliente ideal para o tipo de negócio que estava para propor. Quase caíra na gargalhada no momento em que, durante a conversa no Plaza, ele pedira um champagne caríssimo. Já estivera presente em reuniões com pessoas verdadeiramente abastadas o suficiente para determinar que Bernardo poderia ser tudo, menos um sujeito genuinamente rico. Suas artificialidades o denunciavam. Seu esforço em parecer natural quando marcou de se reunirem no bar de um dos hotéis mais prestigiosos da cidade, sua postura ao falar do tipo de apartamento que desejava, até um patético estufar de peito ao ser tratado por "senhor". Um teatro que fora por água abaixo logo que se aproximaram do Dakota, mas principalmente ao visitarem o San Remo. *Meu Deus, ele quase não segurou o chilique com o lobby.*

Não, definitivamente aquele ali não era o cliente ideal no quesito estabilidade financeira. Mas, paradoxalmente, aqueles indícios todos poderiam ser usados a seu favor.

— O Beresford... conheço muito bem, claro... mas... poderia dar mais detalhes?

A jovem Pamela nunca fora considerada propriamente bonita, fosse por amigas ou pelos rapazes. E sempre tivera consciência de que estavam sendo justos. Com um enorme nariz curvado, voz grossa e um cabelo crespo que dificultava arrumações mais elaboradas, de fato passava ao largo do padrão de beleza estabelecido. Entretanto, indiretamente, sua aparência provocava reações que desde cedo trouxeram benefícios. Ainda no colégio aprendera que as pessoas eram capazes de confundir feiura com seriedade, e que aquele era um aspecto possível de ser reforçado. Como resultado acostumara-se a ser uma pessoa que raramente dava risadas em público. Nas ocasiões em que um riso era necessário, deixava escapar uma careta discreta, daquelas que normalmente são reconhecidas como de alguém que achou uma piada sem graça. Passava uma imagem de antipática, claro, mas, fundamentalmente, de uma pessoa séria.

Por aquele motivo, quando falava conseguia provocar em todos uma sensação de urgência. Como se a qualquer momento pudesse fazer uma declaração bombástica.

Não poderia dispor de qualidade melhor naquele momento.

Sem parar de andar, nem mesmo diminuindo o ritmo, que era rápido, olhou para o lado, como se tivessem feito a mais estapafúrdia das perguntas, e respondeu.

— Estamos nos dirigindo para aquele que considero o endereço mais exclusivo da cidade, ainda que para alguns rivalize com o El Dorado, o River House e o San Remo.

— Que acabamos de ver!

Pamela sabia que havia questões importantes com as quais precisaria de tato. A primeira, de maravilhar Bernardo com toda espécie de detalhes possíveis e imagináveis, o suficiente para deixá-lo cada vez mais embevecido com a ideia da mudança. Ao mesmo tempo, porém, era preciso caprichar na frieza com que as informações eram passadas. Como se cada detalhe não deixasse de ser solene, previsível, natural. *Tiro isso de letra.*

— ... é... que acabamos de ver... Por acaso tanto o Beresford quanto o San Remo são obras do mesmo arquiteto, Emery Roth, que, além deles, também assinou o El Dorado, aqui mesmo na West, entre as ruas Noventa e Noventa e um.

— Poxa, esse era bom, hein?

Esse era bom? Por dentro Pamela regozijava. Aquele com quem tivera uma reunião no Hotel Plaza, que pedira champagne e caviar para um bate-papo que poderia perfeitamente ter acontecido em qualquer Starbucks de Manhattan, ou mesmo em seu escritório, já não existia mais. Inicialmente Bernardo forçara tanto a barra para parecer o que não era que naquele momento beirava o ridículo.

— Sim, ele de fato marcou seu tempo. Uma absoluta referência na década de 1920. Mas como eu dizia, o prédio é reconhecido em toda cidade pelas suas três torres encimadas por pirâmides de vidro que de noite são iluminadas. Sua base lembra uma letra "u". Sua fundação em calcário é... — Olhou para o lado e decidiu que já podia parar de falar.

Estavam na altura do Belvedere quando Bernardo interrompera suas passadas. Desde alguns quarteirões que era possível avistar, ainda que de forma enviesada, a fachada do

Beresford virada para o Central Park, mas só a partir daquele ponto percebeu a primeira torre. Seu olhar demonstrava mais do que empolgação. Estava extasiado.

— Algo errado?

— Não... nada errado...

— Então vamos. E não se preocupe, posso garantir que todos que pela primeira vez visitam nossos apartamentos no Beresford ficam ainda mais perplexos do que antes de entrar no prédio.

— De vocês?

— Sim. Já fizemos alguns negócios aqui mesmo na Park West, inclusive no Beresford. Os apartamentos nem sempre são propriamente nossos, às vezes apenas intermediamos.

— E neste caso...?

— Depende do tipo de investimento que estamos falando. Tem uma cobertura que hoje está avaliada em 32 milhões de dólares. E, claro, existem apartamentos com preços inferiores a este. Como não estipulamos ainda muitos detalhes em termos de valores, em um primeiro momento pensei em levá-lo ao décimo segundo andar, para olharmos um de dois quartos. Ele engoliu em seco. Ainda preferia evitar aquele terreno, embora soubesse que, mais cedo ou mais tarde, seria necessário tratar de valores.

Em poucos minutos estavam embaixo do toldo verde-escuro onde destacava-se, em letras brancas, "The Beresford". Era apenas uma das três entradas do prédio. A partir daquele momento começou a tomar conta de Bernardo uma sensação nova e, ele mesmo reconhecera, triste. Passou a sentir-se menor, perante a magnitude do ambiente. Ao fundo ouvia a corretora falando com o porteiro sobre o apartamento que visitariam, mas não conseguia levantar a cabeça. Sentia-se intimidado pela atmosfera que claramente era diferente de tudo que já havia experimentado. Percebia o chão, as paredes, o mármore, os detalhes em madeira, mas simplesmente não conseguia fixar o olhar em nenhum ponto.

Abriram-se as portas do elevador e Bernardo entrou, seus olhos seguindo as panturrilhas de Pamela.

— Vamos para o décimo segundo. Acredito que não se decepcionará — dizia ela.

Sentia-se mal por aquele desconforto. Principalmente porque, se pudesse assistir àquela cena de longe, como se não fosse ele mesmo, mas uma terceira pessoa, um espectador, certamente zombaria de seu estado, de seu deslumbramento. Veria aquele sujeito e riria dele, pelo provincianismo, pela caipirice com a qual se comportava.

Aqueles pensamentos atingiram em cheio seu brio e deixaram seu ego ainda mais ferido. Resolveu que era hora de respirar fundo e encarar a situação de frente.

— Espero francamente que não.

Logo no hall do décimo segundo andar Bernardo fraquejou. Era como se o próprio ar, o próprio perfume do ambiente fosse diferente. Poucos passos à esquerda depois, percebeu que seria impossível manter qualquer sobriedade. E que seria ainda mais ridículo se tentasse.

Pamela abriu a porta e fez menção para que ele entrasse na frente. Via-se em uma ampla saleta que ao mesmo tempo servia de recepção para convidados, bem como, ao fundo, de interseção com outros cômodos do apartamento.

— Por aqui, por favor, temos a sala...

O chão, viera a saber depois, era todo em mármore italiano, ia do marfim a um claro tom de salmão e apresentava uma contínua faixa preta ao longo de toda a parede. Bem no meio da sala, uma figura geométrica que lembrava uma rosa dos ventos, também em preto, dava o toque final. As paredes eram altas, brancas, e o teto falso não era baixo o suficiente para criar desconforto. Não existiam janelas, mas enormes portas de vidro. Cinco, que permitiam à claridade invadir o ambiente e a vista ultrapassar as paredes, criando uma sensação de que o espaço era ainda maior.

Era um completo ignorante no que dizia respeito à metragem de ambientes, mas seria possível que aquela sala tivesse menos de quatrocentos metros quadrados? Aos poucos foi se aproximando de uma das grandes portas duplas de vidro, a primeira, à esquerda de quem entrava na sala pela saleta, e reparou no acabamento. Emoldurados por madeira branca, com esquadrias horizontais e uma grande vertical, cada um dos lados combinava com pequenas janelas. A maçaneta era elegante, em prata com uma porcelana em um tom de rosa que combinava com o piso. Fez pressão para baixo e o barulho do trinco cedendo foi o último, antes que o vento quente instantaneamente abrisse passagem. Só então se deu conta da varanda.

Estava praticamente vazia, apenas com uma mesinha e duas cadeiras de ferro pintadas de branco. Por um momento teve a certeza de que a própria Pamela havia providenciado os móveis. Mas, claro, jamais o que chamaria a atenção, naquele ponto do apartamento, por mais bonitos que fossem, seriam os móveis.

O céu sem nuvens e a brisa suave formavam um clima agradável. A visibilidade era tal que dali mesmo de onde estava conseguia avistar o Harlem, o Empire State, Chrysler e, mais ao sul, o centro financeiro. Olhou sorrateiramente para o outro lado do parque, praticamente em linha reta, e logo viu seu prédio. Sentiu-se bem com aquilo. *Estou onde sempre quis estar... olhando para o meu passado. Perspectiva de vencedor!*

— Confesso que até hoje não consigo visitar esta varanda sem perder o fôlego.

Como quem estava sendo acordado de um bom sonho, Bernardo se irritou. Até aquele momento Pamela havia se comportado com extremo profissionalismo e o distanciamento, a frieza com os quais se dirigia a ele tinham ligação direta com aquela percepção. Será que em um momento tão fundamental como aquele, após terem tido tantas conversas e ainda naquele dia feito visitas, passaria a se comportar como uma ordinária vendedora de departamentos que, no afã de concretizar a venda, burramente fica instigando o comprador no exato momento em que ele deseja tudo, menos alguém forçando a barra?

O susto, porém, foi maior do que a irritação.

— Você vem aqui com frequência?

— Certamente. Bastante.

O recado estava dado. Mais claro impossível. Pamela, voluntária ou involuntariamente, deixara escapar que existiam outros interessados em usufruir daquela vista.

Absorvera o golpe, dera alguns passos até aproximar-se do parapeito e deslumbrara-se com o autêntico tapete verde no qual o parque se transformava, a partir daquela perspectiva. Depois andou até a outra ponta da sacada, de onde pôde observar a rua Oitenta e um, as pessoas, mínimas, esperando o sinal fechar, entrando no Museu de História Natural, chamando táxis, saindo do metrô. Ficou deixando o vento bater em seu rosto enquanto se divertia olhando para a cidade e tentando decifrar a quais prédios baixos correspondiam os clarões onde não se viam arranha-céus, virou-se de costas e voltou para a grande sala. Decidiu mudar sua perspectiva, entrando pela porta de vidro na parede oposta de quando havia entrado no apartamento, e andou em diagonal, passando pela saleta, até encontrar um pequeno corredor e uma porta de madeira pesada, branca, com uma maçaneta dourada. Por um momento ficou em dúvida e Pamela, aparentemente percebendo, deu o incentivo necessário.

— Esta é a porta que dá acesso à cozinha.

Não olhou para trás. Apenas abaixou a maçaneta e empurrou a porta com leveza, descobrindo um longo corredor cuja tonalidade, predominantemente de madeira escura, logo de cara contrastava com o resto do apartamento. As exceções eram portas de freezers em aço escovado, que se multiplicavam até chegar à cozinha propriamente dita, onde havia duas geladeiras da mesma linha. O aposento era tão espaçoso que apresentava uma ilha no seu centro. Uma enorme bancada em granito nas bordas e um colossal bloco de madeira no centro.

Acima, aparentemente disposta de forma simétrica, vinda do teto, uma formação de ferro com argolas e alças para que fossem penduradas panelas e utensílios de cozinha.

O restante da visita não foi menos espetacular. Os banheiros das duas suítes eram incrivelmente amplos e os quartos, ambos acarpetados, disponibilizavam closets que por muito tempo não seriam totalmente ocupados, fosse ele o próximo morador.

Já mais relaxado, Bernardo novamente andou até a varanda e acomodou-se em uma das cadeiras de ferro que, àquela altura não tinha mais dúvidas, haviam sido dispostas por Pamela. A corretora não se fez de rogada e o seguiu, sentando-se à sua frente.

— Incrível, não?

— Eu não poderia definir melhor.

— Tem mais alguma pergunta? Alguma dúvida?

— Só algumas.

Conversaram por longas três horas. Sabia que não poderia mais adiar o assunto. Como arcaria com um investimento daquele porte? Ainda que fosse possível, do ponto de vista da engenharia financeira, o que dizer sobre os avais que precisaria para fechar negócio? E o Conselho Diretor do prédio? Que risco corria de não ser aprovado? Até que ponto Pamela poderia lhe ajudar naquele aspecto?

Ao final, já na portaria, não lembrava nem de longe o homem constrangido que no início da tarde entrara por ali. Cumprimentou o alinhado porteiro com seu uniforme de botões dourados e quepe, reparou, ainda que de longe, no pátio interno a que os moradores daquela ala do prédio tinham acesso, nas paredes, na luminária e, novamente, em como o próprio ar ali era diferente.

Só não se deu conta do belo brasão de dragões que enfeitava a porta do elevador.

Tampouco no lema que trazia: *Fronta Nulla Fides*.

"Não confie nas aparências."

São Paulo — 11.06.08

20h03

Feijoada, cozido, dobradinha, pato no tucupi, virado, barreado, moqueca, bobó de camarão. Picanha só no sal, com um pouco de gordura contornando a carne. Contrafilé. Mignon acebolado, steak au poivre. *Paleta de carneiro com geleia de menta à parte. Sem menta, apenas o pedaço tenro, a carne fresca. Javali. Fígado e carré de porco. Costela. Na feijoada, ao molho barbecue, no churrasco, soltando do osso. Ossobuco e rabada. Cupim, suado, macio, daqueles servidos em churrascaria rodízio. Linguiça, paio e salsicha, em cachorro-quente, ou frita na frigideira, com molho de tomate e pimentões. Presunto. De padaria, de parma, bressaola, salaminho no pão. Pão de forma, preto, francês, bisnaga, broa de milho. Fettuccini, farfalle, espaguete, penne, ravióli, canelone e lasanha. Branca, à bolonhesa, quatro queijos. Alfredo, aliche, molho de espinafre. Arroz branco, integral, negro, risoto ao funghi, na tinta da lula, ao açafrão, gorgonzola, frutos do mar. Salmão, atum, linguado, robalo, camarão e ostra. E lagosta, siri, ouriço, lagostim, polvo, lula. Pudim de leite. Doce de leite. Chocolate, baunilha, creme, flocos, chocolate branco e amargo. Quindim, pão doce, sonho,* crème brûlée, *torta de banana.*

Dentro de casa, sozinho, com um pequeno caderno preto surrado que comprara nem havia um ano, Diego tentava listar todas as suas incursões alimentares desde que acertara com seus amigos de encarar a gula ao extremo. Lá pelas tantas descobrira que seria impossível, mas ainda assim achou divertida a ideia, que também servira para abrir o apetite. Obviamente que, mesmo não sendo um fator fundamental para levar adiante seu plano, entendera que seria mais fácil cumpri-lo se focasse em pratos, beliscos e doces que gostasse de comer. Os que não conhecia acabava experimentando, mas não deixava de buscar o que era bem-preparado, reconhecidamente saboroso, quando não era ele mesmo que cozinhava. Naquele início de noite, mais uma vez comemorara o fato de estar em

São Paulo. Poucas cidades no mundo lhe dariam tanta condição para botar em prática seu plano.

De sua pequena sala conseguiu enxergar o relógio do micro-ondas e decidiu que era hora de tomar banho. Fechou o caderno e respirou fundo. Estava animado. *Hoje é o grand finale!*

O táxi vinha pela avenida Paulista, sentido Paraíso, e desceu a rua Padre João Manoel, até parar na esquina com a rua Oscar Freire. Vestia uma camisa de malha preta lisa, jeans escuro e tênis branco. Sabia que praticamente a totalidade dos clientes estaria vestida de forma mais elegante, mas há anos que se sentia confortável com aquele conjunto e há mais tempo ainda que não se importava com o que pensavam de seu estilo de vestir.

Desceu alguns metros e, quando virou à direita, na pequena e sem saída Barão de Capanema, já era possível avistar o D.O.M. Conhecer o restaurante do chef internacionalmente famoso Alex Atala era seu sonho antes mesmo do acordo com seus amigos. Ouvira falar das invenções gastronômicas, do ambiente, lera as críticas e concluíra que, dos vários restaurantes de alta gastronomia que a cidade oferecia e onde ainda não havia estado, o D.O.M. seria o primeiro. Aquela nova motivação levou uma atmosfera ainda mais impactante para seu jantar.

Andou pelo lado direito da calçada contemplando o prédio baixo e elegante, cujas imensas janelas de vidro lhe permitiam admirar parte da parede interna oposta à rua e seus coloridos painéis. Atravessou e teve que retardar um pouco a passada, porque um grupo de três casais acabara de chegar e estava sendo recebido pelo maître, até que chegou sua vez.

— Boa noite, senhor. Reserva?

— Boa noite, sim, para um. Diego Souza.

— Pois não, posso lhe oferecer uma cadeira no bar, enquanto preparamos sua mesa?

— Tudo bem, sem problemas.

Não achou ruim a ideia de tomar um drinque antes do jantar, porque pôde contemplar com calma o lugar, certamente de um ponto do salão que não seria o mesmo quando fosse chamado pelo maître. Instalou-se no último banco e então reparou nas paredes coloridas. De cima a baixo, cores quentes em faixas horizontais, do vermelho para o laranja, o dourado e o marrom. Tudo ali exalava uma elegância moderna, vanguardista. Plantas pelo salão, cadeiras largas visivelmente confortáveis, um mezanino e, principalmente, uma cozinha que podia ser devassada por todos os clientes, uma vez que era toda envidraçada, deixando à mostra uma compenetrada equipe de cozinheiros ocupada no preparo dos pratos.

— Senhor? Sua mesa está pronta.

— Mas já? Que bom!

Diego levou para a mesa, que ficava do lado esquerdo do salão, seu copo de Jack Daniel's com duas pedras de gelo, sentou-se e logo começou o serviço, que a princípio não trazia nada mais do que duas manteigas e uma pasta com alguns pães quentes.

Torcia para que o jantar seguisse uma linha mais surpreendente, quando o maître voltou perguntando se ele tinha alguma restrição alimentar e oferecendo o cardápio, com os nove pratos do menu degustação e os vinhos indicados para harmonizar com cada um deles.

Entendeu que não precisaria mais torcer.

É hoje!

Milão — 04.06.08

8h43

Estreita e silenciosa, a via San Giovanni alla Paglia, uma pequena travessa entre as vias San Gregorio e a Felice Casati, ao norte da cidade, próxima à Estação Central, vivia uma manhã como qualquer outra. Grande parte de seus moradores deixando suas casas para irem ao trabalho e o barulho dos carros que passavam na altura da piazza Cincinnato preenchendo cada vez mais o ar. Menos para os frequentadores do prédio de três andares, no número 11. Todos haviam chegado cedo na redação da *Bella*, porque na véspera Costanza Cazzaniga, a editora-chefe, convocara uma reunião para as oito horas em ponto.

Com o peculiar rosto pálido, de tão branca que era sua pele, coque alto prendendo os longos cabelos negros, óculos, terninho marrom, salto da mesma cor e blusa branca, Valentina Cotto, secretária de Costanza, estava posicionada atrás de sua mesa de vidro desde as 7h15. A antessala que precedia o amplo escritório de Costanza era pequena. Além da mesa de Valentina e sua cadeira de couro preto, um sofá do mesmo conjunto, um porta-revistas e um vaso de planta compunham o ambiente. Ainda assim fazia questão de bem cedo organizar tudo. Para que as pessoas agendadas para encontrar sua chefe percebessem de imediato que ali qualquer detalhe, por mínimo que fosse, era levado a sério.

Recebeu um a um, desde ilustradores, passando por repórteres e fotógrafos, até estagiários, e depois entrou, sentando-se ao lado de Costanza, com caderno e caneta em mãos. Na pauta, a publicação especial para a Paris Fashion Week, com início no final de setembro.

A reunião já se encaminhava para o encerramento, e a equipe, que continuava compenetrada em volta da grande mesa circular de vidro, ouvia em silêncio. Normalmente ninguém se atrevia a fazer qualquer incursão que não fosse fundamental.

— ... sendo assim temos que ficar atentos e dedicarmos todos os nossos esforços para que as edições de setembro e outubro sejam impecáveis. Como sabem a Paris Fashion é o último grande evento do calendário e eu não ficaria nem um pouco surpresa se neste exato momento nossas concorrentes estivessem promovendo reuniões como esta. Nosso dever, como sempre foi, é o de ser a melhor e mais completa referência no mundo da moda. Precisamos ser perfeitos. As tendências, o porquê delas, o fator criativo por trás de cada uma, seus criadores, o público, perfis pessoais, linha do tempo, o olhar dos críticos e, principalmente, novidades. Pesquisem, telefonem, tomem café da manhã, namorem, se precisar, mas informem-se sobre tudo o que estiver acontecendo e estiver por acontecer. Eu não posso... Sim, Ciça, pois não?

— Você já definiu a equipe que vai a Paris?

Alguns se ajeitaram na cadeira, outros tossiram, teve quem mexesse no cabelo, e quem fingisse fazer alguma anotação. Valentina olhou por cima dos óculos para Cecília, enquanto Costanza sustentou o olhar firme.

— Ainda não. Por quê?

— Acho que devo ir.

A editora-chefe de fato não estava acostumada a ser interrompida quando tinha a fala. Muito menos em reuniões na *Bella*, a revista que comandava não apenas com firmeza, mas também competência. Menos ainda por um de seus funcionários.

Ciça sabia de tudo aquilo, mas sabia principalmente que sua chefe não suportava pessoas que se deixavam intimidar. Se pudesse escolher, contrataria apenas aquelas de caráter forte, que a enfrentariam, questionariam, exigiriam dela ainda mais comando, força e determinação. Sua intervenção baseara-se em duas crenças. Naquela, e na de que estava mais do que na hora de apresentar-se formalmente como uma candidata à viagem a Paris.

Tal qual uma partida de pingue-pongue, todos olhavam de Ciça para Costanza e de Costanza para Ciça, esperando que alguém errasse, ou desferisse uma cortada vencedora. Com a ressalva de que, para todos, a segunda opção só poderia vir de um lado da mesa.

— Que bom saber, Cecília, anotado. Alguém mais tem algo a dizer?

A breve expectativa se evaporou.

— Então dou por encerrada a reunião. Podem voltar para seus lugares e que tenhamos um ótimo dia de trabalho.

Dito e feito, em menos de quinze minutos a redação readquiria sua rotina, com o diferencial que as palavras de Costanza ao longo da reunião ainda retumbavam na mente de todos. Os meses seguintes prometiam um frenesi ainda maior que o usual. Também ficaram impressionados com os últimos instantes, quando Ciça havia praticamente imposto sua presença na equipe que cobriria o evento. O pensamento geral era o de que ela havia exagerado na dose. Ser a correspondente em Paris era um desejo legítimo, mas além da forma como havia colocado sua intenção não ter sido muito ortodoxa com o restante dos colegas, o momento, e principalmente a opção de pressionar Costanza, não foram dos mais inteligentes.

Em sua mesa Ciça consultava a agenda ao mesmo tempo que sentia os olhares de todos. Nem por um segundo duvidara de que aquela era a estratégia certa a ser adotada e ainda ali, após a reunião, algo lhe dizia que em algum momento colheria os frutos de ter se mostrado tão ousada e confiante para sua chefe. *Não me enganei.*

Quando o ramal número cinco começou a piscar no seu telefone, quase sorriu.

— Pronto, Val.

— Ela está pedindo para você subir aqui um instante.

— Tudo bem.

Subira as escadas com extrema tranquilidade, embora absolutamente toda a redação acompanhasse seus passos, apostando em uma demissão, no mínimo uma bronca daquelas. Paris, só se fosse a passeio.

Estava convicta de que não seria nada daquilo, mas também de que precisaria manter a mesma seriedade e firmeza de antes.

Valentina levou-a até a porta e, assim que entrou, Costanza fez um gesto com a mão, convidando-a para se sentar. O escritório da editora-chefe ficava no mesmo ambiente da sala de reuniões, só que as divisórias, no formato da letra "L", faziam com que parecesse uma sala independente. O enorme tapete persa, as duas cadeiras Alessi, a mesa vermelha em meia-lua e toda a parafernália em cima também contribuíam para aquela sensação.

Costanza Cazzaniga finalmente largou a caneta, tirou os óculos e encarou Ciça por alguns instantes. Até que falou.

— Gostei do que você disse.

— Perdão?

— E também da postura.

Eu sabia!

— Raras são as pessoas que se colocam desta forma. Mesmo que eu não estivesse ali, que o editor-chefe fosse um frouxo, não é um posicionamento comum. A maioria não teria coragem de se expor daquela maneira, com receio de ser ridicularizada, de ser malvista pelos colegas de trabalho, ou de não ter tanta confiança em si mesma.

— Nenhum dos três é o meu caso.

— Sim, eu percebi.

Por dentro Costanza celebrava. Que momento, que surpresa agradável. No entanto precisava conter-se e, antes de mais nada, certificar-se. Precisara de apenas quinze minutos após a reunião para identificar a oportunidade. Chamara Ciça ao seu escritório para, sem mais ninguém por perto, olhar em seus olhos e entender se a postura que impressionara a todos fora apenas um lapso ou se permanecia. E o olhar de Cecília continuava tão desafiador quanto antes. Decidiu arriscar e seguir com o que tinha em mente.

— Você quer mesmo ser nossa correspondente?

— Acho que mereço ir. E quero muito, sim.

— Posso saber por que você acha que merece?

— Porque desde que entrei aqui me esforcei ao máximo em todas as tarefas exigidas. Minhas matérias são sempre elogiadas, tanto aqui na redação quanto no mercado. Já sou reconhecida como uma profissional que sabe trabalhar. Até mesmo por você.

— Ah, é? E o que te faz pensar assim?

Mesmo que não quisesse, Ciça se deu conta e relaxou. Aquela pergunta, o gestual, a maneira de falar de Costanza, tudo indicava para uma conversa franca entre duas pessoas que se davam liberdade e não de uma chefe falando com a funcionária. A impressão era de que um convite estava para ser feito. Seria aceito imediatamente.

— Gaia.

— Como?

— Você não me mandaria para Nova York, mesmo que fosse para cobrir a inauguração de uma loja de artigos usados, se não confiasse minimamente na minha capacidade. Com sua sobrinha, então, nem pensar.

Não posso ter tido tanta sorte assim. Como não enxerguei antes? Quem se importa? Tenho que arriscar!

— Entendo... O que você está disposta a fazer?

— A fazer?

— Para ser nossa correspondente na Paris Fashion Week, o que você estaria disposta a fazer?

Por um instante a bela morena titubeou. Não estava fazendo o que deveria fazer? E o que Costanza queria dizer com "disposta a"?

Mas foi apenas por um instante.

— Eu acho que... tudo.

Costanza então ficou estudando Cecília por mais alguns instantes. Claro que estar ali, em seu escritório, tratando tão abertamente de um passo largo na carreira, deixaria qualquer um apreensivo. Aquele aspecto era previsível e não chegava a ser um problema. Importante era a determinação em querer mais, desejar o sucesso. Satisfeita, seguiu adiante.

— Chegou a perceber um homem grisalho que já veio aqui algumas vezes este ano?

Ciça lembrava-se, porque era um tipo bonito, sobre quem ela e todas as mulheres da redação comentavam quando chegava e ia embora. Parecia ser um velho amigo de Costanza, e uns até diziam que seria seu namorado, embora ninguém soubesse ao certo e, obviamente, não tivesse parado para perguntar. Aquela pergunta a pegara desprevenida e pela segunda vez teve vontade de pigarrear. *Mas do que ela está falando agora?*

— Sim, acho que lembro.

— É meu ex-marido.

Costanza se divertia com a reação de Cecília. Percebeu a expressão facial, as sobrancelhas, os olhos de sua funcionária, todos emitindo sinais ao mesmo tempo. Além de ter lutado ao máximo para não se ajeitar na cadeira. Teve que segurar o riso.

— E de uma menina que veio com ele uma vez? Chegou a ver?

Também se lembrava da menina. A vira uma vez, cachos dourados, uma anjinha de tão obediente, vestida com saia, sapatinhos vermelhos e blusa azul-escura com babados.

— Também me lembro.

— É filha dele.

Chega!

— Isso quer dizer que... Desculpe, mas não estou entendendo mais nada. O que tudo isso tem a ver com a Paris Fashion Week?

— Tudo a ver... quero que se livre dela.

Ficar curiosa, sentir-se absolutamente no escuro, não entendendo nada do que Costanza queria dizer, Ciça apenas descobrira, poderia ser o melhor dos mundos. A fama de dura, fria, extremamente exigente e até cruel já fazia parte do lugar-comum. As teorias do porquê, do motivo pelo qual sua chefe fazia questão de ser daquele jeito, eram várias. Cecília nunca se perguntara, porém, até onde aquela personalidade irascível poderia chegar. Naquele momento percebeu que estava aterrorizada com a possibilidade de descobrir.

Sua reação fora muito mais forte do que gostaria, mas não tinha importância. A proposta, ou mesmo sugestão de que ela fizesse algum mal a uma criança, era absurda.

— Quer que eu faça o quê???

Observava Costanza com o típico ar desafiador de quem aguarda uma resposta convincente, mesmo sabendo que seria possível existir uma. Por um breve momento o duelo de olhares foi sustentado, até que a editora-chefe não aguentou mais e explodiu em uma quase histérica risada. Pela enésima vez, Ciça tinha a sensação de estar sendo feita de palhaça.

— Me desculpe... me desculpe rir assim, mas é que no início eu fiquei indignada com o tom da sua pergunta e depois... bem, "Quero que se livre dela", tenho que confessar, é realmente uma frase assustadora. Mas que fique bem claro, então, que eu simplesmente sou louca pela Bruna.

— Mas então...

Ciça começou a dizer alguma coisa, mas desistiu. Estava realmente farta de tudo aquilo. Seu semblante era de claro desconforto e Costanza finalmente resolveu abrir o jogo.

— Eu me antecipei, desculpe. Vou te explicar tudo com muita calma e, claro, espero que nada, absolutamente nada do que dissermos saia desta sala, para quem quer que seja, tudo bem? Aquele homem bonito que vem até aqui de vez em quando se chama Riccardo Spalde e é meu sócio, como todas vocês sabem, mas também é meu ex-marido, o que, também sei, é surpresa para você.

— Imaginava que pudessem ter tido algo, mas realmente nunca pensei que...

— Que algum dia eu tivesse sido casada? Pois é, fui. Nos amávamos muito e fomos extremamente felizes, até o momento em que nossas ambições pessoais falaram mais alto que o sentimento e nos separamos.

— Quais ambições?

— Ele queria ser pai, eu uma executiva de sucesso no mundo da moda. Depois de sete anos de relacionamento intenso, muito feliz, cada um seguiu seu caminho. Ele foi fazer um curso em Londres, apaixonou-se por outra mulher e radicou-se em Berlim. Eu fiquei aqui em Milão.

— Estas visitas dele... tudo bem, desculpa.

A editora-chefe gesticulava, pedindo tempo.

— Vou explicar tudo. No final você vai poder me perguntar o que quiser, sem restrições, mas tenho o palpite de que vou conseguir te alimentar com todas as informações possíveis. Vyrna, acho que esse era o nome, veio a falecer cerca de dois anos atrás, em um trágico acidente de carro, e desde então Riccardo vem tentando uma reaproximação, telefonando, fazendo estas visitas esporádicas que você viu. A *Bella* é o único resquício do nosso relacionamento. Abrimos a revista um ano antes de nos separarmos, foi tudo muito rápido.

Costanza falava com franqueza, Ciça reconhecia. Sentada em sua cadeira, antebraços apoiados na beirada da mesa, mãos unidas à frente do rosto, dedos entrelaçados, lembrava um médico que explicava um diagnóstico grave. Seus olhos nem piscavam, atentos a qualquer gesto, qualquer reação sua.

Mas ainda não seria capaz de se libertar do transe pelo qual enveredara. Ouvia, mas era como se não estivesse ali. Imaginava a jovem Costanza apaixonada por aquele homem, ambos felizes, abrindo a revista e, de repente, a separação. Ele desejava a paternidade, ela o sucesso no trabalho. Que tipo de mulher era sua chefe, afinal? Que mulher seria capaz de abdicar da maternidade por causa do trabalho?

Permaneceria por um bom tempo absorta naqueles pensamentos, não tivesse Costanza se levantado de sua cadeira e se dirigido para a janela. Continuou a falar.

— Aquela frase que falei sobre Bruna... Riccardo quer reatar comigo. E eu tenho medo de querer também. Tirar a menina daqui talvez seja a melhor maneira de afastá-lo. Já abri mão de muitas coisas para, justo agora, dar esse passo atrás. Abri mão da minha felicidade como mulher, de paixão, para atingir o ápice na minha profissão. Adoro o que faço, Ciça. Simplesmente adoro. Talvez muita gente e até você mesma não me entenda, mas é assim que me sinto realizada. A revista está chegando muito próximo de um patamar com o qual eu sempre sonhei. Não posso me preocupar com outras questões... ainda que me doa.

Foi muito rápido, Costanza ainda estava de costas, mas Ciça percebeu. As mãos da editora-chefe fizeram um movimento nos cabelos, seguido de um gesto peculiar, como se estivesse coçando o olho. *Ela está chorando!*

Em um giro rápido, a editora-chefe se recompôs e andou firme, voltando a sentar-se em sua cadeira.

— E então?

Aquela provavelmente fora a única situação, desde que Valentina a reconduzira para aquela sala, em que não se sentiu surpreendida. Já havia tomado sua decisão.

— Sabe onde posso encontrá-los?

Os lábios de Costanza se curvaram em extrema felicidade.

E seus olhos brilharam por sua astúcia.

Rio de Janeiro — 01.05.08

23h18

Mais uma vez o acordo envolvendo seus amigos interferia diretamente em seu trabalho. Estivera fisicamente presente na Sala Marília Pêra e de fato assistira a uma peça de teatro, entretanto não saberia escrever uma linha honesta que fosse sobre o espetáculo. Preocupação, apenas com o compromisso que marcara há dias com Paula e Júlio César, o casal que conhecera em uma recepção para poucos convidados, na casa de sua amiga do tempo de colégio, Flávia Santo.

Criara tanta expectativa, estava tão empolgada, que por pouco não perdera a entrada em frente ao Clube Piraquê, de onde seguiria direto para o Horto. O bairro era repleto de enormes casas e só por aquele motivo a noite já prometia. Mas outra situação a deixava empolgada. A manobra quase resultara em acidente feio.

Conforme o combinado, já na rua Saturnino de Brito telefonara para Paula a fim de pegar dicas sobre como chegar, uma vez que não conhecia muito bem aquela área. "Vem subindo reto toda vida, passa a Jardim Botânico e aí vai começar uma subida mais íngreme. Na quarta à direita você já pode estacionar. Daí liga que a gente vai te buscar."

Chegando no lugar marcado, fizera a segunda ligação. Daquela vez, Júlio César atendera.

— Chegou? Já vou aí.

A noite estava agradável, com uma leve brisa. Nanda olhava em volta, admirando as imensas casas, imaginando como seria viver em uma delas. Estava de frente para uma casa de esquina toda branca, com muros altos encimados por câmeras de segurança. Embora Paula não tivesse dito o número exato, apenas pedido para que estacionasse perto da esquina, por algum motivo presumiu que fosse aquele o endereço.

— Oi! Fernanda?

A voz vinha de trás. Virou-se e encarou Júlio César na casa em frente, entreabrindo a porta lateral de um muro que circundava os dois lados da esquina. Achou engraçado porque aquela visão a fez lembrar alguém que estivesse se escondendo de algo, o que as paredes do muro, cheias de plantas trepadeiras, só reforçavam. Não que o motivo daquele encontro pudesse ser gritado aos quatro ventos.

— Olá!

— Tudo bem? Vamos, é por aqui.

Passaram por uma ampla garagem com dois Mercedes estacionados, uma caminhonete e ainda espaço para mais um carro, antes de abrir uma segunda porta que os levou a um pequeno lance e mais uma outra, quando finalmente foi capaz de escutar um distante burburinho de vozes e música. Caminharam por um estreito corredor até que pararam em uma pequena sala. Júlio olhou em seus olhos. Naquele ponto o som de música e pessoas conversando era ainda mais claro.

— Você está lembrada do que a Paula falou com você?

— Sim, estou.

— Eu quero que você relaxe, porque o ambiente é muito tranquilo, de alto nível. E nada...

— ... que eu não quiser vai acontecer... sabe, às vezes eu fico em dúvida: vocês homens são mesmo tão pouco criativos assim ou todos fazem parte de uma grande irmandade secreta que nós mulheres não desconfiamos que exista?

Júlio riu. A preocupação era legítima, ainda que não imaginasse ter qualquer problema com Fernanda naquele sentido. Sentira-se na obrigação de ter aquele último papo antes de entrarem, mas se ela reagia daquela forma relaxada, tanto melhor. A noite prometia.

— Olha, a Paula me falou tudo e eu adorei a ideia. Na verdade nunca estive antes em um ambiente assim por falta de companhia mesmo, mas não faltou curiosidade.

— Curiosidade?

O tom paternalista sumira. Júlio falava com o claro intuito de provocar Fernanda, que percebeu a mudança. E gostou.

— Muita...

Um arquear de sobrancelhas com sorriso de esguelha foi o máximo que ele se permitiu, antes de abrir a porta. Desde o primeiro dia em que conhecera Fernanda aprendera a admirar sua coragem em assumir riscos.

A visão a deixou estupefata.

Entravam pela parte lateral da ampla sala, cujas paredes eram repletas de quadros grandes, pequenos, coloridos, ou mesmo gravuras. No outro extremo podia avistar uma mesa de centro e poltronas de design moderno. Ao longo da parede, uma comprida mesa com todo tipo de pães, presuntos, queijos, pastas e tortas. Já mais próximo, encostado na parede adjacente onde se encontrava, um belo móvel de madeira escura fazia as vezes de bar. Três bandejas com uísques, vodcas, copos e baldes de gelo estavam à disposição de quem quisesse. Só depois reparou que dois ricos lustres se dependuravam do teto. Virou-se para a esquerda e se deu conta das duas portas de vidro que davam acesso a outra área aberta da casa. Aquela incluía uma piscina. Demorava a identificar todos aqueles detalhes, justamente porque queria saborear cada um, mas também porque o ambiente estava lotado.

Ninguém muito novo. Homens acima dos trinta e poucos, mulheres... talvez algumas com vinte e muitos. Todos muito bem-vestidos, classe média alta, no mínimo, jazz como som de fundo e as pessoas... conversando? Então é assim um clima de swing?

— E aí?

— Eu... confesso que estou impressionada... não esperava esse clima de...

— ... de normalidade? De uma reunião como qualquer outra?

— Acho que sim, é isso.

— Não sinta culpa. A maioria das pessoas que nunca participou de uma reunião como esta não faz mesmo a menor ideia de como seja. Confesso que a culpa é um pouco nossa, porque quando as pessoas pensam em swing imaginam logo uma orgia fantástica, com vários homens e mulheres sedentos de prazer, casais trocando de parceiros um na frente do outro, voyeurismo...

— ... e estão errados?

Em um momento cômico para ambos, a pergunta saiu quase em tom choroso.

— Não, claro que não! Mas nada disso impede que as pessoas sejam de bom nível, que o ambiente seja agradável. Acaba que, justamente para manter lugares como este, com este padrão, pessoas de um nível melhor preferem não fazer muita propaganda, e aí prevalecem os inferninhos por aí, onde aparece todo tipo de gente.

— Me parece um pouco elitista...

— E é. Por outro lado acho justo querer se prevenir da exposição que um lugar como este pode proporcionar...

Enquanto ouvia Júlio, Nanda olhava para o salão, observava as pessoas rindo, conversando, e tentava imaginar como era a vida de cada uma delas, suas rotinas, se eram casadas, se tinham filhos e onde estariam seus maridos, suas mulheres. Até que reparou em uma morena que provavelmente se aproximava dos cinquenta anos, embora estivesse vestida, maquiada e com um penteado de mulher de trinta.

— O que está acontecendo ali?

— Onde?

— Aquela mulher, sendo servida por um garçom!

— Mas... Ué, você mesma não está vendo?

— Estou me referindo ao garçom! Reparei nas bebidas, nas mesas e pensei que em um lugar desses vocês tivessem restrições a ter pessoas que não participariam...

— Ah, sim! Desculpe, agora entendi! Bem, é verdade, você não está de todo errada. Esta equipe é a única que procuramos para as nossas festas e mesmo assim tentamos sempre repetir os mesmos garçons. Eles são necessários principalmente para as bebidas geladas, como cerveja, champagne e alguns vinhos, mas somente isso.

— Mesmo assim, e quando...

— Olha a Paula vindo aí! Olá, querida!

Nanda praticamente não havia se dado conta da mulher de Júlio César quando esta apareceu, esgueirando-se por entre as pessoas até chegar onde estavam. De vestido preto, não muito longo, com um generoso decote na frente e as costas praticamente nuas, certamente era uma das mulheres mais bonitas no recinto.

— Estava observando vocês lá da varanda desde que entraram.

— É que, bem, posso dizer que nossa convidada de honra ficou muito bem impressionada com tudo e estava querendo tirar algumas dúvidas.

— Ah, é? Então agora pode deixá-la comigo, que farei as honras da casa e... ai, olha o Heitor e a Cláudia me chamando... Vou ter que deixar vocês, depois nos encontramos!

— Mas... aonde ela foi?

— É um casal amigo nosso que passa mais tempo fora do país do que qualquer outra coisa...Vamos?

Passearam pela sala, onde vários grupos se espalhavam pelos ambientes, e Fernanda fora incapaz de perceber sequer uma única pessoa desconfortável, apreensiva.

Estava inquieta, até que não aguentou mais.

— Posso te perguntar uma coisa?

Antes de responder, Júlio riu.

— Não precisa. Apenas me siga.

Andaram de volta para a sala e desceram quatro lances de uma escada que, dependendo do ponto de vista, conseguia permanecer incrivelmente oculta de quem não olhasse diretamente para ela, graças a um enorme quadro, a uma poltrona e a um spot de luz estrategicamente dispostos. Ao final encontraram outra sala, menor que a principal, com duas poltronas, uma mesa de centro em cima de um tapete vermelho e um sofá. O espaço era a junção do fim da escada com um comprido corredor.

Já nos últimos degraus, quando ao mesmo tempo se afastavam do som da festa e mais se aproximavam da saleta, Nanda conseguiu identificar.

Gemidos.

Frases desconexas.

A excitação foi quase imediata.

Milão — 24.04.08

23h02

— Está me ouvindo? Eu sei que sim. Me ouça com atenção, porque é importante. Existem coisas que não vou permitir aqui. Por exemplo, não vou deixar você suplicar por absolutamente nada e muito menos te deixar desmaiar novamente. Entendeu bem? Nem que eu tenha que ficar te jogando água na cara, te dando tapa a noite toda para te deixar bem acordado, está entendido? Agora fica aí quietinho, que já volto. Se tentar olhar para trás, já sabe, né?

Guido mal conseguia enxergar por entre as lágrimas. E a verdade é que não saberia definir o motivo do choro.

A dor? Não tivera coragem de olhar, mas poderia jurar que os bicos de seus mamilos haviam sido arrancados. No pênis tinha a mesma sensação, mas a dor era incrivelmente maior, com a diferença de que por um momento conseguira ver o estrago. Uma visão assustadora. Em volta da ponta, uma espécie de coroa de espinhos, feita com uma fita e tachinhas. Algumas certamente estavam cravadas, porque mais cedo pudera sentir um líquido correndo por baixo de si e o cheiro de sangue era inconfundível. E suas nádegas estavam em brasa. Apanhara muito. Fora surrado com um objeto que claramente percebera ser flexível, emborrachado e grosso. "Ufa, estou cansada! Vou beber um pouco d'água e já volto! Ah... Vejo pela sua cara que está curioso... Este aqui é o azulão! Bonito, não?" Aquela frase fora apenas uma senha. Só depois certificara-se do que se tratava. Um consolo de borracha, medindo provavelmente meio metro, extremamente grosso, azul translúcido, com uma imitação de glande em cada extremidade. Fora chicoteado com aquilo.

Também sofria pela humilhação. Estava em posição fetal, de mãos e pés atados, e ainda que já conseguisse concatenar melhor os pensamentos, sentia-se lento.

O que mais incomodava, porém, era a raiva pela ingenuidade com a qual havia se comportado até que fosse tarde demais. Quando é que ele, que sempre fora péssimo com mulheres, desinteressante em todos os sentidos, seria abordado daquele jeito por uma garota como aquela? Quando uma garota como aquela, ou qualquer outra, bonita de corpo ou mesmo pesando mais de cem quilos, bateria em sua porta já no final do dia, declarando que estava morrendo de vontade de fazer sexo com ele? Como é que foi capaz de aceitar, por fim, que justamente no dia seguinte ao da sua absolvição tudo aquilo pudesse acontecer? Não se perdoaria jamais. Ainda que aquele tipo de preocupação, naquele momento, não fosse prioridade.

Logo Gaia tornou a falar. Não a enxergava.

— Pronto, voltei! Quer me ver? Vou dar a volta na cama, com uma condição: que você não faça nenhum escândalo quando me vir, está certo?... Pensando bem, é melhor não arriscar. Se eu mesma quando me vi no espelho quase dei um grito de satisfação, imagina só qual vai ser a sua reação... Mesmo amordaçado, tenho certeza que você, humm, digamos, exultaria demais... já sei... vou botar um CD de techno bem legal, que aí o pessoal acha que estamos apenas dando uma festinha!

Ela chegou por trás e sussurrou.

— O que, afinal de contas, não é de todo mentira, certo?

Ignorou o humor negro. Estava realmente preocupado com o que estava por vir. *Se essa louca desgraçada fez alarde, é porque... Não! Isso não!*

— E então? Gostou? Pela cara, parece que sim!

Gaia estava de pé, ao lado da cama, totalmente nua da cintura para cima, ainda de calcinha, com um olhar sacana estampado no rosto. Esteticamente falando, seria uma visão de excitar qualquer homem.

Não fosse por um óbvio detalhe atado em sua cintura.

— Você tem noção de como evoluiu esse negócio de sexshop? Dia desses fui em uma e fiquei boba com a variedade de coisas que você pode comprar! Confesso que a maioria eu achei bizarra, mas no geral foi bem divertido! Acabei comprando umas coisinhas até simples, se comparadas com as que tinham lá, mas esta daqui até a moça do caixa me olhou com uma cara de surpresa!... Que foi? Está desdenhando? Repara aqui, olha, é uma cinta meio emborrachada, está vendo?

Parece uma fralda, né? Você veste, depois ajusta aqui do lado, como se fosse um cinto convencional, e pronto! Depois foi só encaixar esse pauzão aqui na frente... Aliás, daí você consegue ver os detalhes? O material é incrível, uma tal de *cyber skin*, desenvolvida para imitar a textura da pele humana! Igualzinho eu acho que não é, mas que lembra, isso lembra... Ah! E a moça me explicou que foi feito no molde de um ator de filme pornô, um tal de... qual é o nome mesmo? Droga, não me lembro... bem, mas o importante é que ela garantiu os vinte e sete centímetros de comprimento e cinco de diâmetro, não é o máximo? Não medi porque fiquei sem graça, mas parece que é isso mesmo...

Isso eu não vou deixar! De jeito nenhum! Não mesmo!

Gaia continuou encarando Guido sem se aproximar, aproveitando ao máximo aquele momento. Até que se dirigiu às duas janelas do pequeno apartamento e as fechou, para depois caminhar até o aparelho de som e aumentar um pouco mais o volume. Não era mais o momento de falar e também, se o fizesse, teria que praticamente gritar.

Aterrorizado, imóvel, ele assistiu a todos os movimentos de sua captora, até o momento em que ela pegou um papel e uma caneta e debruçou-se sobre a mesa. *O que ela está escrevendo?*

Para sua desgraça, a resposta veio logo.

Gaia voltou dando pulinhos pela sala. Não fosse o pênis descomunal que balançava a cada passo, pareceria uma criança prestes a mostrar um desenho a algum parente.

Fechou os olhos com força, como se daquela forma pudesse apagar a mensagem que lera no bilhete que ela mostrava, com um sorriso de extrema felicidade estampado no rosto.

"Te prometo que não serei carinhosa."

18

DECRÉPITOS

NOVA YORK — 23.06.08

8h17

— Estamos de volta com a nossa mesa-redonda, como sempre trazendo assuntos que envolvem a economia do país. Eu sou Samuel Bowman e lembro que hoje nossos convidados são Lilian Corbett, senadora democrata pelo estado da Califórnia e integrante da recém-criada Comissão Especial para a Crise Imobiliária, Jeffrey Stanley, da Corretora Imobiliária Parish & Co., David Satermann, colunista financeiro do *New York Times* e Ted William Pierson, diretor do banco de investimentos MayFlower. Em pauta, a autêntica bola de neve em que se transformou a crise envolvendo as hipotecas. Você falava, Ted, antes de chamarmos os comerciais, a respeito do sub-prime. Posso pedir que faça uma rápida explanação sobre o que isto significa exatamente, para aqueles que estão nos assistindo agora e não são muito familiarizados com termos técnicos possam nos acompanhar melhor?

— Certamente que sim, Samuel. Sub-prime é na verdade uma nomenclatura que se atribui ao tomador de empréstimo e é utilizada quando, feita a avaliação do cliente, acabamos entendendo, pelos mais variados critérios, que se trata de um empréstimo de alto risco. Na questão das hipotecas, por exemplo, temos os inúmeros casos em que os bancos aceitaram emprestar dinheiro para pessoas com histórico de crédito ruim ou mesmo em condições duvidosas para honrar seus compromissos.

— E por que agem assim? Os bancos, quero dizer.

— Bem, primeiramente precisamos entender que conceder empréstimos é, em geral, o principal negócio de um banco. Isto posto, quanto maior for o risco, maior será a taxa de juros cobrada para que seja concedido o empréstimo. Só por este aspecto um cliente com perfil sub-prime já seria naturalmente atraente para qualquer banco, mas a verdade é que a instituição financeira sempre tem interesse em aumentar sua base de clientes. O que aconteceu ultimamente foi que, com os juros baixos no início da década, cada vez mais pessoas que antes não teriam como arcar com um empréstimo passaram a poder fazê-lo e como consequência disso a demanda por imóveis aumentou ao passo que os preços fizeram o caminho proporcionalmente inverso. O que hoje está claro é que talvez tenha faltado uma percepção de que em algum momento a roda pararia de girar.

— Mas estas pessoas não representavam um alto risco de inadimplência?

— Exato.

— Então por que os bancos não repensaram esta política?

— Por que deveriam? Lembre-se que os imóveis estavam em crescente valorização. Se por um acaso o sujeito deixasse de pagar, bastaria reaver o imóvel.

— Parece bom, mas então o que deu errado?

— Criou-se um ciclo vicioso, com juros baixos estimulando as pessoas a pedirem empréstimos, bancos concedendo, contando que estavam garantidos pelo valor dos próprios imóveis, até que, para evitar uma inflação, os juros foram gradativamente subindo. Aí é que o quadro começou a mudar. É preciso entender que as taxas de um banco caminham com uma taxa referencial; sendo assim, quando uma sobe, as outras vão junto. Neste momento grande parte da clientela não estava preparada para este movimento e começou a deixar de pagar. Como o imóvel já não estava tão valorizado, os bancos perderam a garantia que tinham. E aí começou a bola de neve, o que eu chamei de ciclo vicioso.

— Podemos botar a culpa, então, em grande parte, naqueles que entraram na ciranda especulativa?

— Sim e não.

— Vou pedir que você explique novamente com mais cuidado, Ted.

— Se a senadora me permite, muito do que estamos vendo hoje começou quinze anos atrás, no primeiro mandato do ex-presidente Bill Clinton. Naquela época foram feitas graves alterações na chamada "Lei de Reinvestimento na Comunidade", criada no Governo Carter, também democrata. Faço uma pausa e lembro que desde o New Deal os democratas, com Roosevelt, demonstravam preocupação em ampliar a possibilidade das pessoas em adquirir a casa própria, tanto que naquela época foram criadas duas das maiores referências no setor de hipotecas, a Fannie Mae e a Freddie Mac. Já no governo Bill Clinton os parâmetros estabelecidos flexibilizaram-se incrivelmente até o início dos anos 1990, criando secretarias, comissões e leis que limitavam fortemente os bancos a concederem empréstimos para quem não podia pagar. Estas iniciativas e regulamentações foram o berço, o início de tudo...

— ... uma bolha que está estourando hoje.

— Exatamente.

— Lembrando que Ted está aqui, falando com toda esta tranquilidade, porque seu banco manteve os parâmetros de empréstimo anteriores... vejo que a senadora Corbett quer dizer algo, provavelmente relacionado ao ponto envolvendo os democratas, mas antes, me desculpe, senadora, preciso passar a palavra para David, que tem mais novidades sobre as incríveis quatrocentas e seis prisões que o FBI fez na semana passada, todas ligadas a fraudes imobiliárias.

— Perfeito, Samuel. Bom dia a todos. Bom dia, senadora. De fato foi assustador quando surgiu a notícia. Foram feitas mais de quatrocentas prisões envolvendo fraudes imobiliárias e a bolha das hipotecas. A maioria ligada a fraudes de documentos, na hora de passar para os bancos as reais situações financeiras dos futuros compradores. Em alguns casos...

Bernardo não aguentou mais e desligou a televisão.

Não queria ouvir mais nada.

Os últimos dias haviam sido extremamente torturantes e sua vida, de um momento para outro, dera um giro de cento e oitenta graus. Deixara de realizar um sonho para conhecer o maior dos pesadelos. Passara o final de semana inteiro dentro de sua casa, justamente da qual imaginou que fosse se despedir. Sabia que não seria com um simples apertar de botão do controle remoto que sairia daquele caos. Sabia que não tinha saída. *O que eu fui fazer... Onde é que eu estava com a cabeça!?*

No sofá, com as pernas em cima da mesa de centro, sem querer seu pé acabou encostando no jornal da sexta-feira anterior, o qual simplesmente não havia conseguido jogar fora. Ao contrário, relia-o seguidamente, como se aquele ato pudesse mudar os fatos já consumados.

Em mais um momento de profunda autoflagelação inclinou-se à frente, pegou o primeiro caderno e novamente encarou a manchete em letras garrafais: FBI PRENDE MAIS DE 400 POR FRAUDE IMOBILIÁRIA. O impacto, claro, já não era o mesmo, mas aqueles dizeres ainda retumbavam em sua cabeça. Seus sonhos haviam evaporado da maneira mais cruel possível.

Além de frustrado, como deveria se sentir? Com raiva de Pamela? Decepcionado consigo mesmo? Por quê? Poderia alegar que fora enganado? Talvez sim, mas por quem? Quem fora o principal artífice, que em algum momento o levara a acreditar na possibilidade de dar aquele passo claramente muito maior do que jamais poderia dar? Se as perguntas que se fazia eram duras, nada se comparavam à conclusão a que quatro dias depois teimava em chegar. *Sou o único culpado.*

Que Pamela era uma vigarista especializada em prospectar clientes de alto risco como ele para depois modificar seus números perante o banco e assim viabilizar a compra do imóvel, não existia dúvida. Se existisse, a foto que ilustrava a tétrica manchete, onde aparecia algemada, sendo escoltada por agentes do FBI junto com outros quatro acusados, seria suficiente para esclarecê-la.

Entretanto, outro fator era ainda mais indiscutível. O de que todo o estratagema só fora possível porque, nos momentos decisivos, ele havia sido um aliado fundamental, sem o qual a quadrilha que o enganou jamais teria obtido sucesso. A vontade de se mudar para um prédio cheio de pompa e parecer rico e poderoso foi tão forte que Pamela não tivera muita dificuldade em ludibriá-lo. Na verdade desde o início se dera conta de que aquele mundo não era o seu. Não se tratava de uma questão de baixa autoestima, mas de realismo. Uma certeza inabalável de que algo não se encaixava, de que, no íntimo, estava sendo engolfado pelo deslumbramento.

Novamente correu os olhos sobre a matéria. O texto era impiedoso e batia forte no vasto leque que envolvia a crise imobiliária, desde o próprio sistema bancário, passando pelos corretores, a ciranda especulativa, até o Senado. A matéria também elucidava com riqueza de detalhes o cenário. "Em uma de suas maiores operações recentes, o FBI prendeu quatrocentas e seis pessoas acusadas de participar de fraudes envolvendo a crise imobiliária que vem arrastando todo o sistema bancário norte-americano e internacional em um efeito dominó sem precedentes." Depois, a partir do terceiro parágrafo, mergulhava mais a fundo, dissertando especificamente sobre os tipos de fraude, algumas classificadas como "primárias". Não havia ninguém por perto, estava sozinho na modesta sala de seu loft e, ainda assim, sempre que lia aquela parte do texto, morria de vergonha. *Fraude primária! Primária!* Pior do que a vergonha ao ler aquele trecho era a constatação, então clara, de que realmente se envolvera em um esquema ofensivamente elementar. Continuou até que, três linhas depois, encontrou mais uma parte constrangedora, feita sob medida para ele: "O golpe mais comum era a falsificação de comprovantes de patrimônio para aquisição de empréstimos, aumentando em muito a renda e as posses dos compradores."

Jogou a cabeça para trás, encaixando a nuca na parte mais alta do sofá, deixou o jornal cair no chão e ficou olhando para o teto. Como pudera cometer tantos equívocos em série? Como se permitira? Passara o final de semana assistindo a todos os programas de TV, lendo todas as notícias na internet e em revistas que tratassem do assunto. Uma gama de informação que jamais absorvera em tão pouco tempo, já que nove em cada dez canais, revistas, sites e jornais só tratavam do assunto. *Onde eu estava com a cabeça de não me aprofundar em nada disso!?*

Quando se reunira com Pamela, no dia seguinte à visita que fizeram ao Beresford, tivera receio em como deixar claro que sua realidade financeira limitava as possibilidades. Sabia que precisava ser claro naquele ponto, mas também não desejava assustar a corretora. Para seu deleite ouvira como resposta um reconfortante "não se preocupe, o melhor negócio que um banco pode fazer é conceder empréstimos para compra de um apartamento deste tipo". Aquela afirmação o encorajara e decidira se abrir ainda mais, dizendo com todas as letras que, além do polpudo empréstimo, seria necessário envolver seu loft para poder fechar o negócio. Afinal, oito milhões e meio de dólares não devia ser uma quantia pequena para ninguém. E mais uma vez fora estimulado pela corretora: "Tenho conhecidos no sistema financeiro, deixe isso comigo, não se preocupe."

Os dias seguintes, até o momento em que o FBI entrou em ação, correram normalmente.

— Oi, tenho excelentes notícias.

— Me conte!

— Fiz aquele contato e amanhã de manhã será criada uma linha de crédito no seu nome, no valor de cinco milhões e meio de dólares.

— Quanto???

— Cinco e meio. Algum problema?

— Não, mas é que eu... não esperava.

— Eu não havia falado que daria um jeito? Que conhecia uma pessoa capaz de nos ajudar?

— Sim, mas...

— Não é a melhor hora de titubear, mas ainda podemos voltar atrás, se você quiser.

— Não! Não estou dizendo isso! Só o valor que me... impressionou.

— Tudo bem, eu entendo. Depois precisaremos acertar a escritura do seu loft. Posso ir até aí, amanhã, para fazer uma avaliação? Você havia me dito algo em torno de dois milhões, e eu já conheço alguns lofts na sua região, mas preciso me certificar para ter uma ideia de quanto você precisará colocar no negócio.

— Claro, sem problemas!... Posso fazer uma pergunta?

— Sim.

— E o Conselho Diretor?

— Ainda hoje devo receber a confirmação de que nossa audiência com eles será na terça que vem, mas, pelo seu perfil e suas referências, eu não me preocuparia.

— Esse seu conhecido... Não estamos fazendo nada de errado, certo?

— Repito: não se preocupe. Está tudo sob controle.

No dia seguinte, quarta, recebera Pamela, que avaliara seu apartamento em um milhão e meio de dólares, e em seguida fora ao banco assinar os papéis do empréstimo. Naquela noite não dormira. Possuía pouco mais de sete milhões de dólares em sua conta, dos quais, descontando o empréstimo e ainda o valor que precisaria desembolsar por um apartamento não tão fantástico quanto a cobertura, mas ainda assim no Beresford, apenas duzentos e vinte mil, em questão de poucas horas, seriam realmente seus. Sentira muito medo, mas a cada vertigem, a cada momento de dúvida, recorria à perspectiva de entrar em um mundo totalmente novo, de pessoas seletas como ele.

Quinta de manhã, bem cedo, fritava cinco tiras de bacon quando ouviu os estranhos barulhos seguidos de batidas secas na porta. Abaixou o fogo e ainda dava os primeiros passos em direção à porta, pronto para questionar que história era aquela de bater na porta daquele jeito, quando ouviu as palavras mais elucidativas de sua vida. "Senhor Bernardo Mazzetti, abra, por favor. É o FBI!"

De alguma forma logo soube. Era como se o tivessem despertado de um sonho, como se tivessem jogado um balde de água fria em sua cabeça. Horas depois estava no vigésimo terceiro andar do número 26 da Federal Plaza, trancado em uma sala, sentado em uma cadeira de aço presa ao chão, com as duas mãos algemadas.

Pela porta podia ouvir o frenesi de pessoas que falavam agitadamente e telefones que tocavam sem parar, mas sua atenção estava toda voltada para o rosto duro da inspetora Linda Marckiewicz.

— Então o senhor sustenta que não sabia de nenhuma relação entre a senhorita Pamela McConell e Henry Stevens?

— Eu juro que não! Nem sabia que o nome do contato dela no banco era esse!

— Mas então sabia que ela tinha um contato no banco?

— Eu...

— Sr. Bernardo, deixe que eu seja bastante clara: estamos aqui há quase uma hora e terei todo o tempo do mundo para continuar com o senhor, trancada aqui, até que me sinta convencida de que estou ouvindo a verdade...

— Estou dizendo a ver...

— ... Coisa que até agora eu não ouvi. E informo, também, que a cada tentativa inútil de sua parte de atrapalhar o trabalho do FBI, sua posição, de alguém que deliberadamente está cometendo um crime federal, só se consolida.

Naquele momento suas mãos estavam frias. Tentara de todas as formas sustentar seu argumento de que ignorava o que estava acontecendo, o que não deixava de ser uma meia verdade, mas a inspetora estava irredutível. Negava todas suas colocações com uma firmeza que o deixara assustado. *Será que ela sabe de alguma coisa? Mas como?*

Linda Marckiewicz herdara a cara grande e o queixo quadrado dos avós russos. Era uma mulher bem loira e mantinha seus cabelos presos em um firme coque. Os pequenos olhos verdes pareciam estar sempre apertados, como se estivessem procurando uma agulha no palheiro. Justamente por aquele motivo era considerada uma das melhores inspetoras do FBI. Sempre achava a tal agulha.

— Ela me disse uma vez que... conhecia alguém.

— E o senhor quer mesmo que eu acredite que ela não lhe disse o nome?

— Eu juro!

— Me poupe dos juramentos. Até prova em contrário suspeito do senhor. Tenho todos os motivos para isto e então faça-me o favor de começar a dizer absolutamente tudo que sabe, antes que sua situação piore.

— Mas eu não sei! Eu só sei que eu queria comprar o apartamento e quando informei que precisaria de um empréstimo...

— ... ela veio com a sugestão de que um amiguinho no banco resolveria o problema.

— Exato!

— Ahã...

— Mas eu ju... Eu estou dizendo a verdade! Eu falei que não podia pagar e inclusive o valor do empréstimo eu ignorava... até ontem, quando fui lá assinar!

— Ok. Agora me diga uma coisa, e me diga com toda sinceridade do mundo, está bem?

— Está bem...

— Qual era o calibre da arma que estava apontada para sua cabeça, na hora de assinar o empréstimo?

— Como?

— O senhor fez um empréstimo no valor de cinco milhões e meio de dólares. Seu apartamento não chega a valer dois. Sua situação financeira, cá entre nós, está melhor do que a da maioria das pessoas, mas decididamente não suportaria uma manobra deste porte. Então eu pergunto: por qual tipo de coação o senhor passou para assinar aquele papel?

Abaixara a cabeça e respirara fundo. Quase um minuto se passou até que se recompôs e voltou a encarar a inspetora. A linha do discurso continuara sendo dura, mas parecia que humilhá-lo já não era mais o foco.

— Sr. Bernardo, peço que me ouça com atenção. Algumas informações que passarei agora ainda não saíram na imprensa, mas é uma questão de horas, talvez minutos. Me ouça atentamente, mesmo que em algum momento lhe dê vontade de vomitar ou sinta dificuldade de respirar. Posso começar?

Assentira com a cabeça.

— Sua corretora foi presa hoje. Assim como o amiguinho dela do Citi. Foram presos enquanto o senhor estava sendo trazido para cá. Diferentemente deles, você está sendo ouvido, investigado e poderá ter um fim menos trágico.

Pamela foi presa? Menos trágico?

— O senhor está familiarizado com o termo "sub-prime"?

Balançou a cabeça negativamente.

— Peço que o senhor responda quando for perguntado.

— Não.

— Foi o que imaginei. Sub-prime é o nome que os bancos dão para aquele perfil de pessoas que representam alto risco na hora de quitar uma dívida contraída por empréstimo. Em outras palavras: o banco sabe que, emprestando dinheiro para um determinado sujeito, corre sério risco de tomar calote.

Continuara calado. Estarrecido, mas mudo.

Linda Marckiewicz prosseguia.

— O senhor, porém, não pode ser considerado um cliente sub-prime. Ao forjar sua documentação, ao mentir sobre sua renda e, portanto, passar uma imagem para o banco de que possuía muito mais do que de fato possui, o seu provável calote não faria parte da expectativa do banco. Assim, seu caso específico era o de um cliente sub-prime, mas travestido de prime.

Linda fizera uma pausa estratégica, recostara-se na cadeira e o fitara por alguns segundos. Percebia claramente a aflição tomando conta de seu interrogado e, quem sabe, ouviria alguma nova informação. Porém nada aconteceu e então decidiu prosseguir com sua explanação.

— Algo que provavelmente o senhor não deveria mesmo saber é que Pamela e Henry tinham um acordo. Ela levava pessoas com um perfil parecido com o seu para o banco e ele alterava os números para liberar o empréstimo. Um bônus que extraoficialmente era liberado pelo banco, como forma de premiação pelo negócio, era dividido entre eles. Este bônus era maior de acordo com o volume do empréstimo e, claro, o banco não fazia a menor ideia da questão envolvendo a adulteração dos números. Já há algum tempo que os dois aplicam este golpe.

— Meu Deus...

Permanecera nos escritórios do FBI por quase cinco horas e a sensação, ao deixar o prédio, era de que havia sido atropelado. Colaborara ao máximo com a investigação e de quebra pudera escutar o áudio de um diálogo entre Pamela e Henry, logo depois do encontro que tiveram no Champagne Bar, graças a uma escuta dentro do quarto 813 do Hotel Park Lane. Fora constrangedor ouvir ser chamado de "otário" e "deslumbrado", mas logo se deu conta de que ali ele era a vítima e, portanto, nem Linda Marckiewicz nem os outros inspetores que depois participaram da conversa para ouvir seu depoimento acharam graça do áudio.

Seu grande sonho terminara em pesadelo, mas pelo menos, ainda que fosse demorar, toda a transação seria desfeita.

Não podia dizer que estava feliz, mas precisava reconhecer que, no final das contas, escapara ileso de uma catástrofe.

Além daquele, outro pensamento trazia alívio.

É, pessoal... Nota dez para mim. Com louvor!

São Paulo — 25.06.08

23h22

Vai, vai logo... Ai! Porra, como está quente! Preocupado em não perder um segundo que fosse de *Fuga de Alcatraz*, um filme que já havia visto dezenas de vezes, mas do qual nunca se cansava, Diego quase queimou as mãos ao retirar do micro-ondas as duas fatias de pão que colocara para esquentar vinte segundos, cobertas cada uma com queijo mozarela ralado e achocolatado em pó.

Voltara para o sofá justamente no momento em que Clint Eastwood perguntava se todos estavam de acordo em tentar a fuga. Assistia ao filme com os dois pés apoiados em cima da mesinha de centro, uma almofada no colo e o prato pelando de quente em cima. No canto do sofá, escorado no ângulo formado pelo encosto e o braço, um grande copo cheio de gelo e guaraná. Nos últimos tempos aquele havia se transformado em seu programa preferido, assistir a filmes enquanto petiscava e bebia refrigerante. Por vezes comprava castanha de caju, pistache, batata frita em saquinho ou pedia uma pizza, em outras apelava para doces. Quindins, bombas de chocolate, brigadeiro na panela e doce de leite com queijo minas já haviam passado pelo cardápio. Sorvetes também eram degustados.

Naquele momento, porém, outros objetos também compunham o cenário.

Do seu lado esquerdo, dobradas e grampeadas, folhas que havia imprimido ao longo do dia na redação. Nove, que tratavam do mesmo tema: Transtorno da Compulsão Alimentar Periódica.

Há uma semana se pesara e, quando vira a marca de noventa e oito quilos, ficara intrigado. Estaria contraindo algum problema de saúde? Poderia, graças a seu comportamento, desenvolver alguma síndrome? Algum distúrbio sério como aquele? Decidira então fazer uma rápida pesquisa na internet e imprimir o que achasse de interessante sobre o tema. Sem dificuldade encontrara vários textos que tratavam sobre o assunto, como depoimentos, estudos e até uma espécie de ONG de médicos que ofereciam consultas gratuitas sobre tratamento de compulsão alimentar.

Mas fazer a pesquisa e imprimir aquele material fora, na prática, o máximo de atenção que dispensara ao tema. As folhas estavam bem ao lado, dobradas embaixo de uma almofada, intocadas, enquanto ele se preocupava em morder o pão justamente na parte do queijo derretido que mais absorvera o achocolatado. Uma bomba calórica. Mais uma naquele dia. Naquela semana. Ao longo das últimas semanas.

Na tela o guarda descobria a cabeça de boneco cuidadosamente confeccionada para que o grupo de presos ganhasse algum tempo na fuga, mas a cabeça de Diego começara a fugir para a pesquisa que havia feito. Deu mais uma boa mordida no pão, um gole de guaraná, abaixou o som da televisão e então pegou as folhas para começar a ler.

Buscar alimento em quantidade acima do normal, mesmo sem fome... guardar alimentos para que sejam consumidos posteriormente... preocupação com a autoestima, perda da libido, desconforto com aparência... só parar de comer quando sentir-se absolutamente satisfeito, até o desconforto físico... Precisava admitir, muitos dos sintomas descritos se encaixavam sob medida na pessoa em que havia se transformado. A grande maioria. Outros, envolvendo depressão, sentimento de culpa, vergonha ou mesmo alguma pressão externa como o trabalho e a família, não tinham a ver com o seu caso. Sabia que não necessitava de antidepressivos ou qualquer acompanhamento psiquiátrico. Sentia-se no controle perfeito de suas ações e, mais do que tudo, seu comportamento tinha um motivo específico, bem definido. Assumira sua palavra em um desafio junto com seus queridos amigos. Se ele estava passando por dificuldades, tinha certeza que todos também estavam. Além do mais tivera a opção de escolher qual seria sua tarefa e não hesitara um instante na hora da resposta.

Continuou a ler o texto e, ainda com todos aqueles argumentos, sentira-se tocado pelo fato de que tantas outras pessoas não tinham o mesmo controle da situação que ele. Anorexia nervosa, bulimia, ortorexia, a lista de distúrbios alimentares continuava e cada caso parecia mais triste do que o outro.

Decidiu que passaria por exames, nem que fosse para checar o estrago que se impusera durante aquele tempo. Não nutria esperanças. Sabia que sua taxa de colesterol, seu percentual de gordura, dentre outras taxas ligadas à relação entre exercícios físicos e educação alimentar, apresentaria alterações pouco elogiosas. Faria os exames não com preocupação, mas para poder qualificar e quantificar em números e tabelas até que ponto poderia realmente ter se prejudicado. Era muito mais uma curiosidade do que qualquer outra coisa. *No final das contas estou aqui, inteiro, aproveitando o que gosto do jeito que me agrada, sem fazer mal a ninguém. Talvez a mim mesmo, mas provavelmente tenho este direito!*

Satisfeito com seu raciocínio, deu mais um gole de guaraná e aumentou o volume da televisão. O diretor de Alcatraz olhava incrédulo para a baía de San Francisco, duvidando que os fugitivos pudessem estar vivos.

Milão — 28.06.08

11h31

— Nossa, como você é gostosa...

— É?

— É... Que foi? Acha que estou falando por falar?

— De forma alguma... Até porque já ouvi isso antes... é que...

— O quê? Fala, que agora eu quero saber.

— Eu não consigo deixar de pensar na Costanza... Ainda acho loucura estar aqui contigo, desse jeito...

— Olha, posso quase garantir que em alguns momentos você não estava pensando nela, não, senhora...

Mesmo tendo ficado imediatamente encabulada, Ciça achou graça. Riccardo também riu, por ter conseguido aliviar o clima.

— Bobo! Sério, isto aqui é muito surreal. Eu jamais esperava que fosse acontecer. Nem passava pela minha cabeça.

— Não precisa dizer nada. Eu sei. Eu também não esperava. Claro que eu já tinha te visto na redação, só que jamais me aproximaria com interesse de alguma funcionária. Nunca fiz isso. Não acho ético.

— Nossa, assim eu acabo me sentindo pior ainda! Deixa para lá isso de ética, porque eu já sou bem grandinha e também, depois que aceitei sua carona, confesso que por um instante comecei a fantasiar um pouco...

— Eu sabia!

— Sabia nada! Sou discreta, não mente!

Era a primeira vez que a bela morena levava um homem para seu pequeno apartamento na via Sciesa e apenas a quarta vez que dormia com Riccardo. Nas outras ocasiões em que estivera com ele ou com outros homens, desde que chegara à Itália, os apartamentos deles, além de hotéis, haviam sido os lugares onde se entregara. Também era a primeira vez que ia para a cama com alguém tão envolvido na sua vida profissional. Ele não era seu colega de trabalho, mas mantivera durante muito tempo um romance com sua chefe. Tinham uma história juntos e sabia que Costanza ainda não o havia esquecido. O sexo não havia sido inesquecível, mas suficientemente divertido. Além do mais, aquele era um homem já feito, inteligente e com um charme difícil de resistir. Aqueles eram motivos mais do que razoáveis para justificar um interesse de sua parte, mas naquele caso Ciça os via apenas como um golpe de sorte. Seu interesse principal era bem outro.

— Me conta de Berlim?

— Hã? Conto, claro... o que você quer saber?

— Ah, tudo... Acredita que nunca fui à Alemanha? Nem em Munique, tão pertinho, botei os pés.

— Bem, não sei que tipo de turismo te agrada. Eu adoro viajar e até conhecer Berlim jamais havia estado na Alemanha. Posso te dizer que realmente é uma sociedade que sabe onde quer chegar. A imagem que todos temos de pessoas frias, que não sabem se divertir, é um tanto quanto exagerada. O alemão é mesmo um sujeito mais contido do que nós latinos, mas sabe se divertir; no verão, principalmente, a cidade ferve.

— Até porque no inverno fica complicado sair de casa, né?

— É verdade, o frio é bem rigoroso.

— Me conta mais... Onde você morava era agitado? Tem algum bairro especial para se sair à noite?

— Mas de que adianta eu especificar se você não vai ter as referências?

— Dá licença? É isso mesmo que eu gosto! Fica mais divertido do que você falando genericamente. Quando é assim parece que eu estou assistindo a um programa de televisão e não batendo papo!

— Tá bem, tá bem! Não, onde eu moro é mais residencial, se chama Schöneberg e a rua é a Willmanndamm, próxima à Hauptstrasse, que é imensa e corta grande parte do bairro. Perto da minha casa tem dois lugares que me deixaram viciado e que eu não consigo deixar de frequentar. Um é o Aspendos, na minha opinião o melhor kebab de Berlim. E olha que não é pouco, porque com a influência turca o que mais tem são lugares oferecendo dooner. O outro se chama Café Bilderbuch e é simplesmente fantástico. Já vi algo parecido em Londres e Paris, mas aqui, não... você gosta de ler?

— Hã? Adoro! Por quê?

— O lugar é uma mistura de café, bistrô e restaurante. Incrível mesmo. Você entra por uma salinha repleta de quadros, abajures, sofás, poltronas, tapetes, tudo muito bem-disposto, passando um clima de leilão de móveis antigos, mas ao mesmo tempo aconchegante. Daí você anda por um longo corredor e cai numa sala imensa, três vezes o tamanho da primeira, também cheia de poltronas, mesinhas, mesas grandes e estantes. Eu gostava de ir pra lá com um livro, escolher um lugar e então pedir um sanduíche e uma cerveja, às vezes um cappuccino. O cardápio é bom, bastante variado.

— Caramba, você fala de um jeito que dá vontade de ir lá conhecer agora mesmo!

— Eu sei que me empolgo, é porque realmente gosto muito desses dois lugares. Se um dia você tiver a oportunidade, vai me dar razão. São até próximos, o Aspendos fica na própria Hauptstrasse, da qual eu já falei, e o Bilderbuch na Akazienstrasse, uma transversal poucas quadras depois. É engraçado porque tem um Starbucks na esquina, mas nem se compara com o charme do Bilder.

— Ah, sim...

— Que foi?

— Nada, esquece... é meio ridículo de minha parte.

— Claro que você vai dizer, deixa de frescura.

— Mas não leve a sério, ok? Foi só um pensamento que passou pela minha cabeça.

— Não vou levar, prometo.

— É que eu tinha pensado... Você conhece, já morou lá...

— Sim...?

— Ok... É que se você ainda morasse lá eu poderia te fazer uma visitinha e aí você me apresentava estes lugares. Aposto que devem ter outros também interessantíssimos de se conhecer.

— Tem vários, mas sinceramente não sei o que vai ser de mim. Existe a possibilidade de voltar para Berlim, mas também de ficar por aqui.

— Mesmo?

— Sim. Surpresa?

— Surpresa não é o termo exato, mas preferir Milão a Berlim não é lá muito comum, não é? Eu gosto muito daqui, mas tenho a impressão, pelo que ouço falar, que se trata de uma cidade mais cosmopolita, com gente do mundo todo, museus fantásticos...

— E ouviu bem. Berlim é realmente tudo isto e muito mais. Eu diria que está para a Alemanha como Nova York para os Estados Unidos.

— Está vendo só? Você tinha que se ver falando de lá! Parece um apaixonado pela cidade!

— Mas eu sou mesmo, ora!

— Ora, digo eu! Que papo é esse de vir morar aqui, então?

Naquele momento Riccardo desviou o olhar. Ambos deitados na cama, ela olhando para ele, ele para o teto.

— É uma questão um pouco delicada...

— Desculpe! Não quis ser indiscreta! Eu...

— Não tem problema. Eu posso falar... tenho uma filha de oito anos que tem uma doença autoimune.

Cecília engoliu em seco. Doença autoimune? Procurou não se desesperar. Precisava obter mais informações. Conseguiu manter um tom de voz razoavelmente neutro.

— Aquela menina linda que vai contigo lá na redação de vez em quando?

— Sim... a Bruna sofre de lúpus. É uma doença que pode se manifestar de várias formas. Embora seja bastante séria, graças a Deus estamos conseguindo controlar. Uma série de fatores externos, porém, inclusive os psicológicos, podem influenciar positiva ou negativamente na sua qualidade de vida.

A sensação era a pior possível. Em que situação havia se metido? Lúpus? Uma criança doente? Queria realmente se intrometer em uma questão como aquela? Por outro lado já era tarde demais para voltar atrás. Não tinha escapatória. Passara as últimas horas trepando com o ex-marido de sua chefe, que ao mesmo tempo era seu patrão, uma vez que detinha poder acionário na revista. Um sujeito que, para piorar, já aparecera por lá e fora detalhadamente analisado e aprovado por todas suas colegas de trabalho. Seguiria adiante com o plano de afastar aquele homem da vida de Costanza, mas passara a ter, além da motivação diretamente ligada a seu compromisso na busca pela avareza, o genuíno desejo de não precisar encarar nenhuma outra surpresa desagradável como aquela. Uma pergunta, porém, já a incomodava. *Por que a puta da Costanza não me avisou de nada disso?* Mas aquele não era o momento de obter respostas. Muito menos de envolver sua chefe. E se ela nem soubesse da doença da menina? Foi adiante.

— E... Milão tem algo a ver?

— Minha mãe é a única avó ainda viva e mora aqui. Para Bruna é uma figura muito importante, entende?

— Claro que sim... entendo...

— Parece que você não concordou.

— Não é isso, mas vejo algumas contradições... Não estou duvidando que a figura da avó seja importante, claro que não, mas... por exemplo, onde ela nasceu?

— Berlim.

Perfeito!

— Entende? Ainda que ela tivesse nascido aqui na Itália, certamente que a maior parte da vida dela, até hoje, foi lá. Nessa idade a gente se apega muito aos amiguinhos da escola, ao mundo em que a gente vive, principalmente porque ainda não temos independência para ir e vir nem mesmo compreensão das possibilidades que vamos ter quando formos adultos.

Os amigos da escola, a vizinhança e por aí vai acabam sendo as únicas referências que temos.

— Sim, concordo.

— Então... Se o motivo da mudança é o bem-estar psicológico dela, imagino que talvez fosse mais fácil inverter as posições.

— Mas como se faz isso?

— Levando a *nonna* para morar em Berlim, oras!

Ciça estava deitada de bruços, apoiada nos cotovelos, encarando Riccardo. Percebia seus cabelos prateados e olhos de um azul profundo. Seu nariz grande, com um leve desvio de septo para a direita e a boca grande, os lábios grossos. O peito nu era um convite para que se aconchegasse, os braços fortes, uma provocação ao desejo de todas as mulheres por uma pegada firme. Daquele mistério já não morreria, mas a verdade era que a beleza e os dotes de Riccardo não passavam de um mero detalhe. Um bônus. Naquele momento dava mais importância e sentia um prazer quase físico pelo olhar entre surpreso e enigmático que ele lhe dispensava. Daria tudo para ter sua suspeita confirmada de que havia argumentado brilhantemente, ao menos o suficiente para colocar uma ponta de dúvida em sua ideia de se mudar para Milão.

Uma decisão que, para seus planos, era fundamental.

Depois daquele momento não tocaram mais no assunto e aquele final de semana transcorrera com alguma tranquilidade. Riccardo tomara um banho rápido, deixara seu apartamento para buscar a filha na casa da avó e quem sabe levá-las para comer uma pizza. Deixou em aberto a possibilidade de voltarem a se ver no domingo, mas ele não ligara, nem ela o procurara. Dias se passaram sem que mantivessem contato. Era como se o ex-marido de sua chefe tivesse evaporado.

Durante aquele período Cecília passou noites maldormidas, perguntando-se o que poderia ter acontecido. Fora desagradável a ponto de afastá-lo? Fora tão convincente que ele decidira aos poucos se afastar dela e, por tabela, da revista? Teria ele falado com Costanza sobre tudo que acontecera e não só permaneceria na cidade como ela estaria para ser sumariamente demitida, porque burramente achara razoável a ideia de se deitar com o ex-marido de sua chefe, pelo qual ela declaradamente ainda estava apaixonada?

Era uma segunda bem cedo, já na redação, quando o telefone de sua mesa tocou. O marcador de chamadas denunciava que Costanza preferira ligar direto.

— Aqui na minha sala, por favor.

Fora impossível não criar expectativas, não só pelo chamado, mas principalmente pelo tom. *Será que já é hoje?*

Subiu as escadas com alguma pressa. Valentina acabava de sair da sala de Costanza e portanto não precisou bater à porta.

— Tudo bem?

— Tudo ótimo.

— Que bom. Tenho duas notícias para dar, ambas ligadas diretamente a você.

— Mesmo? Espero que sejam boas!

— Acredito que sim. Falei há pouco com a organização da Paris Fashion e me cobraram novamente se não seria possível divulgar os nomes da equipe que vamos mandar para cobrir o evento. Já haviam me ligado quinta-feira passada.

A bela morena procurou não demonstrar empolgação, mas percebeu que seria besteira, já que Costanza tinha pleno conhecimento do quanto ela queria ser escolhida para aquela viagem. *Nova York, Paris... Sucesso!*

Permaneceu calada, em clara expectativa.

— Disse que retornaria para eles em no máximo dez minutos com a resposta.

A editora-chefe propositadamente deixara aquela frase suspensa no ar. Divertia-se com a óbvia ansiedade de Cecília. Um divertimento quase sádico suportado com firmeza pelo olhar da bela morena, seu corpo inerte deixando claro que não aprovava o suspense. *Diz logo, pô!*

— Meus parabéns, você será a chefe de nossa cobertura na Paris Fashion Week 2009.

Sentiu uma avalanche de sensações difíceis de suportar. Arrepio subindo pela sua coluna até a nuca, um fortíssimo impacto no peito, os olhos que ficaram imediatamente úmidos pelas lágrimas, além de um nó na garganta. Nem ela própria imaginava que seria aquela sua reação, mas de fato recebera a notícia com uma felicidade incomparável, que não sentira nem mesmo quando fora confirmada para ir a Nova York. Desde o primeiro dia ali imaginou que a maior dificuldade não seria dar o primeiro grande passo na revista, e sim continuar subindo. Também estava emocionada porque desde a última conversa com Costanza que não poupara esforços para conseguir aquela vaga. Até mesmo envolver-se com Riccardo, no intuito de ajudar sua chefe a não ter que cruzar com o ex-*affair* cotidianamente, incluindo seduzi-lo, dormir com ele, estabelecer laços que favorecessem ainda mais sua influência. *Mas então...?*

Nada atrapalharia sua alegria naquele momento. Seria impossível. Porém uma curiosidade surgira em sua mente sem pedir licença. Afinal, aquela confirmação estava acontecendo por qual motivo? Sua postura desafiadora, demonstrando explícita vontade de ser a candidata escolhida para ir a Paris, teria sido decisiva? Sabia que Costanza gostava de pessoas com personalidade. Até mesmo adversários de outras mídias, quando eram ferrenhos, ganhavam seu respeito. A boa imagem conquistada após Nova York a credenciara para mais idas ao exterior? Ou a resposta para todas as suas perguntas, e aquela era uma dúvida inquietante, respondia pelo nome de Riccardo? Tomou a decisão que achou mais sensata para seu bem-estar mental.

— Posso me sentar?

— Claro!

Particularmente naquele dia, Ciça não estava se sentindo bonita. Vestia um jeans azul-escuro, um tênis Reebok branco e uma blusa polo rosa que ganhara há meses e nunca havia usado antes. O cabelo estava preso, mais por preguiça do que por conforto. Sua cabeça dera tantas voltas que nos últimos dias a vaidade atingira patamares baixíssimos em sua escala de prioridades. Não estava disposta a abrir mão de nada, mas realmente precisava esclarecer o que estava acontecendo. Aquele era o momento.

— Preciso muito falar com você.

— Claro, Ciça, pode dizer!

Costanza se levantara para acionar a máquina de café. Seu bom humor, sua tranquilidade e o tom de desinteresse com que a tratava deixaram o sexto sentido de Ciça aguçado — *o que está acontecendo?* —, mas ela continuou.

— Eu...estava me perguntando se você tinha alguma notícia para me dar...

— Mais uma? Não basta a que eu já te dei, não?

A moderna cafeteira começava a acender luzes, enquanto Costanza continuava de costas, preparando sua xícara e organizando alguns papéis.

— Não é isso... não é a isso que me referia...

— Então? Pode dizer, você sabe que comigo não tem frescura.

O ar de despreocupada continuava. Costanza mal olhava em seus olhos. Não fosse uma pessoa totalmente consciente de seus atos, Ciça até poderia ser convencida de que a longa conversa que haviam tido e o pedido para que afastasse Riccardo de sua vida não passaram de pura ilusão. Aquele comportamento acabou desencadeando uma reação inesperada até para ela mesma.

— Quer fazer o favor de parar com isso?

A máquina de café continuava apitando e Costanza então parou de mexer numa pilha de agendas, para encarar a bela morena.

— Pode repetir?

— Você me ouviu. Vim aqui porque você me chamou. Recebi provavelmente a melhor notícia profissional de toda a minha vida e, mesmo assim, por mais que eu tenha vontade de sair correndo pela rua, de gritar de felicidade, continuo incomodada. Preciso falar e você sabe muito bem do que se trata. Tudo estava muito claro para nós duas, semanas atrás, e agora você age assim, como se não fizesse a menor ideia do que eu estou falando.

Ainda que por apenas alguns segundos, Ciça conseguira fazer o sangue de sua chefe ferver. A verdade é que, antes de enviá-la para Nova York, inclusive com a responsabilidade de ser a referência de sua sobrinha, pouco havia reparado naquela jovem a sua frente. Cecília não lhe chamara muita atenção, nem mesmo no bom início, quando se firmara como freelancer, até que os bons textos começaram a ser frequentes, sem falar na pontualidade, uma característica a que sempre deu muito valor. Ainda assim outras estavam à sua frente, inclusive para a viagem aos Estados Unidos. Porém Rafaella tirara licença pelo falecimento da mãe e Giovanna estava praticamente à beira de uma estafa mental, de tanto trabalho que acumulara nos últimos meses, então ela ganhara a oportunidade e, justiça fosse feita, a aproveitara muito bem. Desde aquele momento passara a observar mais de perto seu comportamento e até vislumbrava a possibilidade de mandá-la a Paris.

Haviam sido os eventos seguintes, entretanto, os responsáveis por fazê-la se encantar definitivamente por Ciça. Primeiro, a empáfia como se colocou na reunião, perante todos assumindo que se considerava a mais capaz. Depois, quando aceitara iniciar a conversa que claramente caminhava para um conflito ético e fazer parte de uma situação em que estaria totalmente exposta.

Pegou sua xícara de café, acomodou-se com calma em sua cadeira, e então, tirou o telefone do gancho. Ciça se deu conta. Muito provavelmente Costanza já tinha avisado a Valentina que não receberia ligações. O que só poderia significar uma coisa. *Ela já tem tudo planejado!* Sentiu-se incomodada.

Costanza então jogou seu peso para trás, fazendo com que a cadeira ficasse um pouco inclinada, e, finalmente, encarou Ciça nos olhos. Não existia mais nenhuma dúvida. *Ela está pronta.*

— Estou esperando, Cecília.

— Esperando...?

— Você disse que gostaria de conversar. Eu te dei uma notícia que faria qualquer jornalista pular de alegria e você, em vez disso, resolveu quase gritar comigo, dizendo que precisava falar. Pois bem, até tomei providências para não nos incomodarem. Você tem dez minutos.

— Você sabe muito bem do que eu quero falar.

— Se eu fosse você parava de tirar conclusões precipitadas. E, mesmo que eu saiba, quero que você me diga. Afinal, se você está tão necessitada assim de uma conversa, nada mais justo que a inicie.

— Quero saber o que aconteceu com Riccardo... E também por que não tinha me dito nada sobre a menina.

— O que você quer saber exatamente sobre Riccardo?

— Ele foi embora?

— Não, não foi embora. Decidiu se estabelecer definitivamente em Milão, como eu suspeitava que fizesse.

Não foi embora? Se ele não foi... então falhei... por isso ele não me ligou mais... deve ter percebido que forcei a barra... e então que papo é esse de ser escalada para ir a Paris?

— E quero que saiba que hoje vim para cá determinada a conversar com você.

— Estou confusa.

— Eu imagino.

— Gostaria que você me explicasse.

— Sem problemas.

Costanza pegou a xícara de café e deu um pequeno gole. Uma desculpa para tentar tirar mais um pouco Cecília do sério. Então recostou-se novamente na cadeira e começou.

— Riccardo e eu reatamos.

Ciça sentiu um forte impacto no peito quando ouviu aquelas palavras. Uma sensação que ficou suspensa, porque algo lhe dizia que as surpresas não haviam terminado ali. E estava coberta de razão.

— Há cinco meses.

Um silêncio absoluto se fez presente na sala. O rosto de Cecília endureceu. Não se tratava mais de curiosidade ou insegurança. Estava exausta de sentir-se uma marionete, o que, já estava claro, era exatamente o que havia sido até ali. O único fator que a impedia de tomar alguma atitude mais drástica naquele momento, fosse ela violenta, de agredir sua chefe, ou mesmo estúpida, de pedir demissão, era a sensação de que Costanza teria um bom motivo para aquilo tudo. E de que jamais estaria tão próxima de saber qual era.

— O que eu te disse nesta sala, após a reunião de pauta sobre a Paris Fashion Week, era uma meia verdade. De fato eu estive receosa em reatar com Riccardo. Você sabe muito bem que priorizo o trabalho. Imaginei que nossa reaproximação fosse atrapalhar tudo, me desequilibrar, tirar dos eixos, afetando a própria *Bella*. Mas tudo isso já tinha passado naquele momento. No dia da reunião mesmo saímos para jantar.

Mais um gole de café. Ciça continuava impassível.

— Nada aconteceu como eu esperava. Ele está mais maduro, menos exigente e eu também acabei baixando a guarda. Ele não pretende se envolver com a revista e nem sabe ao certo o que fará profissionalmente. Talvez abra um café, sempre quis ter um negócio no ramo de bares e restaurantes. Até mês passado estava em um hotel, no centro, mas já se instalou lá em casa.

Silenciosamente Ciça tomou uma decisão. Não deixaria que mais nada, nem uma única palavra ou gesto vindo de Costanza, a desestabilizasse. *Nada.*

— Até conversamos sobre você... Ok, conversamos bastante sobre você, melhor dizendo...

O nível de concentração que Ciça buscava para não se revoltar era tão intenso que tratou de rapidamente abaixar a cabeça, puxar ar e só então voltar a encarar sua chefe. Não existia mais segredo. A cada segundo ficava mais claro que fora feita de palhaça, e Costanza percebia sua crescente irritação. Se sua única vontade, naquele exato momento, fosse apenas fazer uma pergunta, seria questionar o motivo daquilo tudo. Por quê? Por que tratá-la daquela forma? Ao mesmo tempo, e aí que a coisa toda complicava, por que presenteá-la com o posto de enviada da revista em Paris?

— ... e eu preciso te dizer, também, que ele foi direto me ver, depois que vocês... bem, passaram aquelas horas juntos pela última vez, no seu apartamento.

Foda-se com tudo!

— Eu posso saber onde você pretende chegar com essa palhaçada?

— Mas não estou brin...

— Não me interessa mais esse jogo! Chega! Me diga o que está acontecendo, ou pode conseguir outra retardada para fazer de boneca! Você deve ser louca se realmente acha que não tenho limites! Pois eu te digo que tenho, e ele já foi ultrapassado com sobras! Enfie seus jogos, sua revista e o patético do seu namoradinho você sabe bem onde... Adeus, Costanza!

Ciça deu um rápido giro na cadeira, levantou-se e começou a marchar em direção à porta do escritório. Não sabia se havia feito a coisa certa, mas por outro lado sentia uma paz interior, uma sensação de fome saciada. Se pudesse voltar no tempo, teria repetido cada uma das duras palavras que acabara de dizer na cara de sua chefe, a todo-poderosa editora-chefe da revista *Bella*, Costanza Cazzaniga.

Estava quase abrindo a porta quando distinguiu aplausos nítidos, embora discretos, e instintivamente virou-se. *O que...?*

— Até que enfim! Não foi à toa que te chamei aqui e certamente não é à toa que confio totalmente em você para fazer nossa cobertura em mais uma viagem internacional.

Ciça estava furibunda.

— Se esta for mais uma brincadeira...

— Sente-se e me ouça. E aí, se realmente você achar que deve, pode pedir suas contas, embora eu duvide que você seja capaz de tamanha burrice.

Andando devagar, enquanto ouvia, a percepção era clara. *Não tem mais enrolação. Na primeira eu me levanto e não volto nunca mais. Jogo tudo para o alto!*

— Construí esta revista praticamente sozinha. Riccardo me ajudou mais com o capital inicial do que propriamente com a organização, e eu sou realmente uma mulher que ama o trabalho. Adoro ser o centro, o catalisador, o vértice que faz toda esta engrenagem funcionar. Me encanto com a ideia de comandar, de ter a vida de pessoas dependendo de mim. Mais ainda com a competição que existe no mundo editorial da moda, com o qual você está cada vez mais familiarizada, onde tanta coisa acontece, tanto jogo de poder e milhares de euros são derramados todo ano. Você deve imaginar o cuidado que eu tenho na hora de selecionar pessoas para papéis importantes. Quando se trata de funções-chave, onde o erro ou acerto vá fazer uma enorme diferença, eu realmente me dedico além do normal. Não serei eu lá, e então as chances de dar algo errado aumentam, e se der algo errado por uma má escolha minha, não irei me perdoar.

— E o que ele tem a ver com isso?

— Riccardo? Ciça... Eu precisava estar segura do que você era capaz. Sabia que você tinha sido competente em Nova York, mas não de que você estivesse pronta para a semana de Paris. E eu precisava ter certeza. Na verdade foi você mesma que me deu a dica. Eu simplesmente fiquei encantada com sua postura na reunião de pauta. Me vi em você, anos atrás, com a diferença de que eu não tive coragem para me expor daquela forma. E aí fui me animando com a ideia...

— Eu ainda não entendi. O que Riccardo tem a ver com Paris? Não estava claro que eu queria muito ser a nossa correspondente? Tem como não querer muito?

Então a editora-chefe deixou escapar um sorriso quase maternal. Levantou-se, deu a volta na mesa e se encostou, quase sentando em cima da própria. Ciça permanecia de pé, a menos de um metro.

— Nunca tive dúvidas de que você queria muito ser a nossa correspondente na França. O que eu precisava era te conhecer mais. Não acabei de dizer que me espelhei em você? Pois um dos instintos que mais me moveram, até hoje, que me levaram a ser quem eu sou, foi justamente um desejo insaciável pelo sucesso. Para ser bem-sucedida no trabalho, pelo que ele poderia me proporcionar.

Uma olhava dentro dos olhos da outra. Ciça, claramente tensa, embora não estivesse mais confusa. Experimentava uma situação irreal. Nunca viu sua chefe tão serena, desde o primeiro dia em que a conheceu.

— Conversei muito com Riccardo. Você é uma jovem linda e ele... Bem, não precisamos entrar em detalhes. Não te dei nenhuma instrução específica quando inventei aquela situação com ele justamente para entender qual seria o seu limite, mas eu imaginava que pudesse acontecer algo. Me parecia óbvio.

— Eu...

A bela morena então arriou em uma das cadeiras em volta da mesa. Um turbilhão passava por sua mente. Fora realmente feita de marionete? Poderia ter sido manipulada por... ela mesma?

Costanza percebeu que aquele momento atingiu o pico de tensão e decidiu continuar com mais delicadeza. Sabia que o que estava por dizer não seria simples para quem quer que fosse.

— Por favor, venha aqui, sente-se. Preciso dizer isto olhando nos seus olhos e gostaria muito que você me prometesse pensar com imenso carinho.

Ambas ocuparam as duas cadeiras à frente da grande mesa de Costanza quando a editora-chefe então teve um gesto totalmente inédito para Cecília. Pegou em suas duas mãos, as apertou e por fim, com os olhos marejados, falou:

— Estou muito cansada, Ciça. Muito. Já imaginava antes como faria para me afastar um pouco dos negócios, até que Riccardo reapareceu e esta necessidade só aumentou. Eu ainda tenho alguns anos para aproveitar, me divertir, viajar, conhecer melhor a Bruna... E até pouco tempo eu não sabia quem poderia ser essa pessoa.

Hã???

Os olhos arregalados de Ciça a denunciavam.

Estava apavorada.

Victorville — 01.07.08

10h22

"Eu fui pego no meio de uma estrada de ferro, olhei ao redor e descobri que não tinha saída, me perguntei, o que eu posso fazer? Mas eu sabia, eu não teria nenhuma ajuda, nenhuma ajuda vinda de você!"

As caixas de som do Land Rover Defender prata estavam quase explodindo, pelo volume, e a batida de "Thunderstruck" apenas aumentava ainda mais aquela sensação. O estojo com mais de vinte CDs que Pablo havia separado estava em cima do banco do carona e continha alguns outros álbuns da banda AC/DC, além de Beatles, ZZ Top e Sinatra. Pablo havia se decidido por uma trilha mais pesada no começo da viagem e não se arrependera.

Deixara Santa Monica há quase uma hora, primeiro pela interestadual Dez, até que, na altura do Aeroporto Internacional de Ontário, pegou uma secundária e entrou na Quinze, rumo ao estado de Nevada. Àquela altura pensava se valeria a pena mudar um pouco o trajeto para conhecer as pequenas cidades vizinhas antes que deixasse o deserto, mas decidiu que seria mais melancólico do que entusiasmante. Já lera algumas matérias sobre como estavam as localidades mais afastadas da estrada, como Oro Grande e Hodge, e, mesmo que tivesse ficado impressionado com os textos, não arriscaria. O motivo era óbvio. O que o atraía era a fantasia de encontrar as ruas onde existiram duelos fenomenais, os bancos assaltados, os prostíbulos e igrejas de uma época que conhecera apenas através dos filmes de Hollywood. Seria impossível que a realidade conseguisse saciar o que sua mente havia criado.

Fizera aquele caminho muitas outras vezes, mas sempre seguindo direto, depois de Barstow, rumo às inúmeras mesas de blackjack de Las Vegas.

Não seria assim naquele dia.

Em vez de seguir pela interestadual Quinze até a capital do jogo, pegaria a Quarenta e cortaria todo o país, de costa a costa, passando por Texas, Oklahoma, Arkansas e Tennessee, até chegar à Carolina do Norte, quando então, pela Noventa e cinco, subiria direto até Nova York.

Desde que resolveu fazer aquela viagem logo se organizou, mas tinha a impressão de que na verdade já flertava com aquela mudança há muito tempo. *Bernardo... aquele papo que tivemos, aquela semana... tudo mudou ali.*

Dirigia, ouvia o CD ao máximo volume e ao mesmo tempo não conseguia parar de pensar em como sua vida mudara radicalmente nos últimos meses. De forma definitiva, nas últimas semanas. Chegara à beira do colapso, até a tentativa de suicídio, em uma atitude tão desesperada que jamais imaginou fosse capaz de tomar. Mais do que coragem, nunca pensara na hipótese e, no entanto, quando entrara no mar completamente nu, não conseguia enxergar outra saída mais razoável do que dar cabo de sua vida. Constatar que era um sujeito infeliz não havia sido determinante. O ápice do desespero acontecera no momento em que se deu conta do tempo que havia perdido até ali. Anos a fio cultivando uma vida, valores, preocupações absolutamente inúteis. Olhara para trás e então ficara profundamente deprimido com o ser humano raso no qual se tornara. Impossível ser honesto consigo mesmo e não morrer de vergonha por não ter se esforçado minimamente para mudar aquele quadro.

Chegara a ponto de sentir a água salgada invadindo seu organismo, em um momento profundamente doloroso, mas principalmente agoniante, até que o salva-vidas apareceu. Passara as horas seguintes na cabana dos salva-vidas, onde lhe deram água e o metralharam com tantas perguntas que fora impossível não voltar à lucidez. Depois tivera que ir ao distrito policial e, ao final da tarde, precisou pagar uma fiança de dez mil dólares por atentado ao pudor. Tudo porque algumas pessoas viram sua bunda branca enquanto se afogava.

Não desejou a ajuda de ninguém, mas ao final agradecera ter sido salvo. Pudera tomar a decisão acertada de recomeçar tudo novamente.

Fizera um péssimo negócio, mas conseguira alugar seu apartamento por um valor que lhe garantiria mais do que o necessário para custos fixos. O dinheiro que tinha investido seria usado para abrir um café em Manhattan. Talvez pedisse algumas dicas para Bernardo e, quem sabe, o convidaria para ser seu sócio.

De Santa Monica para o Brooklyn. Alugara lá um pequeno apartamento de um quarto, onde passaria o próximo mês reorganizando sua vida.

Chegando em Barstow avistou uma placa de sinalização com três setas brancas, uma quebrada à esquerda, outra reta e uma à direita. Na da esquerda estava escrito "Barstow", na que ia reto "Las Vegas", ao passo que na terceira se lia "Needles".

Com calma desacelerou e olhou o mapa para se certificar. Constatou que a interestadual Quinze, da qual não saíra desde Los Angeles, também era chamada de "Mojave". "Needles" era o caminho a ser seguido.

Olhou pelo retrovisor, tomou a pista da extrema direita, aumentou o volume e acelerou. Uma nova vida o aguardava.

"*You Shook Me All Night Long*" era a música certa no momento certo.

Milão — 24.04.08
22h19

... ainda segundo fontes, a cena que a equipe de peritos encontrou no número 28 do viale Legnoni Romane, além de 'aterrorizante', é digna das grandes produções de Hollywood, dados os indícios da maneira que tudo aconteceu dentro do minúsculo apartamento. Embora nada indique invasão, fato é que uma pessoa, talvez mais de uma, por horas torturou o inquilino Guido Calligaris, que na véspera havia sido liberado da acusação de atentado violento ao pudor a P.R., uma menina de nove anos, nas cercanias de Peschiera Borromeo.

A equipe foi destacada para ir ao local após insistentes chamados dos vizinhos, que, ouvindo música a noite toda, pensaram se tratar de uma festa, mas que a partir do final da madrugada começaram a desconfiar, tanto pela ausência de vozes vinda do apartamento quanto pelo estranho fato de uma mesma melodia se repetir por horas, ininterruptamente. Após algum tempo tocando interfone, campainha e anunciando sua presença, os oficiais arrombaram o apartamento e antes mesmo de entrar, pelo cheiro, temeram pelo pior, que acabou se confirmando. O corpo, já frio, denunciava muito sofrimento. "O cheiro de suor, misturado com sangue e fezes quase nos sufocou", afirmou uma pessoa que teve acesso ao local.

Em cima da cama, mãos atadas atrás do corpo por uma fita isolante, mesmo material utilizado para a mordaça, o homem de aproximadamente quarenta anos estava de joelhos, inclinado para a frente, com o rosto completamente afundado no travesseiro. Seu semblante exprimia profunda agonia e os motivos eram óbvios. Uma espécie de artefato que lembrava um anel peniano adaptado, repleto de tachinhas, todas encravadas até a metade na base do pênis, fora responsável por grande perda de sangue. Duas presilhas de metal foram torcidas com tanta força nos mamilos que o esquerdo estava pendurado apenas por um pedaço de pele. Também naquele ponto, segundo legistas, houve perda de sangue e tecido.

Aparentemente, o último instante de dor excruciante sofrido pela vítima foi um enorme consolo de vinte e sete centímetros encravado em seu ânus. De forma tão violenta que houve rompimento do canal retal, atingindo o intestino. Não existe confirmação se a vítima defecou para se defender da agressão ou se foi ato reflexo do organismo.

Deu-se início a uma meticulosa investigação, mas, embora seja óbvio que pelo menos mais uma pessoa havia estado dentro do apartamento e participado das ações, nenhuma outra impressão digital foi encontrada, além da pertencente à vítima.

Vizinhos afirmaram que a vítima havia se mudado há pouco tempo para o prédio e que não se lembram de tê-lo visto recebendo visitas. Uma moradora que não quis se identificar, ao tomar conhecimento do ocorrido, lembrou do episódio envolvendo a vítima e o caso de pedofilia, e declarou a esta reportagem não lamentar o crime. "Já vai tarde!"

Autoridades não quiseram comentar a informação de que "uma mulher ruiva, medindo cerca de um metro e setenta e cinco, vestindo sobretudo escuro, tenha sido vista deixando o prédio no início da manhã e seja a principal suspeita".

Ao terminar de ler a notícia na internet, Gaia fechara o navegador e colocara o computador em modo de hibernação.

Chegara em casa pouco depois de oito da manhã e entrara direto debaixo do chuveiro, onde se lavara meticulosamente. Então se deitara e dormira quase que imediatamente. Praticamente catorze horas depois não poderia dizer que ainda sentia sono, mas a descarga emocional à qual se submetera ainda não havia sido totalmente exaurida.

Não estava nem um pouco preocupada com qualquer suspeita que pudesse recair sobre si. Sabia que ninguém a vira entrar no prédio, tampouco sair dele. Até porque não era ruiva, nem tão alta quanto a tal única suspeita.

Pensou em assistir a um pouco de televisão, mas sentiu que seu corpo ainda precisava de mais descanso.

Voltou a deitar-se devagar, com as duas mãos unidas ao peito, respirando profundamente.

A janela estava aberta e a noite era morna.

A luz que vinha de fora batia diretamente na tela do computador e em uma peruca ruiva Chanel, cuidadosamente pousada ao lado.

Rio de Janeiro — 02.05.08

00h06

O corredor estava à meia-luz, mas fora possível perceber que não era dos mais curtos. A silhueta das portas escuras, três de cada lado, também era facilmente identificável. Nem a distância até o final da parede ou o número de portas, porém, chamaram mais atenção do que a mulher jovem, loira, completamente nua, ajoelhada a cinco metros, logo antes da primeira porta do lado direito, esforçando-se para colocar o máximo possível o pênis de um enorme homem negro na boca.

A cena em si enviara tantas mensagens para seu cérebro que a princípio Nanda tivera dificuldade para assimilar cada uma. Era a primeira vez em sua vida que presenciava sexo ao vivo. O cabelo dela, por baixo, na altura da nuca, colava na pele de tanto suor. As mãos dele, via pelas veias saltadas, seguravam com força, fazendo um rabo de cavalo no alto da cabeça, enquanto seus quadris balançavam, para a frente e para trás, exigindo cada vez mais de sua parceira. O corpo dela era relativamente magro, mas bem-desenhado, com seios fartos e duros, coxas torneadas e uma barriga bem-definida. O dele era puro músculo, talhado, um tórax largo, abdome rasgado, coxas grossas e um pênis tão grande que a deixara em dúvida. *Incentivo, invejo ou entro na fila?*

A seu lado, Júlio César apenas observava. Pelos seus cálculos aquela deveria ser a vigésima vez que participava de uma festa ali. Já estivera em outras, com e sem Paula, também em São Paulo e Porto Alegre, onde encontrara aquele mesmo casal. Não namoravam, mas haviam se encontrado em uma festa como aquela, a química funcionara, e, a partir de então, ambos avisaram a seus respectivos marido e namorada que não abriam mão de se encontrarem nos eventos de swing, estivessem eles presentes ou não. Adorava assistir Fernanda daquele jeito, mais do que excitada, à vontade com o ambiente. Tanto ele quanto Paula sabiam que tudo poderia dar errado. Nanda não necessariamente gostaria da atmosfera do lugar, se sentiria à vontade em assistir e, principalmente, teria vontade de participar de alguma coisa. Os olhos de sua convidada, vidrados, o fizeram acreditar que a terceira possibilidade inexistia.

— E agora?

— O que tem?

— Eu não queria... atrapalhar.

— Está aí uma palavra que raramente é usada aqui. Me acompanha?

Por motivos óbvios passaram pelo casal sem serem notados e então, chegando próximo da primeira porta, Nanda se deu conta. Aquele quarto, e possivelmente todos os outros, era totalmente pintado de preto. Assim, na verdade, o que avistara da saleta não eram portas, mas as paredes opostas dos respectivos quartos.

Inconscientemente andara na frente. A cada passo que dava dentro do quarto, tentava aguçar os ouvidos no mesmo compasso em que acostumava a vista à escuridão. Quando conseguiu, contemplou uma fantasia. Uma luz neon roxa era emitida por uma bola de vidro, no canto. Acompanhando todas as paredes, um enorme sofá em couro preto.

E mais de trinta pessoas, nuas ou seminuas.

Imaginara como seria se todas resolvessem fazer sexo ao mesmo tempo, mas logo aceitara que aquela situação deveria ser rara. *Sempre tem alguém que gosta mais de ficar assistindo, algum casal que vem apenas para apimentar o relacionamento...*

Então foi surpreendida.

— E aí? Está gostando?

— Sim... é diferente...

— Mas você não acha que está muito parada?

— Calma... ainda estou me ambientando... aliás, onde está a Paula?

— Olha, só aceito essa desculpa de estar se ambientando porque tem uma Paula na jogada. É bonita como você?

Não gritara, mas o susto fora tão grande que chegara a estremecer.

Só naquela última frase que, confusa com o tom e as palavras, resolvera virar para trás. O timbre da voz era tão próximo ao de Júlio que a princípio nem percebera ser outro homem.

— Desculpe se te assustei — disse ele, com um largo sorriso de dentes muito brancos.

— Não, não tem problema — mentiu.

De fato o susto havia sido grande, mas estar tão próxima daquele belo crioulo, que há instantes era chupado no meio do corredor, aguçara ainda mais seu erotismo.

— Mete mais forte... mais forte! — Foi o máximo que conseguiu dizer. Estava de quatro, no meio de uma roda de homens e algumas mulheres que se bolinavam, masturbavam ou apenas assistiam à cena da qual ela era a maior protagonista. Não saberia dizer ao certo quantos eram nem o que faziam. Apenas poderia presumir. Uma eletricidade era sentida por todos, assim como o forte cheiro de fluidos. E então se dera conta de que Júlio sumira, dando lugar a Marco, o gigante negro que assumira total controle da situação e, pegando-a no colo, em silêncio, levara-a até o centro do quarto.

— Tá gostando, né? Aguenta que tem mais...

Sentia as profundas estocadas do grosso pau de Marco em sua boceta, enquanto outro ocupava sua boca, ainda que não pudesse afirmar categoricamente que estivesse chupando alguém. Se aquele, de baixa estatura, flácido e calvo, saía e entrava de sua boca, devia-se aos movimentos fortes e ritmados atrás dela.

Em alguns momentos eram apenas eles, em outros, mais gente participava. Às vezes vinham por baixo, sugando seus seios, às vezes ajoelhavam-se a seu lado, oferecendo-se para serem chupados. Por muito tempo não se revezaram em sua boceta, porque o negro simplesmente não se cansava de arremeter dentro dela, dando tapas fortes na bunda, puxando seus cabelos, segurando seus quadris de uma forma que fazia Nanda se sentir uma boneca. E ela gemia ainda mais forte naquelas horas. Apenas em uma ocasião a aproximação foi de mulher. Nanda chupava um jovem de corpo bonito quando inesperadamente uma loira que até se assemelhava a ela surgiu para dividi-lo. Fora divertido, e o rapaz gostou tanto que logo ambas estavam com seus rostos melados de gozo.

Por quase três horas sentira-se como a maior das putas. Sentir-se devassa durante o sexo sempre lhe trouxera um prazer imenso, mas sabia que aquela não era uma peculiaridade sua. Tinha para si que, a rigor, aquele era o momento em que as mulheres se liberavam. Onde assumiam o controle da situação, mesmo se estivessem em teoria submissas no ato em si. Naquele momento era ela o centro das atenções. A diferença era que não estava se liberando com um homem que tivesse escolhido e com o qual existia uma intimidade. A excitação suprema, que descia pela sua boceta até escorrer por suas coxas, residia no fato de que absolutamente qualquer um poderia tê-la. *Sirvam-se!*

Ao final, Marco a pegara no colo, segurando-a, subindo-a pela bunda, até que se encaixasse completamente dentro dela. Não levou-a até parede alguma para que apoiasse suas costas, sua força bastou. Ficara ali, subindo e descendo, sentindo o colo do seu útero sendo ritmicamente tocado, até que finalmente experimentou o clímax chegando forte, como uma onda, um frenesi delicioso que determinava a seu corpo não fazer mais nada além de se concentrar no esforço físico. Ele percebeu e acelerou as estocadas de tal forma que Nanda pensou que desmaiaria, e aí, em um movimento tão rápido quanto imprevisto, Marco aproveitou o exato momento em que seu corpo subia para direcionar o pau ao seu ânus. Ela estava tão lubrificada e ambos tão suados que não teve dificuldade alguma em escorregar até encontrar a pélvis dele. A sensação de medo e de apreensão pela dor que viria foi tão grande que teve uma grata surpresa pelo prazer quase imediato que sentiu.

Eram quase cinco e meia da manhã e Fernanda estava deitada, apenas de calcinha branca, no sofá da saleta. Lânguida, havia acabado de relatar com detalhes sua noite a Paula, sentada na ponta. Júlio, na poltrona, apenas ouvia a conversa das duas. Ao fundo ainda se podiam ouvir gemidos abafados.

— Não acredito que eu perdi tudo isso... e aí? Valeu a pena? — perguntou Paula.

A resposta já não fazia diferença, Nanda sabia. O que havia sido feito já não poderia ser mudado. Mas imediatamente lembrou-se de seus amigos, do início de tudo aquilo, quando três meses atrás se perguntava como seriam seus próximos dias, o que poderia lhe acontecer, por quais situações poderia passar.

Aqueles pensamentos levaram a seu rosto um sorriso sacana.

— Ainda não — respondeu.

Falara de maneira tão séria que por um instante Paula se calara, olhando curiosa, buscando entender o que estava havendo.

Então Nanda arqueou-se no sofá, sorriu mais uma vez e, com a mão esquerda, puxou-a para perto, beijando-a com sofreguidão.

Júlio começou a se masturbar, enquanto sua mulher, ajoelhada, levava Fernanda ao delírio.

19

MISSÃO CUMPRIDA (IMPOTENTE)

Paris — 21.07.08

12h12

Queridíssimos,

Conforme combinado, ontem se encerrou nosso acordo. O motivo desta mensagem é porque pensei bem e cheguei à conclusão de que deveria fazer mais uma proposta a vocês, esta provavelmente já aguardada.

Durante três longos meses estivemos incomunicáveis, porém, tenho certeza, mais em contato do que nunca. Acredito que cada um se perguntou, por mais de uma vez, o que o outro estaria fazendo. "Onde estará a Gaia neste exato momento?", "Como Bernardo estará se saindo?", "Pablo e Fernanda deram conta do desafio?", "E se eu procurasse saber como a Ciça está sem que ela percebesse?", "Diego está feliz?". Aposto que neste tempo que passou, ainda que apenas em nossos pensamentos, nos encontrávamos, mesmo que não tivéssemos como saciar nossas dúvidas.

Pois agora temos.

Se Diego e Fernanda não se opuserem, proponho que nos encontremos em Paris (onde estou agora), até para que fique mais justo com Ciça e Gaia, que precisariam ter que fazer outra longa viagem.

E aí? O que acham?

Não faz todo sentido?

Abraços,
Carlos

Ana Luiza relia com atenção o e-mail que havia enviado dez dias atrás para cada um dos seis amigos de seu irmão. Tivera uma grave crise de consciência antes e depois da primeira vez que se intrometera na vida de todas aquelas pessoas e considerou o fato de o e-mail do irmão já estar configurado com a assinatura "Abraços, Carlos" uma bênção.

A mudança maior, entretanto, acontecera internamente.

Passara a semana inteira trancada dentro de casa, no Cosme Velho, antes de decidir que direção tomar e então resolver promover uma revolução em sua vida. Não apenas na questão da maneira como encarava a religião, por muitas vezes ferrenha demais, como também na pouca demonstração de vigor, de vontade de potencializar suas qualidades, de explorar mais a si mesma e as oportunidades que poderiam se abrir.

Seu irmão nunca mais voltaria e provavelmente aquela seria uma dor eterna, com a qual teria que se acostumar a viver. Mas até em seu trágico adeus fora capaz de mais uma vez mostrar que era ela mesma quem estava cometendo o maior dos pecados. Aquela ideia, que no começo considerara ultrajante, seguia na verdade um princípio básico de que, independente da crença, todos tinham um período de estada indeterminado nesta vida, e que se deixar regrar por fundamentalismos, a ponto de negar características incontroláveis, quase animais, não apenas resultaria na castração de momentos de diversão, mas, muito pior, estabeleceria um parâmetro perigosíssimo, de que outro "molde", artificial, seria instituído.

Então decidira viajar. Constatar com os próprios olhos o porquê daquela necessidade de expandir, de vivenciar novas experiências. Optara por Paris. Uma cidade cuja imagem de cultura, beleza e história sempre lhe atraíra. Embora fosse formada, inscrevera-se em um curso de francês de um ano para readquirir a fluência e, com a ajuda da diretoria do curso, rapidamente alugara um pequeno apartamento sem mobília na rue des Ecouffes, no Marais. No início, quando não estava estudando, passeava pelas ruas, galerias, livrarias e praças. Visitava Montmartre com frequência, às vezes apenas para observar os cartunistas e pintores que ficavam ali concentrados em seus talentos, em outras para testemunhar o vaivém de milhares de pessoas do mundo todo. Aquele aspecto a fascinava. Quantas vezes não entrara em um café, escolhera uma mesa na varanda, pedira uma taça de vinho e ficara ali, observando jovens, casais, pessoas idosas, asiáticos, escandinavos e africanos. Ouvia a conversa das pessoas, prestava atenção em suas roupas, no que comiam. Paris, além de fascinante pela história, requinte e quantidade de lugares interessantes para se conhecer, também lhe parecera um museu. Um museu vivo, a céu aberto.

Suspirara profundamente pela lembrança do motivo de sua vida ter mudado radicalmente e então se ajeitara na cadeira e preparara-se para escrever mais uma mensagem. Todos os seis haviam respondido àquele e-mail com uma rapidez que a impressionara. Ninguém demorou mais de vinte e quatro horas. E todos se mostraram entusiasmados com a proposta.

Logo já estava com a resposta pronta para ser enviada e mais uma vez ficou aliviada com a possibilidade de pelo menos não ter que assinar como se fosse o irmão. Releu o texto e ficou satisfeita. Sabia que precisava ter tudo sob controle naquele momento. Estar ali, ter revisto seus conceitos e influenciado na vida daquelas pessoas, por intermédio de seu irmão, como ele teria feito, já fora um longo caminho. Obter suas respostas para garantir sua própria contribuição era o que faltava. *Só mais um pouco.*

Olhou para o relógio e constatou que estava atrasada para o curso e seu segundo dia de trabalho.

Clicou em "enviar", desligou o laptop, pegou bolsa, chaves e bateu a porta.

20
RECONHECIMENTO

Paris — 09.08.08

20h53

Não acredito que estou atrasada! Logo hoje? Hoje não! Andando com passadas largas, quase correndo, Ciça se odiava por dentro. Tivera tempo suficiente para se organizar e ainda assim não conseguiria chegar com tranquilidade. Não suportava quando a deixavam esperando nem que fossem cinco minutos; como é que, então, justo naquele dia, estava se prestando àquele papelão? A resposta, sabia bem, era que o encontro daquela noite a deixara uma pilha de nervos, totalmente descompensada.

Ao longo da semana tivera algumas reuniões com Valentina e Costanza, que já começava a ir com menos frequência na redação. O intuito, dizia ela, era justamente treiná-la para as situações do dia a dia, os problemas que precisaria resolver, as questões internas e externas, além, obviamente, do fato de que, o quanto antes as pessoas soubessem que estava em curso uma troca de comando na editoria-geral, tanto melhor.

Ouvira Costanza com toda atenção e, por mais que em alguns momentos tivesse sentido uma raiva até então desconhecida — principalmente quando soube que Riccardo havia inventado a história de que sua filha tinha lúpus, para, segundo palavras dela, "realmente ver até onde você seria capaz de ir, não apenas dormir com um homem lindo" —, reconhecera brilhantismo no plano. A sócia majoritária da revista, ainda que de maneira quase doentia, fazia questão de que sua substituta estivesse à altura. E ela só aceitara o cargo porque sabia que, no fundo, Costanza jamais a teria envolvido naquela trama se antes, na reunião de pauta, não tivesse partido dela demonstrar tanta agressividade e desejo em subir dentro da revista.

Mas o atraso também acontecia porque estava adorando curtir a ansiedade do encontro e talvez inconscientemente quisesse prolongar aquela sensação. Estava morrendo de saudades de Gaia, com quem sabia que poderia ter contato diário se quisesse, mas também de todos. A reviravolta que acontecera meses atrás servira, dentre outras coisas, para solidificar ainda mais amizades antigas e definitivamente estabelecer novas. Antes de sair do hotel, no Boulevard Saint-Germain, acessara sua caixa de e-mails e abrira a pasta do e-group no tema "reencontro". Todos haviam aceitado a sugestão do restaurante italiano indicado por Carlos, que inclusive garantia que faria a reserva em uma grande mesa redonda, perto da entrada.

Já avistava o buraco da estação de metrô rue du Bac, onde pegaria o trem no sentido Mairie d'Issy, para poder descer na rue de la Convention. Mais uma vez olhou para o papel em seu bolso e mentalmente leu: *rue de la Convention, número 171. Le Grande Venise.*

Quando levantou a cabeça para atravessar a rua, quase sofreu um acidente fatal.

Primeiro, pela surpresa que fez seu coração disparar. Depois pelo susto com um Mini Cooper preto, que passou a centímetros de seus pés, e cujo motorista não poupou elogios à sua mãe.

Estática, contemplava, bem à sua frente, uma das tantas placas azuis com nomes de rua que se espalhavam pela cidade.

Teve o natural instinto de virar o rosto para a direita e ver onde daria aquela. Ficou chocada. *Não pode ser...*

Sorriu e, incrédula, perguntou-se se aquele era algum sinal, ou apenas uma mera coincidência.

Andou mais uma quadra e pegou o metrô, ponderando com calma.

Só mesmo a rua São Tomás de Aquino poderia abrigar a igreja em homenagem ao santo.

Primeiro a chegar, Diego não conseguia parar de virar o pescoço e olhar para a porta, até que teve a genial ideia. *Por que não me sento já virado para a entrada, cacete?*

Ainda se endireitava na cadeira quando dali mesmo ouviu um estalar de tapas nas costas, que acontecia do lado de fora. De seu novo ângulo de visão era possível ver, em linha reta, até do outro lado da rua. Não teve dificuldade alguma para avistar Bernardo e Pablo dando um forte abraço na frente do restaurante. Entraram juntos, enquanto ele se levantava para recebê-los.

— Caraca, que bom ver vocês!

Os três sorriam genuinamente, olhando uns para os outros, tentando ali, sem dizer nada, adivinhar o que teria se passado com cada um. Tacitamente, porém, parecia que existia um acordo. Não fariam perguntas diretas antes que todos chegassem.

Bernardo imaginava que talvez fosse um dos que mais necessitasse daquele encontro. Recuperava-se aos poucos de tudo que acontecera, da perda considerável de dinheiro, do fim do sonho em morar em um apartamento de luxo, da quase perda de seu próprio apartamento, mas, principalmente, da humilhação que sentira. Não apenas fora feito de bobo, como, muito pior, aquilo só acontecera por sua ganância, sua necessidade quase patológica de aparentar o que não era, a insatisfação que sempre tivera consigo mesmo, com suas limitações intelectuais. Passado o vexame, seu foco se voltara para obter o perdão de dona Valéria, que pedira demissão. Reaver seu respeito e demonstrar o reconhecimento que ela merecia eram sua prioridade número um. Só então teria coragem de lhe fazer uma proposta para que voltasse a ser sua secretária. Duvidava daquela possibilidade.

Pablo usava uma barba cheia que a princípio passava uma imagem de cansaço, mas exalava felicidade. Dera uma reviravolta em sua vida e as perspectivas eram as melhores possíveis. Após uma incrível viagem sozinho, começava a desvendar a maravilhosa mistura que era Nova York e já estudava que tipo de negócio poderia abrir.

— Vou descer aqui mesmo, senhor... Aqui mesmo! Quanto é?

O chofer do táxi demonstrou irritação com o tom de desespero que Fernanda falou. Estavam na rue de Vaugirard, na esquina da Convention, esperando o sinal abrir, quando Nanda tomou um susto. Cecília saía do metrô, olhando para os lados, para um papel, para os prédios, e atravessava a rua bem na frente do carro.

Apressadamente, jogou quinze euros para o motorista e não esperou o troco.

— Psiu! Garota!

Gaia chegara por último, ainda que Fernanda e Cecília apenas estivessem cumprimentando os homens da mesa. A italianinha tomara tanto cuidado para não encontrar Ciça que chegara a ponto de pegar um trem de madrugada.

Estava cansada, mas ao mesmo tempo nervosa com o jantar. O que diria? Como diria? Ao rever os amigos, foi tomada pela sensação de que, ali, não teria nada a esconder.

Quase nada.

21

RECOMEÇO

Paris — 09.08.08

21h35

O salão do restaurante era de um requinte incomum para todos os presentes. Um incrível número de vasos com girassóis e orquídeas enfeitava o ambiente, que era todo acarpetado e cujas cores predominantes passavam do grená para o salmão. As toalhas eram de linho, a louça de porcelana, os talheres de prata e as taças de cristal. Em volta, algumas mesas começavam a ser servidas naturalmente, com pães quentes, *mascarpone*, mortadela e legumes frescos, enquanto em outras já se podiam avistar capelletti, raviólis e garrafas de vinho sendo servidos. Mas na primeira mesa redonda, possível de ser vista da calçada, os clientes pediram para aguardar um pouco antes de começar.

As incríveis aventuras pelas quais todos passaram e o fato de terem conseguido estar ali, em Paris, no lugar e horário marcados, mal eram absorvidos por cada um. A apreensão era natural e aumentava a cada minuto, mas o comportamento era ao mesmo tempo tranquilo. Os laços que os ligavam eram invisíveis, mas tão fortes quanto fosse possível.

Ocupavam seis cadeiras.

Uma ainda estava vazia.

— Logo quem está atrasado, não é?

— É verdade... Mas acho que você não é a pessoa mais indicada para falar em atraso... pelo menos hoje...

— Ah, não diz isso... você sabe que eu não suporto atrasos! E por acaso, hoje, o meu não atrapalhou em nada!

— Ai, ai... certas coisas não mudam, não é mesmo?

Gaia riu do comentário de Fernanda, tanto quanto da birra entre Diego e Ciça. Pablo e Bernardo conversavam sobre uma visita que queriam fazer ao Museu D'Orsay, quando a garçonete se aproximou. Ao notarem sua presença, ambos se viraram.

— Me desculpem interromper, mas apenas agora fui avisada de que existe um recado para o sr. Bernardo.

— Para mim?

— Ah, é o senhor? Sim, um bilhete foi entregue hoje, mais cedo.

A garçonete, uma jovem bonita, rapidamente olhou em volta e então passou um pequeno envelope para Bernardo. Não parecia muito confortável com aquele procedimento incomum.

— Com licença, senhor — disse, antes de se retirar.

Bernardo leu rapidamente, mas precisou repassar outras três vezes, até que lamentou, em voz alta. Todos prestavam atenção.

— Parece que Carlos teve algum contratempo... não vai poder vir hoje.

— Como? Não pode ser! Deixa eu ler, me passa isso aqui — pediu Ciça.

— Ai, que chato... eu queria tanto os sete juntos... — Fernanda lamentava, enquanto Gaia e os outros grudavam os olhos em Cecília.

— "Pessoal, me perdoem, não foi por falta de vontade... não gostaria de estar em nenhum lugar agora que não fosse com vocês... Por favor, façam desta uma noite única... e que as lições que tiramos não sejam esquecidas... Carlos."

— É só isso? — queria saber Diego.

— É...

— Achei o bilhete meio... triste... — disse a italianinha, para anuência quase unânime.

O silêncio tomou conta da mesa. Estavam surpresos pela ausência do amigo e pelo texto em si. Perguntas pululavam na mente de cada um, mas sempre que acabavam voltando ao bilhete percebiam que os questionamentos tinham tanto de legítimos quanto de inúteis. Algo inesperado o suficiente acontecera para impedir que Carlos estivesse ali com eles e, até, de se comunicar com antecedência.

Então a mesma garçonete voltou, para mais uma vez surpreender a todos.

— Com licença. A pessoa pediu que fosse oferecida uma garrafa de champagne à mesa, para o brinde.

— Para o brinde?

— Sim, senhor. Foi encomendado.

— Bem, que bom, então! Pelo menos ele já se preocupou com a bronca que vai levar de todos nós! Pode trazer, por favor!

A mesa riu em uníssono, e a garçonete acenou com um gesto de cabeça e um sorriso nos lábios.

Logo as taças geladas de cristal foram dispostas na mesa e o champagne servido.

— Um brinde a todos nós! Que nestes últimos meses tenhamos adquirido a sabedoria necessária para admitir quem realmente somos e, fundamentalmente, do que precisamos para sermos felizes! E um brinde ao Carlos, que não está conosco hoje, mas que esteve e estará por muito tempo! Se não fosse por ele, não estaríamos aqui.

Ao ouvir aquelas palavras, a garçonete deu alguns passos e, já no salão ao lado, atrás da parede, curvou-se em cima do bar onde estavam as louças e os talheres, chamando a atenção da gerente.

— O que foi? Está passando mal?

— Não, não, tudo bem. Só uma indisposição, já vai passar.

— Vá lavar seu rosto, você parece pálida. Mas não demore, hoje o jantar vai ser movimentado, a começar por essa mesa grande na sua seção.

— Sim, madame.

Qualquer garçonete em um restaurante daquele porte sabia que precisava estar atenta, impecável no atendimento aos clientes, então desceu pelas escadas até o subsolo, entrou no pequeno banheiro e girou a chave. Pensou que ia vomitar, mas ter lavado o rosto abundantemente foi o suficiente para passar o mal-estar.

Mãos espalmadas sobre a pia, ainda com o rosto molhado, encarou-se.

Precisava estar inteira para aquela noite.

Uma noite que estava apenas começando.

Seria a única que cumpriria o pacto depois do tempo previsto.

Editora responsável
Janaína Senna

Produção
Adriana Torres
Ana Carla Sousa

Produção editorial
Flávia Midori

Revisão
Diogo Henriques
Eduardo Carneiro
Rayana Faria

Diagramação
Filigrana

Este livro foi impresso no Rio de Janeiro, em julho de 2011,
pela Singular Gráfica, para a Nova Fronteira.
A fonte usada no miolo é Iowan Old Style, corpo 10,5/14,5.
O papel do miolo é pólen soft 70g/m², e o da capa é cartão 250g/m².